부다페스트의 실종

부다페스트의 실종

김용필 장편소설

도화

# 차 례

## 등장 인물

기동민 — 외신특파원

김혁 — 실종 특파원

이로니카 — 김인숙의 딸

한세라 — 한국관광공사 유럽 지사장

김인숙 — 북한의 사학자

반상숙 — 외신특파원

추인카 — 고려인 집시촌장

추연화 — 추인카의 딸

기타 — 김제남, 지사장, 팀장, 집시.

  적어도 작가는 보통 사람과 다른 생각을 가져야 하는 것이 아
닌가? 누군가 내게 던진 화두였다. 그렇다. 작가는 보편적인 사
고에서 벗어나 진일보한 생각을 갖는 사람이다. 정작 보편적인
사고에 속일 된 부류라면 작가이길 포기하라. 무슨 말인가? 그것
은 상식을 벗어난다는 말인데 지극히 상식적인 미학을 갖추라는
말이다. 보편적인 진리에 맹종하는 것이 아니고 보편 이상의 진
리를 창조한다면 어폐가 있을지 모르나 난 적어도 그런 작가이
길 바란다. 그것은 작가의 작품 속에서 묻어나오는 따뜻한 향기
일 것이다.

  사고가 메마르고 정서가 빈약할 때 어디론가 훌쩍 떠나고 싶
다. 배를 타거나 비행기를 타고 외국의 어느 낯선 항구나 공항에
서 우리와 다른 사람들과 우리와 다른 문화와 음식을 체험하며
고갈된 내 안의 정서를 채우고 싶다.

  작품은 작가의 세계이다. 작가의 세계가 좁으면 작품의 구성

이 빈약해진다. 그래서 작가는 넓은 세상을 갈구하며 글로벌한 문화를 그린다. 그것은 여행에서 찾는다. 적어도 소설가에겐 편협한 사고는 위험하다. 사고의 발상과 전환은 새로운 것에 대한 유발심이다. 본만큼 알고 아는 만큼 보는 것은 정서의 한계를 말하는 것이다. 시야가 넓으면 가시 된 형상이 화려하고 시야가 좁으면 가시 된 형상이 작듯이 작가의 세계는 시야가 넓고 사고의 폭이 크고 넓을수록 다양한 창작을 할 수 있다고 본다. 그래서 항상 글로벌한 세상을 찾아 홀쩍 떠나 신선한 정서를 담는다.

외국을 여행 하다보면 유명한 명소에서 유명 작가들의 흔적을 볼 수 있다. 인간과 자연의 친화적인 경관이나 역사적인 도시에서 소설가들이 머물면서 작품을 써왔다. 그곳에서 집필한 작품이 유명세를 타며 그 장소는 명소가 된다. 그렇게 그들이 머물면서 글을 썼던 장소는 유명한 관광지가 되고 그렇게 쓴 작품이 명작이 되어 잘 팔리고 읽혀지는 것을 볼 수 있다.

여행은 메말라버린 정서를 재발견하고 충전하는 과정이다. 대양을 헤쳐가는 마도로스나 창공을 날아가는 비행기 조종사는 항상 새로운 길을 열어 신비로운 세계의 체험을 즐긴다. 작가에게 그런 모험심은 창작에 대한 요구일 것이다.

작가는 작품을 쓰는 전업 작가여야 한다. 직장인들이 일터에서 같은 일을 하듯이 작가는 꾸준히 작품을 쓰는 전업가이다. 전업이라 하니까 글을 써서 돈을 버는 사람으로 아는데 그것이 아니고 오로지 글을 쓰는 직의 사람이다.

그런데 평생 단편 한 편 써놓고 운이 좋아 잘 읽혀지니까 명작을 썼다고 자부하는 작가들이 있다. 이는 작가라고 말할 수 없다. 달랑 집 한 채 지었다고 목수라고 할 수 없듯이 달랑 작품 한 편으로 작가라고 할 수 없다. 꾸준히 글을 쓰는 작가는 정서가 빈곤해진다. 고갈된 정서는 독서와 체험과 여행으로 충전되어야 하고 충전된 정서와 감정은 훌륭한 작품으로 생산되는 것이다.

유럽 특파원으로 발령을 받고 독일행 비행기를 탄 기동민 기자는 한국관광공사 유럽 지사장인 미모의 한세라와 동석을 한다. 서로 이야기하는 중에 그녀가 유럽 특파원으로 가 있는 친구 김혁의 약혼자임을 알게 된다.

그런데 그가 유럽에 도착하지마자 친구인 김혁 기자가 헝가리 다뉴브강에서 실종당했다는 소식을 접한다. 김혁의 실종이 국제적인 뉴스로 보도되면서 특파원들은 긴장한다.

김혁 기자는 세계적인 북한 출신 사학자 김인숙 박사의 실종과 동시에 일어났던 것이다. 사실 김혁 기자는 김인숙 박사가 발표한 헝가리 다뉴브강변에 살고 있는 〈고려인 집시촌〉이란 논문을 읽고 그녀를 만나려고 고려인 집시촌을 취재하러 갔었는데 김 박사 실종에 뒤이어 그가 실종되었다.

한국 정부와 방송국에선 그의 실종을 놓고 의견이 분분했다. 김혁 기자가 김인숙 박사 논문의 현장을 취재차 갔다가 살해되었는데 김혁 기자의 실종과 김인숙 박사의 실종엔 어떤 상관계수가 있다는 것이었다. 동료인 기동민 기자가 사실을 확인하려고 부다페스트 취재를 자청하였다.

김인숙 박사는 헝가리 출신 세계적인 핵물리학자이며 구 공산당 정권의 핵심 권력자와 결혼하였다. 동구가 자유화되고 사회주의가 무너지면서 실각하여 남편이 죽은 후 김인숙 박사는 딸 이로니카를 데리고 발라톤호수의 집시촌으로 숨어버린다. 그녀는 그곳에서 800년 전에 몽골 유럽 원정단으로 지원해온 고려의 수병들이 전쟁 후 고려로 돌아가지 못하고 다뉴브강변과 발라톤호수에 정착하여 고려인촌을 이루어 집시로 살고 있다는 사실을 세상에 내놓는다.

이 논문은 한국사를 재조명하는 중대한 사건이었다. 그리고 김인숙은 조국 북한의 몰인간적인 인권침해를 규탄하는 인권운동가로 변신하여 북한의 실정을 비판하였다. 그녀는 유럽을 방황하는 탈북자들을 고려인 집시촌으로 불러들여 그들을 돌보고 있었다.

기동민 기자는 고려인 집시촌을 취재하러 갔다가 외부인 출입을 통제하는 검은 조직을 만난다. 그들은 고려인 집시촌에서 마약밀매를 하는 검은 조직들이었다. 그들은 그곳에 양귀비 농장을 경영하면서 고려인 집시와 김인숙 박사가 불러들인 탈북자를 이용하여 농장을 경영하고 있었다. 그 일로 심하게 다툰다.

고려인 집시촌의 비밀, 그곳에 누구도 접근할 수 없는 마약 재배의 비밀농원이 숨겨져 있었다. 기동민 기자는 그 고려인 집시촌에서 비밀의 농장을 경영하는 검은 조직의 실체를 캐려고 동분서주하였다. 그는 그들이 김혁의 실종과 연관이 있다는 것을 알았다.

김혁 기자는 고려인촌의 역사를 규명하려고 약혼자 한세라와 김인숙 박사의 딸인 이로니카의 도움을 받는다. 그런데 그들이 북한 탈북자와 연결되어 있었다. 기동민 기자도 고려인 집시촌의 실제를 탐사하려고 한세라와 이로니카의 도움을 받으며 헝가리로 떠났다.

고려인 집시촌의 촌장은 70년 전에 북한을 떠나온 탈북자였다. 그리고 김인숙과 한세라는 그의 딸이었고 이로니카는 외손자라는 것이 밝혀진다.

만약에 김인숙의 논문대로 그곳의 집시들이 고려인 후손이라면 한국의 역사를 다시 써야 할 위대한 과업이었다. 기동민 기자는 발라톤호수의 집시촌에 숨겨진 엄청난 비밀을 알았다. 무서운 검은 조직이 그곳에 숨어 양귀비 화원을 경영하고 그 양귀비 농장에서 모르핀 마약을 제조하고 있었다. 그들이 탈북인을 이용하여 마약 농장을 경영하고 있었던 것이다. 따라서 그는 검은 깽조직과 북한 외화벌이단이 밀착하고 있음을 의심하였다.

기동민은 고려인 집시촌에서 그들의 비극적인 가족사를 발견한다. 그곳의 추인카 촌장 가족은 70년 전에 북한에서 탈출한 사람들이었다. 그런데 가족끼리 이념의 갈등으로 고통받고 있었다. 김인숙과 손녀 이로니카는 북한의 비인간적 인권유린을 비판하는 인권운동가였고 막내딸 한세라는 북한을 추종하는 외화벌이 정보원이었다. 한 집안에 두 이념의 갈등으로 빚어지는 참상은 슬픈 비극으로 나타났다. 한세라가 김인숙을 죽이고 이로니카가 이모인 한세라를 죽이고 자살을 기도하는 슬픈 가족사에 얽힌 죽고 죽이는 피의 현장을 확인하였던 것이다. 김인숙 박사의 실종은 그렇게 일어났는데 김혁이 살아 있었다. 그는 기동민에게 '고려인은 내가 빼돌렸다'란 말을 전한다. 비로소 그의 실종이 확인되었다. 그는 검은 조직의 탄압에서 구사일생으로 살아 고려인촌의 내막을 파헤치고 있었다.

결국 헝가리 정부가 검은 마약단을 소탕하고 촌장은 그곳을 떠났다.

# 유럽 특파원

김인숙 박사 다뉴브강에서 실종

세계적인 역사학자이며 인권운동가인 김인숙 박사가 다뉴브
강에서 실종되었다는 기사가 지구촌 톱뉴스로 보도되자 실종 이
유를 놓고 의견이 분분하였다. 그녀는 북한 출신으로 세계적인
헝가리의 핵물리학자 이로니카 백작과 결혼하여 헝가리 국부 칭
호를 받던 인물이었다. 그녀는 역사학자이면서 세계인권운동가
로도 명성이 나 있었다.

따라서 그녀의 실종은 역사학자라기보다는 인권운동가라는
점에서 상당한 의혹을 갖게 되었다. 그녀는 〈다뉴브강변의 고려
인 집시촌〉이란 논문을 발표하여 세계적인 이목을 받았다. 그녀
의 논문은 헝가리의 다뉴브강변에 살고 있는 고려인 집시촌의

실정을 연구한 것이었다.

800년 전에 몽골병으로 유럽에 원정 온 고려인 병사들이 다뉴브강변에 남아 그 후손이 소수민족으로 정착하고 있었다는 그녀의 논문이 발표되자 한국의 사학계에서도 흥분을 금치 못했다. '다뉴브강변의 고려인 집시'는 한국인이 최초로 유럽에 정착한 민족이라는 점에서 역사학계의 이목을 받은 뿐더러 한국사를 다시 써야 할 충격적인 사건이라며 고증을 서두르고 있었다. 이를 증명하기 위하여 유럽 특파원들이 역사의 현장을 찾아들었다.

또한 세계적인 인권운동가인 그녀는 북한을 탈출하여 유럽의 각지를 유랑하는 이탈민을 난민으로 인정해 달라는 주장과 더불어 국제여론에 호소하고 있었다.

그런데 갑자기 그녀가 실종당했다. 그녀의 실종사건을 놓고 의견이 분분했다. 북한의 소행이 아닌가, 아니면 남편이 전 공산주의 시절 헝가리 정치 실세라는 점에서 정치적인 보복을 당한 것, 그리고 어디론가 깊이 잠적했다는 것이었다.

아무튼 이 사건 발생으로 가장 분주한 행보는 한국의 방송 유럽 특파원들이었다. 특파원들은 다양한 각도에서 김인숙 박사의 실종을 추적하고 있었다. 사태파악이란 막중한 임무를 띠고 김혁 기자가 헝가리로 급파되었다. 유럽지사에서는 실종 추적을 위해 서울 본사에 특파원 증원을 요청하였다.

이때 나는 유럽 특파원으로 발령을 받았다. 나는 현지 파견 전에 업무 인계인수와 마무리 정리 때문에 자정이 넘어서 집으로 돌아왔다. 파김치가 되어 씻지도 않고 그대로 베드에 쓰러져 잠이 들었다. 깊은 잠에 빠져 있는데 희미한 전화벨 소리가 들렸다. 나는 잠결에 전화기를 들었다.

"여보세요."

"동민이구나. 나, 독일에 있는 김혁이다."

김혁이라는 말에 정신이 번쩍 들었다.

"뭐! 혁이라고…. 오랜만이구나."

"유럽 특파원 발령 소식 들었어. 축하한다."

"특파원 생활은 재미있니?"

"응, 기사 쓰랴, 공부하랴, 두 가지 일을 하려니 힘들구나."

"박사 코스를 밟고 있다며… 독일 가면 연락할게."

"그래라. 나 지금 김인숙 박사 실종사건의 특종을 잡으려고 헝가리에 와 있다. 10일 후엔 독일로 돌아갈 것 같아. 그때 만나자."

"김인숙 실종사건 취재를 맡았구나."

"그래, 취재가 힘들어."

"수고한다. 독일로 가서 만나자. 축하 전화 고맙다."

"빨리 와서 날 좀 도와줘라."

녀석의 전화를 받고 기뻤으나 한편으론 이상한 기분이 들었다. 김혁은 친한 고등학교 동창생이었다. 그는 방송계에서 각광받는 인기 기자였는데 유럽 특파원을 가더니 더욱 이름을 내고 있었다. 특종 대작을 계속 내놓는 바람에 유럽 특파원 중에서 가장 촉망받는 기자였다. 역시 녀석은 탁월했다. 그가 중요한 김인숙 실종사건을 맡았다는 것이다.

우린 고등학교부터 비슷한 실력으로 대학까지 같이 가서 졸업과 동시에 똑같이 방송국 기자로 들어왔는데 그는 고속 승진으로 승승장구 진급과 발전을 거듭해서 성공한 기자로 명성이 나 있는데 비해 난 일간 잡배들의 행적이나 더듬고 다니는 사회부 기자에 불과했다. 나는 날마다 사건 현장을 찾아 발이 불어터지도록 뛰어다녀도 그와 같은 영광은 얻을 수 없었다.

그는 실력이 인정되어 유럽 특파원으로 가서 기자생활을 하면서 하이델베르크 대학에서 박사 코스를 밟고 있었다. 특파원과 유학, 두 마리 토끼를 잡은 행운아였다. 내색은 안 했지만 사실 난 성공하는 그의 모습을 보고 깊은 상처를 입었다. 그런 그의 발전은 늘 내겐 피해 의식으로 작용하여 나를 기죽게 하였고 그런 감정이 질투와 증오로 가득 차 한동안 소원한 관계를 유지했었다. 그러나 뒤늦게 내게도 행운이 찾아와서 유럽 특파원으로 발령을 받은 것이다. 웅크린 욕망이 가슴 뿌듯하게 활기를 찾고 있었다.

출발일, 인천공항으로 나갔다. 티켓팅을 하고 보잉 747 프랑크푸르트행 비행기 내로 들어섰다. 좌석을 찾아 선반에 짐을 얹고 안전벨트를 매고 앉았다. 500여 석이 넘는 점보 여객기엔 외국인보다 한국인이 많았다. 곧이어서 탑승 안전과 기내 준수사항을 전하는 예쁜 스튜어디스의 낭랑한 목소리로 들렸다.

비행기는 주유 없이 직접 프랑크푸르트로 직항한다고 알려주었다. 기내엔 유난히 젊은이들이 많았는데 차림새로 보아 여행을 하는 젊은이들 같았다. 그때 까만 선글라스를 쓴 미모의 아가씨가 다가왔다.

"12A, 실례지만 창 쪽이 제 좌석인데요."

라고 정중히 말을 하였다.

"그런가요? 확인을 못했네요. 죄송해요."

난 얼른 일어나 좌석을 바꾸어 주었다. 그녀는 짐과 코트를 벗어 기내 선반에 넣고 조심스럽게 앉았다. 진한 향수가 코를 찔렀다. 그녀는 조신하게 앉아 영자 신문을 꺼내 읽고 있었다. 난 별 관심 없이 동석한 채 앉아 있었다.

입사 5년 만에 외신기자로 파견되는 행운이 왔다는 사실이 얼마나 감개무량했던가. 김혁이 특파원으로 가서 박사학위 과정을 밟고 있다는 말을 듣고 늘 운 좋은 놈이라고 부러워했는데 내게도 그런 행운이 온 것이다. 사실 입사 동기인 그가 먼저 특파원으로 외국으로 나갔을 때 좌절과 소외감이 커서 당장 때려치우고 싶은 충동을 일으킨 적이 한두 번이 아니었다. 그러나 그가 누렸듯이 나도 뒤늦게나마 독일행 비행기를 타게 되어 만감이 교차하였다.

난 눈을 감고 깊은 상념에 젖어 있었다. 이제 시작된 변신의 가도였다. 힘들겠지만 늦은 만큼 빨리 돌진하여 패널로 성공하려는 의욕에 불타 있었다. 근무는 독일에서 하지만 유럽 전체의 기사를 총괄하는 것이었다.

서울을 떠난 지 두 시간여 만에 비행기는 몽골의 울란바토르 상공을 날고 있었다. 눈을 지그시 감고 생각에 잠겨 있는데 옆자리에 앉은 여인이 나의 어깨를 노크했다. 찡하게 느껴오는 어떤 전율이 온몸을 떨리게 하였다. 나는 그녀를 돌아보았다. 그녀가 웃었다. 미인이었다. 사실 무심한 것은 나였다. 탑승한지 몇 시간을 지났는데도 옆자리에 앉은 사람을 의식조차 하지 않았던 것이다.

"M 방송 기동민 기자시죠?"

"네, 누구신데… 나를 알아요?"

"전 한세라고 해요. 김혁 기자의 여자 친구예요."

"그러세요? 김혁 씨는 친한 고등학교 동기동창입니다."

"알아요. 친한 친구인 기동민 씨가 유럽 특파원으로 온다고 말하더군요."

"그랬어요. 절 알아봐 줘서 영광입니다."

"장거리 여행인데 비행길 타자마자 눈을 감고 주무시는 사람이 어디 있어요. 장장 12시간을 날아가야 하는 먼 여정인데 그런 자세는 여행이 지루하고 옆 사람까지 피곤하게 해요."

"장거리 외국 여행이 처음이라서 그래요."

"기동민 기자에 대해선 김혁 씨가 많은 이야길 하더군요. 유능한 기자라고요."

"그런 이야기도 했어요. 아무튼 만나서 반갑습니다."

"저도 반가워요."

"독일에 사세요?"

"아니요. 전 파리에서 살아요. 업무상 한국에 왔다가 돌아가는 길입니다."

"김혁의 여자 친구라니 더욱 친근감이 들어요. 프랑스에서 무슨 일을 하세요?"

"프랑스 주재 한국 관광청에 근무하는 매니저예요."

그녀는 예쁜 미소로 말했다. 난 멋쩍은 표정으로 그녀를 바라보고 있었다.

"아무튼 만나서 영광입니다."

"전 프랑스에서 오래 살았어요. 언제라도 도움이 필요하면 연락주세요. 흔쾌히 도와 드리겠습니다."

"김혁을 통하여 연락드리겠습니다."

"김혁 씨는 지금 김인숙 실종사건을 취재하러 헝가리에 가 있어요."

"알고 있습니다. 참 유능한 기자죠."

"돌아오면 우린 곧 결혼할 겁니다."

그녀의 표정이나 말투엔 지성과 교양이 넘쳐흘렀다. 게다가 애교가 넘치는 목소리는 사람을 끄는 매력이 있었다. 첫인상이 좋은 미인이었다. 나는 그녀에게서 시선을 떼지 못하고 있었다. 그녀는 더욱 밝고 명령한 표정으로 나에게 미소를 지어 보였다. 성숙한 몸매에 아름다운 얼굴이 장미꽃 같았다.

"지사가 프랑크푸르트에 있지요? 살기 좋은 도시랍니다."

"외국생활은 처음이라서 어떻게 적응할지 걱정입니다."

"사람 사는 것은 어디나 다 같아요."

프랑크푸르트는 독일 제일의 금융도시로 국제적인 부호들이 모여드는 곳으로 유럽의 돈이 다 모이는 금융가로 활기를 띠고 있었다.

"프랑크푸르트를 잘 아십니까?"

"열흘에 한 번씩 독일에 갑니다. 하이델베르크에 친구가 많아요."

"하이델베르크 대학을 나왔나요?"

"아닙니다. 솔본느를 나왔습니다."

"공부를 아주 잘했나 봅니다. 여간 공부해서는 솔본느에 못 들어간다는데."

"그렇지 않습니다. 졸업하기가 힘들지, 누구나 쉽게 들어갈 수는 있어요."

"어떻게 김혁을 만났나요?"

"기동민 씨처럼 여행길에 만났어요. 유럽의 각지를 돌아다니는 직업이거든요."

"관광 사업을 하신다고 했지요?"

"한국관광공사 유럽 담당 매니저예요."

"유럽 지점장이군요."

"네, 우리 앞으로 자주 만날 거예요. 외국에 살다 보면 외롭고

쓸쓸할 때가 많아요. 그런 땐 좋은 말벗이 얼마나 필요한지 몰라요. 제가 기동민 씨의 친구가 되어 줄게요. 그래도 괜찮겠죠?"

"물론이죠. 김혁의 여자 친구라니 더욱 반갑네요."

"날 알게 된 것은 행운이 될지 몰라요. 김혁 씨도 내 도움을 많이 받았어요."

"무슨 도움을 어떻게요?"

"내가 많은 기삿거릴 물어다 주거든요. 물질적인 혜택도 줬고요. 난 유럽이라면 손바닥에 주름 보듯 잘 알고 있어요. 사업상전 유럽을 돌아다니니까 보는 것이 많아 기삿거리도 많고 아는 지인도 많아요. 관광 매니저 10년째 베테랑이라 유럽에 관한 것은 뭐든 잘 알아요. 알 만한 사람은 다 알고요."

"네, 그렇다면 제게도 많은 정보를 주세요."

"그런데 김혁 씨가 걱정입니다. 왜 그런 어렵고 중대한 사건 취재를 자청했는지 몰라요. 그것은 위험한 일이거든요."

"그만큼 능력이 있어서겠죠."

"혹시 테러를 당할까 두려워요."

"테러요?"

그녀는 청산유수였다. 말뿐 아니라 아는 것도 많아 상대를 설득하고 몰입시키는 마력을 갖고 있었다.

12시간이란 긴 시간을 그녀와 이런저런 이야기를 나누며 오는 동안에 비행기는 길고 지루한 여정을 끝내고 유럽 제일의 프랑크푸르트 공항에 착륙하였다. 힘들 줄 알았던 여행이 그녀 때문에 편하게 올 수 있었다. 공항 커피숍에서 그녀는 파리의 자기 사무실 주소와 전화번호가 박힌 명함을 건네 주고 다시 베를린 행 비행기를 갈아타고 떠났다.

나는 그녀를 보낸 후 마중 나올 동료 직원을 찾았다. 그때 대합실 저쪽에서 내 이름을 쓴 피켓을 들고 서 있는 젊은 여자를 발견하였다. 내가 그녀에게로 다가서자 젊은 여자는 반색하며 맞았다.

"기동민 기자님, 독일에 온 것을 진심으로 축하합니다."

마중 나온 여자가 정중히 인사를 하였다.

"이렇게 나와 줘서 고맙습니다."

"기형, 이래도 되는 겁니까? 언제 비행기가 도착했는데 지금 나옵니까? 누구 골탕 먹이기로 작정했어요? 그냥 돌아가려고 했어요. 공중분해 된 줄 알았어요. 탑승자 명단엔 있는데 사람이 나타나지 않으니 말입니다."

"어떤 분을 만나 이야기 좀 하느냐고 그랬습니다."

"그건 그렇고 기형 나 몰라요? 나 반상숙이요."

그녀는 약간 빈정대는 말투로 대하였다.

"반상숙 씨? 글쎄요?"

"아주 똑똑한 줄 알았는데 머리가 나쁘군. 우린 동기생이잖아. 입사 동기. 홍일점 여기자 반상숙을 몰라?"

"그래, 여기자, 반상숙. 기억나요. 그런데 언제 유럽에 왔어요?"

"2년 전에 왔어요. 알았으면 까불지 말고 선배로 모셔요."

"지방으로 간 줄 알았는데 외신기자로 왔군요. 그런데 많이 세련되었어요. 역시 외국물이 좋긴 좋은가 봐요. 아주 미인이 되었네요."

"외국에 사노라면 다 변하기 마련이죠. 정신없이 살아서 그래요. 어찌나 바쁘게 사는지, 어떤 땐 내가 왜 사는 건지. 내가 사람인지, 기계인지 모른다니까요. 이 좋은 나이에 그 흔한 연애 한 번 못 해보고 살아요. 특파원 생활이 다 그렇고 그래요. 동기생이지만 일찍 온 선배라는 걸 알고 잘 모시란 말예요."

마중 나온 동기생 반상숙 기자는 묻지도 않은 말을 아주 신나게 떠들어 대고 있었다. 사글사글한 표정에 예쁜 미소가 자신만만해 보였다. 그녀는 몰고 온 차에 동민을 태웠다.

"우리 동기생이니까 말 트자고, 그게 편해."

"아주 건방지군요. 나를 어떻게 보고 말을 트자는 거야. 내가 오빠인데요."

"뭐라고, 오빠! 앞으로 업무상 많이 괴롭힐 테니 알아서 기란 말이야."

그녀는 얼굴을 붉히며 말했다.

"반상숙, 알겠어. 앞으로 말 잘 들을 게, 봐줘라, 친구야…"

"기형. 한국에 애인 같은 것 만들어 놓고 왔어?"

"아니, 없어. 왜?"

"없으면 나하고 연애하자…"

그녀는 금방 싱글거리며 터프하게 한 펀치 놓았다. 그리고 거

칠게 차를 몰았다. 어느덧 그녀의 차는 중앙 설치대가 없는 아우
토반을 달리고 있었다. 한참 만에 복잡한 도시의 어떤 건물 앞
에 차를 세웠다. 특파원이 주재하는 사무실이었다. 이곳은 프랑
크푸르트에서 가장 번화한 금융가였다. 사무실은 이곳 번화가의
고층빌딩에 세 들어 있었다.

우린 사무실로 들어섰다. 사무실로 들어가자 동료직원 대여
섯 명이 반갑게 맞았다. 나는 사무실 분위기를 훑어보았다. 한눈
에 바쁜 특파원 생활을 의식할 수 있었다. 사무실은 좀 좁긴 했
지만 시내가 한눈에 보이는 아주 경치가 좋은 위치에 있었다. 지
사장, 취재 팀장, 그리고 5명의 동료직원들이 있었다.

저녁에 나를 위해 성대한 환송 파티가 가로 주점에서 열렸다.
인상이 부드러운 팀장은 나의 독일 첫 입성을 축하하는 일장 연
설을 늘어놓고 술잔을 권했다. 모두 호프 잔을 높이 들고 단숨에
들이켰다. 역시 독일 맥주였다. 향긋하고 씁쓰름한 향음이 미각
을 자극하였다. 맥주를 즐겨 마시는 편이라 맥주 맛을 아는 편인
데 처음 맛보는 독일 흑맥주 맛은 최고였다. 몇 잔을 마셔도 취
기가 없었다. 파티는 밤늦게까지 계속되었다. 점점 취기가 오르
면서 무너지기 시작했다. 시차 여독 때문인지 그만 쉽게 취하고
말았다.

"기동민 기자 술이 약하구먼."

눈매가 부리부리한 지사장이 내 눈치를 살피며 말했다.

"약한 편은 아닌데 여독인가 봐요."

"기동민 기자가 김혁 기자의 친구랬지?"

지사장이 물었다.

"네."

"기대돼요. 아무튼 유럽 특파원으로 온 걸 축하해요. 우리 잘 해보자고. 쉬운 일보다 어려운 일이 많을 거요. 스릴 있는 일도 많을 테니 좌절하지 말고 용감하게 도전해요."

지사장이 잔을 권하며 은근히 고압적인 태도로 말했다.

"알겠습니다. 빨리 적응해서 열심히 뛰겠습니다."

"특파원이란 전쟁터에서 전쟁하는 용사와 같은 거요. 기자는 누구보다 발로 뛰는 직업이죠. 기동민 씬 몸이 좋으니 잘 뛰겠어요."

이번엔 팀장이 한마디 했다. 나를 위한 환송식은 성대했다. 술판이 무르익어 밤늦게 끝났다. 많이 취했는데 동기생 반상숙은 멀쩡했다.

"자, 기동민, 이제 숙소로 가자. 이 노처녀와 잘해보라고 지사장님이 내 방 옆에 너의 숙소를 마련해 줬지 뭐니. 가자."

"뭐라고? 너의 옆방에 내 숙소를 정했다고?"

"그래, 너 조심해라. 도둑고양이 짓 하지 말란 말이다."

우리는 택시를 불러 탔다. 숙소는 주거 오피스텔 공동 건물인데 그녀와 나의 방은 벽을 하나 맞대고 있었다. 특파원 숙소는 독신자 숙소와 기혼자 숙소로 분리되어 있었는데 우린 독신자 숙소에서 그녀와 난 벽 하나 사이에 둔 방에서 살게 되었다. 청소는 폴란드계 가사 도우미 아줌마가 관리해 준다는 것이었다. 그녀는 나를 방안에 밀어 넣고 갔다. 혼자 살기엔 너무 크고 호화로운 숙소였다. 너무 취해서 아무 생각 없이 베드에 눕자 잠들었다.

다음 날 아침 그녀가 깨워서 일찍 취기가 가시지 않는 상태로 사무실로 갔더니 팀장이 자리 배정을 해주고 사무실 분위기와 업무 분장을 해주었다. 팀장은 모닝커피를 내놓으며 업무를 자상하게 알려주었다. 해외에서 다년간 주재한 팀장은 숙련되고 사려 깊게 업무를 부여하고 유럽과 독일의 관습과 생활에 대하여도 자상하게 설명해주었다. 팀장의 설명만으로도 업무의 절반을 익힌 것 같았다. 그는 업무와 독일 생활에 관해서 일러주고 농담 어린 말을 한마디 던졌다.

"기동민 기자, 여자 조심해요, 이 말은 꼭 명심해야 할 것이요."

"여자요?"

"나, 바로 나를 조심하라는 말이야."

반상숙이 애교 섞인 미소로 말했다.

"그 여자 말고…"

독일의 첫인상은 들어서 알고 있었지만 역시 무미건조한 것 같았다. 유럽에서 가장 검소하고 실리적인 사람들이 독일인이며 이들의 생활은 너무 기계적이고 조직적인 실용주의라서 대충 빨리빨리 처리하는 한국인과는 격이 달랐다. 그런 생활이 때론 심한 반발을 느낀다는 것이다. 마치 독일인들은 사람 냄새가 안 나는 기계 인간 같았다.

독일에 온 지 10일이 지나서야 비로소 업무를 대강 파악할 수 있었다. 유럽 주재원이기 때문에 취재를 위해서는 여러 나라를 부산히 넘나들어야 한다. 국제적인 기사 감을 찾아 뛰어다니는 데 언제나 문제는 언어 소통이었다. 독일어를 공부하긴 했지만 묻는 말에 대답밖에 못하는 실정이라서 언어의 장벽은 항상 날 당황하게 만들곤 하였다. 그보다 너무나 실리적이고 실용적인 독일인의 생활 태도와 문화에 곤혹스런 때가 많았다. 반상숙은 언제나 해결사였다.

나는 그런 문화를 포용하고 적응하려는 노력에도 늘 문제를 발생시키고 혼란을 만들곤 하였다. 일과 후에도 독일어를 열심히 공부하고 독일의 풍습을 익히려고 혼자 이곳저곳 거리를 배회하고 다녀서 항상 귀가 시간이 늦었다. 내가 늦게 들어오는 소리가 나면 반상숙은 문밖으로 나와서 마치 마누라처럼 한마디 지껄였다.

"기동민, 너 매일 어딜 갔다가 늦게 오는 거니? 늦게 귀가하는 습관을 고쳐라. 같이 맥주라도 마시고 싶었는데 매일 늦으니 같이 마실 수 없잖아."

애교 있는 불만을 털어놓았다.

"날 기다렸다고? 시내 구경하느라고, 미안하다. 나 지금 감동 먹었다."

"왜?"

"네가 나를 마치 애인처럼 생각해 주니 황홀해서 그런다."

"그 정도 가지고 그러니, 앞으로 더 감동 먹을 일이 많을 텐데."

"그리고 김혁이 언제 온대?"

"곧 온대, 헝가리에 갔던 일이 잘 안 되나 보더라."

"무슨 특종을 잡으러 갔는데?"

"나도 잘 몰라, 그 특종 잡으면 아주 유명인 이 될 거래, 너 김혁이 잘나간다고 시기하지 말고 기죽지 마라."

"친구가 잘나가는데 박수를 쳐야지, 왜 시기를 해?"

"너 김혁에게 열등감 많이 느끼고 있는 것 같은데."

"그렇지 않아. 친구가 잘되면 좋지."

"그렇다면 안심이야. 그리고 부탁인데 일과 후에 너무 쏘다니는 버릇 고쳐, 하루 이틀 취재할 것도 아닌데 그러다간 너 쓰러진다."

"독일의 문화와 생활 습관을 알려고 현장 답사를 하는 중이야."

"쉬어라. 일이 많아서 눈코 뜰 사이가 없어질 거야. 그런다고 덤벙대지 마라. 기사가 오보될 땐 끝장이야."

"알았어, 그만해."

나는 피곤해서 내 방으로 들어와 버렸다.

"에이, 더런 놈, 충고 한마디 했더니 문을 처닫고 들어가니?"

그녀가 투덜거렸다. 유럽 특파원이 되었다는 기쁨은 잠시, 독일에 도착하자마자 연일 쏟아지는 업무 때문에 하루해가 지나는 줄도 모르게 취재에 열중하였다. 프랑크푸르트에 온 지 거의 한

달이 지났는데도 이렇다 할 휴일 한번 가져보지 못했다. 독일에서 프랑스, 이탈리아. 스페인, 그리고 멀리 북구 스웨덴 노르웨이까지 비행기를 타고 눈코 뜰 사이 없이 날아다녔다. 이것이 외신기자들의 일상이었다.

그런데 오랜만에 황금 같은 휴가를 이틀 얻었다. 시간이 나면 독일의 여러 곳을 돌아다니며 문화 체험을 하려고 했으나 막상 휴가를 얻고 보니 시간을 어떻게 보낼지 몰라 고심하고 있었다. 이러다간 황금 같은 휴가를 방구석에 박혀 노닥거리다가 끝날 것 같았다. 반상숙 기자에게 같이 외출할 양으로 전화를 했더니 출장 중이었다. 어쩔 수 없이 혼자 시내 구경을 하려고 마음먹었다.

그때였다. 핸드폰이 울렸다.

"기동민 기자님, 안녕하세요. 저 한세라입니다. 기억하시죠, 처음 유럽에 오던 날 우리 비행기에서 만났잖아요."

"기억하고 말고요. 한세라 씨, 동안 잘 지내셨어요?"

"네, 정신없이 지냈어요. 기동민 기자님은요?"

"저도 바빴습니다. 비로소 휴가를 냈는데 뭘 할지 모르겠어요."

"잘 됐군요. 나 지금 독일에 와 있어요. 날씨도 좋은데 데이트나 합시다."

"좋지요."

"내가 그곳으로 가겠어요."

행운이었다. 어떻게 그녀가 귀신같이 내 휴가를 알고 전화를 했을까. 잘된 일이다. 그녀라면 휴가를 즐겁게 보낼 수 있을 것 같았다. 내가 유럽에 처음 오던 날 옆 좌석에서 재미난 이야길 해준 김혁의 애인이었다. 한국 여자인데 그녀의 정체를 알 수 없었다. 자유분방하고 유쾌한 성격에 아름다운 미모를 갖춘 여인이었다. 그녀가 차를 끌고 나타났다. 초록색 선글라스에 빨강 스카프를 드리우고 까만 야외 재킷에 하얀 빽바지를 입은 몸매는 모델처럼 아름다웠다. 그녀는 차에서 내려 빨간 장갑을 벗고 내게 악수를 청했다.

"내가 기동민 기자님의 첫 휴가를 멋지게 보내게 해드릴게요."

"고마워요, 사실 휴가를 냈지만 시간사냥을 어떻게 하나 고민했어요."

"잘됐네요. 내가 안내하죠. 우리 교외로 드라이브나 해요."

"글쎄요. 김혁의 소식은 들어요?"

"네, 연락받았어요. 일이 잘 안되서 더 머문답니다."

그녀가 김혁 소식을 전했다.

"그래요? 두 분이 연락을 잘하나 봐요?"

"네, 그러니 우리 자유롭게 데이트해요. 아니죠, 여행갈까요?"

"좋습니다. 한세라 씨가 좋은 곳이라면 어디든 가겠어요."

난 그녀의 차에 올라탔다. 그녀의 빨강 승용차는 프랑크푸르트를 벗어나 도나우강 쪽으로 곧장 달려 아우토반으로 접어들더니 질주하기 시작했다. 창밖으로 그녀의 스카프가 휘날리고 있었다.

"어디로 갑니까?"

"아름다운 도나우강의 잔물결을 감상하러 가는 거예요."

"도나우강이라며 다뉴브강…?"

"독일어론 도나우강, 영어론 다뉴브강이지요. 마인-도나우 운하로 갑시다."

"참, 독일의 자연이 아름답군요."

"독일은 선택받은 영토를 가지고 있어요. 정말 환상적인 풍경을 구경시켜 줄 수 있으니 기대해도 돼요. 내친김에 독일을 벗어나 오스트리아로 가는 겁니다."

"오스트리아까지요?"

"유러존, 국경이 없어요. 이제부터 기동민 씬 나의 포로예요."

"네? 포로, 무슨 뜻이죠?"

"운전사 마음대로란 뜻입니다."

그녀는 거리낌 없는 말투로 나를 주물렀다. 자신만만한 태도, 그것이 그녀의 매력인지도 모른다. 마인-도나우 운하는 유럽의 심장을 가르는 내륙 운하라는 것은 알고 있었다. 마인강과 도나우강을 연결하여 도나우강의 물길을 마인강으로 옮겨 라인강과 연결한 운하였다. 그러니까 도나우 강물을 라인강으로 흐르게 하여 수량이 풍부한 산업 하천으로 이용하고 있었다.

"이틀의 휴가 동안 멋진 데이트를 즐길 수 있을 것 같아요."

"어떻게 우리에게 이런 시간이 주어졌을까, 아무래도 우린 천생인연 같아요."

그녀는 마냥 미소를 지으며 말했다.

"생각지도 못한 행운이에요."

"기동민 기자님, 오늘 만은 나의 포로예요. 이끄는 대로 움직여야 해요."

그녀의 직설적인 화법과 일방적인 행동이 약간 식상했지만 내게 즐거운 시간을 마련해 준다니 따르기로 하였다. 그녀는 속력을 내고 있었다. 아우토반을 비호처럼 달려가는 스릴은 최고였다. 3시간여 줄기차게 달렸다.

"속력 좀 줄여요."

"재밌잖아요. 속도감에 스릴을 느끼잖아요."

한참 만에 마인-도나우 운하가 눈앞에 전개되었다. 낮은 도나우강에 댐을 만들어 산까지 물을 채워 터널을 뚫어 산 넘어 마인강으로 흘러가게 하는 것이다. 우린 잠시 마인-도나우 운하에 내려 차를 마시며 산으로 올라가는 강물을 올려다보며 시간을 보냈다. 강물이 산을 넘어가는 풍경은 장관이었다.

다시 승용차는 뉘른베르크를 향하였다. 국경을 넘어 도나우강을 따라 오스트리아 린츠로 달려 빈에 이르는 아우토반이었다. 그녀는 베터랑 국제관광 가이드인 만큼 국경을 넘을 수 있는 프리 패스포트를 갖고 있었다. 승용차는 뉘른베르크에서 도나우강을 따라 계속 독일과 오스트리아 체코 국경을 달렸다.

"여긴 오스트리아잖아요."

"네, 맞아요. 아름다운 도나우강의 잔물결을 구경할 수 있어요.”

그녀는 요한 슈트라우스의 아름다운 '도나우강의 잔물결' 이
란 무도곡을 은은하게 들려주었다.

“빈으로 가나요?”

“네, 린츠에서 하루를 묵고 빈으로 갈 거예요. 그래야 요한 슈
트라우스의 아름다운 도나우강의 잔물결을 감상할 수 있어요.”

그녀는 마냥 미소를 지으며 말했다.

“도나우강에서 '아름다운 도나우강의 잔물결'을 듣는 기분이
새롭네요.”

“그래요. 노래만큼이나 도나우강은 아름다워요.”

승용차는 한참 달려 체코와 오스트리아, 독일 3국의 국경으로
접어들었다.

“여기가 보헤미아예요.”

“집시의 고장 보헤미아 말입니까?”

“네, 여기서 좀 쉬었다가 가요. 집시촌에 가면 신기한 볼거리
가 많답니다.”

“그래요, 집시들이 사는 모습을 보고 싶네요.”

우린 보헤미아 강변에서 멋진 점심 식사를 하였다. 보헤미아
는 강을 낀 숲속의 도시였다. 식사를 마치고 그녀는 나를 집시촌
으로 안내하였다.

“보헤미아는 세계에서 가장 큰 집시촌이랍니다.”

“유명한 보헤미아 집시촌을 볼 수 있다니 영광입니다.”

"모든 집시 문화를 한눈에 볼 수 있어요."

그녀는 유럽 구석구석의 문화를 잘 알고 있었다. 보헤미아 집시촌은 숲속에 있는 작은 도시였다. 언덕을 넘으니 아름다운 전원 풍경이 펼쳐지고 그 숲속에 빈민촌이 있었다. 죽 늘어선 천막촌이 온통 쓰레기 속에 묻혀 있는 슬럼가였다. 중앙의 넓은 도로를 두고 양쪽으로 늘어선 빈민촌의 창가엔 원색의 속옷들이 걸려 있고 누더기 같은 빨래들이 바람에 휘날리고 있었다. 창은 깨지거나 아예 없어서 밖에서 내부의 풍경이 다 들여다보였다. 방 안에선 거의 발가벗은 모습의 사람들이 보였다.

사람들은 집 밖 골목에 나와 앉아 있었고 좁은 골목에서는 아이들이 신나게 자전거를 타며 놀고 있었다. 거리엔 원색의 옷에 산발 머리를 한 남녀들이 눕거나 앉아 있는 모습들이 상당히 문란스러웠다.

관광객들이 이들의 풍경을 보려고 거리로 찾아들자 집시들은 오히려 그들이 이상하다는 듯 몰려와서 구경을 하였다.

우린 보헤미아 집시촌의 대로를 걷고 있었다. 그들이 사는 집은 마치 짐승의 우리 같은 느낌이 들 뿐, 도저히 사람이 산다는 생각은 안 들었다. 거리에 생활용품을 파는 가게들이 즐비하게 늘어섰고 골목엔 소규모 공장들이 들어차 있었다. 모두 수공으로 물건을 만들고 있었다.

그중에서도 가장 이색적인 풍경은 땜장이 가게였다. 늙은 집시 노인이 구멍 난 냄비나 솥 등을 모아놓고 납을 녹여 구멍을

땜질하고 있었다. 그리고 거리의 가게에선 중고품을 팔고 있었다. 양말 한쪽, 구두 한쪽까지도 팔았다. 식료품 가게에선 완제품도 팔지만 중간제품과 원재료를 팔고 있었다.

인구는 어찌나 많은지 거리마다 아이들로 북적댔다. 이런 빈민촌은 처음 봤다. 우린 찻집으로 들어가서 커피를 마시며 집시촌의 풍물을 구경하고 있었다. 거리의 악사들이 이곳저곳에서 노래하고 춤을 추고 있었다.

저녁을 먹고 집시의 무도가 공연되는 무도장을 찾아갔다. 무도장엔 사람이 가득 채워져 있었다. 술을 마시면서 노래와 춤을 출 수 있는 곳이었다. 음악이 고조되자 무희들이 무대로 올라와 아름다운 집시의 서곡에 맞추어 춤을 추기 시작하였다. 집시의 춤은 율동이 느리고 음탕했다. 춤이 무르익자 무희들이 상의를 하나씩 벗어 던지고 발가벗은 모습으로 춤을 추고 있었다. 무희들의 출렁대는 젖가슴이 원초적인 성정을 유발케 하였다. 난 그녀들의 몸짓에 시선을 집중하고 있었다.

취객들이 무대 위로 올라와서 그녀들과 춤을 추었다. 그런데 춤 상대가 되어 주고 뒷돈을 받았다. 모자를 든 집시 소녀가 다가와서 돈을 요구한다. 집시들은 관광객들의 짓궂은 장난에도 자연스럽게 응해주었다. 취객들은 무희의 몸을 어루만지며 젖가슴에 키스를 하거나 젖꼭지를 한 번씩 빨아댄다. 그때마다 돈을 요구했다. 돈을 버는 상술이라서인지 부끄러움이 없었다. 무희들은 하나같이 풍만한 몸매를 갖고 있었다.

"집시들은 세상에서 가장 자유롭게 사는 사람들 같아요. 저들에게 무슨 걱정이 있겠어요?"

그녀들의 몸짓을 지켜보며 내가 말했다.

"맞아요. 걱정 근심 없이 사는 사람들이에요. 하루 먹을거리가 없어도 걱정 안 해요. 빌어먹거나 구걸해서 먹으면 되니까요."

그녀가 말했다.

"세금은 내나요?"

"네, 수입에 비례해서 세금을 내요. 저들은 세금 내는 것을 자랑스럽게 생각한답니다."

"별나군요."

"세금을 많이 내는 집시는 체면을 살려 주기에 영웅 취급을 받아요."

유랑하는 민족인 집시에게 조국과 고향이 무슨 의미가 있겠는가, 그러나 그들에게도 조국과 고향은 있었다. 그들은 자기 종족 외에 다른 종족의 구성원이 될 수 없기에 그들 나름대로 독단적인 공동생활을 하고 있는 것이다.

"왜, 일을 안 하고 구걸을 하나요?"

"구걸이 직업이에요."

"생활신조가 구걸하는 민족이라서 잘살기는 틀렸군요."

사람들은 집시를 도둑이라고 생각하였다.

"가난해도 행복하답니다."

"왜 그렇게 살아요?"

"생활 습관이죠."

집시들이 정상적인 사회 구성원으로 어울리지 못하는 것은 나태한 습관을 가져서 적응이 힘들다기보다 그들의 생활 습관이었다. 그러나 집시들에게도 직업은 있었다. 교육을 받지 못했기 때문에 정상적인 직업에 종사할 수 없어서 항상 천한 일만 하고 살았다. 남자들은 가축 중개업이나 목동, 동물조련사, 흥행사, 땜장이, 거리의 음악가로 일했고 여자들은 점쟁이, 약장수, 걸인, 가수, 예능인으로 일한다. 도시에 사는 집시는 자동차나 기계 수리공으로 일을 하였고, 이동 서커스단이나 유원지에서 동물 조련사, 구내 매점원, 점쟁이 일을 하였다.

보통 집시들은 10여 가구 또는 몇백 가구의 무리를 지어 집단으로 산다. 결혼은 집시끼리 하였고 한 가정에서 미혼 자녀와 결혼한 장남 내외와 손자들과 함께 대가족을 이루고 산다. 결혼할 때 신랑 부모가 신부 부모에게 돈을 지불하고 딸을 데리고 온다. 둘째 이하 아들은 결혼하면 분가하여 나가 살 수도 있다.

집시들 중에는 귀족들과 교제하면서 귀족 행세를 하는 사람도 있었다. 그들은 집시의 노동력을 백작에게 제공해 주는 중간 역할을 하면서 권세를 얻었던 것이다.

집시 집단은 자신들의 수호를 위해 수령 제도를 두고 왕처럼 모신다.

수령은 집단의 영향력 있는 가족들 중에서 선출되어 죽을 때까지 무리를 이끌어 간다. 수령이 갖는 권력이나 권위는 집단의 크기, 전통, 다른 집단들과의 관계에 따라 차이가 있었다. 수령이 집단 전체의 재무를 관리하며, 이주에 관한 결정을 하고, 지방 시 당국에 대해 집단의 대변인 역할을 한다.

집단의 단합이나 거사는 집시 내의 가장 나이가 많은 여자가 맡았다. '푸리다이'란 여자가 원로가 되어 원로회의를 통해 집단을 이끌어 간다. 푸리다이는 모계 사회의 추장으로 여성과 아이 문제에 큰 영향력을 발휘하였다.

집시 사회에서도 통치관이 있었다. '크리스'라는 재판관이 집단의 의식과 재판을 주재하며 관습법을 통제하였다. 가장 근본적인 규약으로 집단의 조직과 충성으로 결속력을 갖게 하였다. 집단에서 규약을 위반하거나 분쟁이 일어났을 때 크리스 재판관이 엄중한 제재를 가하거나 강력 범법자는 집시촌에서 추방을 시켰다.

한세라는 집시의 생활에 대하여 장황하게 설명을 늘어놓았다. 다양한 센스를 가진 여자였다. 우린 보헤미아 집시촌을 돌아보고 레스토랑에서 식사와 와인을 마시며 이야길 계속하였다.

"김혁이 맡고 있는 김인숙 실종사건의 특종기사는 잘 되어 간대요?"

내가 물었다.

"내게 자세한 이야긴 안 해줘서 모르겠어요. 일이 잘 안 되는 것 같아요."

"저희 본부에서도 김혁이 연락이 없어서 궁금하답니다."

"보고 싶어요. 연락은 자주 하지만 참 오래됐거든요."

"사랑하나요?"

그녀의 표정을 살피며 물었다.

"네, 귀국하면 곧 결혼할 거예요. 그런데 방해자가 있어서 불안해요."

"방해자, 김혁에게 다른 여자가 생겼나요?"

"헝가리 집시 여자가 그를 꼬시나 봐요."

"한세라 같은 미인을 두고 김혁이 다른 애인을 사귄다니 말도 안 돼요."

"김혁 씨 일을 돕는 여우 같은 계집이 있어요."

그녀는 불안한 심기를 감추지 못하고 발설하였다.

"그럼 돌아오면 당장 결혼을 하세요."

"그럴 생각입니다."

우린 다시 차를 타고 린츠로 향해 가는데 날은 저물어 가고 있었다. 석양의 노을이 도나우강을 붉게 물들였다. 자동차는 오스트리아 린츠에 도착하였다. 린츠는 오스트리아의 전원도시며 화가들의 도시였다. 뭉크와 샤갈이 활동한 무대이기도 하였다. 그녀는 린츠의 솔라시티 전원 주택가에 차를 세웠다. 그리고 모텔을 잡았다.

"방은 두 개를 얻어야 해요."

내가 말했다.

"역시 기동민 씨는 한국 남자예요. 같이 여행 왔는데 왜 방을 둘 잡아요?"

"남자와 여자잖아요. 그리고 당신은 친구의 약혼녀니까요."

"걱정 말아요. 아무 일도 안 일어날 테니까요."

그녀는 피식 웃었다.

"남녀가 잠자릴 같이하는데 무사할까요?"

난 싱겁게 한마디 하였다.

"동민 씨가 공격하지 않으면 문제없어요."

"글쎄, 내가 내 자신을 모른다니까요."

"그러면 또 어때요? 좋은 감정이면 할 수도 있지요."

"한세라 씨?"

숙소를 잡고 우린 린츠의 밤 문화에 젖어 들었다. 강변 맥주홀에서 술을 마신 후 호텔로 돌아왔다. 기분이 묘했다. 우린 각기 침대에 나가떨어졌다. 그런데 내 침대를 기습한 것은 한세라였다. 그녀가 내 침대로 끼어들었다.

"어떤 말도 하지 말아요. 좋아서 그래요. 이 밤이 좋아서, 이런 기분을 망치고 싶지 않아요."

그녀는 나직이 속삭였다.

"이러면 안 되잖아요."

"친구의 여자 친구라서요? 부담 느끼지 말아요. 남녀가 한방에서 있을 수 있는 일이잖아요. 우리만 아는 비밀로 해요."

"안 돼요. 당신은 내 친구 김혁의 애인이니까요."

"좋은 감정을 망칠 거에요? 즐겨요. 아무 일도 없었던 것처럼 말예요."

그녀는 나를 안았다. 역시 생각대로 남자 다루는 솜씨가 능수
능란했다. 국제 관광 매니저로 유럽을 돌면서 숱한 사내들과 이
런 분위기를 만들고 사는 여자라는 생각이 들었다.

난 그녀의 포옹을 뿌리칠 수가 없었다. 그녀는 옷을 홀홀 벗
어던졌다. 어느새 그녀는 알몸으로 내게 안겼다. 그녀의 풍만
한 육체가 나를 사로잡았다. 포도송이처럼 탱글탱글한 가슴이었
다. 난 그녀의 가슴을 애무하였다. 그녀의 숨결이 가빠지면서 나
를 당겼다. 나는 비명 같은 신음을 지르며 그녀의 입술을 빨아
당겼다. 그리고 그녀의 아랫도릴 어루만졌다. 어느새 그녀의 음
부는 질퍽하게 젖어 있었다. 난 성난 물건을 그녀의 그곳에 강하
게 밀어 넣었다. 그녀는 비명을 지르며 허우적댔다. 서로의 음기
와 양기가 도킹하는 순간의 황홀경에 젖었다. 그리고 힘차게 밀
착하며 열기를 뿜어댔다. 아름답고 황홀한 밤이었다. 그리고 동
작은 두 번 세 번 되풀이되었다.

다음 날 아침 기분이 묘했다. 그녀는 아무 일도 없었던 것처
럼 태연스럽게 웃으며 커피를 내왔다. 그런데 영 기분이 이상했
다. 김혁에게 미안했다. 그러나 그녀는 미안한 기색이 없었다.

우린 다시 독일로 돌아가고 있었다. 돌아오는 차 안에서 그녀
는 많은 이야길 했지만 난 말 없이 듣기만 하였다. 마치 귀신에
홀린 기분이었다. 이래도 되는 건가. 난 그녀의 자유분방한 처세
가 마음에 걸렸다. 그녀의 사생활이 빤히 보이는 것 같았다. 애

인의 친구를 유혹한 여인이다. 그러나 그녀의 탓만은 아니었다. 난 큰 범죄자가 된 것 같은 죄의식에 젖고 말았다.

"동민 씨, 난 동민 씨의 후원자가 될 거예요. 무슨 일이 있거나 불편하고 곤란한 일 있으며 언제나 말해요. 속 시원히 해결해 줄 테니까요."

"글쎄요."

"불편한 점이 어디 하나둘이겠어요. 유럽 생활 자체가 파악되지 않은 상태니까요. 그래서 후원자가 되어 주겠다는 거예요."

"김혁에게 큰 죄를 지은 것 같아요. 우리 만나지 말아요."

"순진도 하셔. 내가 원해서 한 일이에요. 책임질 일은 아닌데 왜 고민이세요."

"혼란스럽네요. 비밀은 만들지 말아야 했어요."

"걱정 말아요."

난 그녀와 보헤미아 여행을 다녀와서 혼란에 젖었다. 그러나 아름다운 도나우강이 나를 미치게 하였다. 도나우강은 알프스 북부의 독일 슈바르츠발트 산악에서 발원하여 빈까지 깊은 계곡을 형성하면서 바이에른 지방으로 흘러 오스트리아로 들어간다.

이곳에서 라인강을 비롯하여 잘차흐 · 엔스 등 알프스에서 발원하는 여러 지류의 강물을 모아, 알프스와 카르파티아 산맥을 가르며 경치 좋은 협곡을 만들고 빈에서부터는 완만하게 넓은 평야를 이루며 체코 · 슬로바키아를 넘어 헝가리 국경을 따라 남하하여 헝가리의 대평야를 적시고 흐른다.

베오그라드를 흐르는 사이에 다시 드라바, 티사, 사바 등의 큰 지류를 합류하여 풍부한 수량을 확보하여 트랜실바니아 알프스와 발칸산맥을 분단하는 하곡을 지나면서 교통의 험로인 '철문의 협곡'을 이룬다. 여기서부터 하류인 왈라키아 평야에서는 강폭이 한층 넓어지고, 연안에 습지를 형성한다.

강은 루마니아와 불가리아의 국경을 동쪽으로 흐르다가 북상하여 우크라이나의 국경 일대에서 거대한 대 삼각주를 형성하고 흑해로 흘러든다. 삼각주에는 어촌이 산재하여 주민들은 어업에 종사한다. 300여 개의 지류를 형성하고 계절에 따라 유량의 변화는 비교적 적다. 도나우강 물은 관개나 발전에 이용될 뿐만 아니라, 국제하천으로서 옛날부터 동서 유럽 문화를 전파하고 물자 교역의 대동맥이었다.

대형 기선이 독일의 레겐스부르크까지 가서 소형기선으로 울름까지 항행하여 루트비히 운하를 이용하면 도나우강 마인강, 라인강을 거쳐 대서양으로 나갈 수도 있다. 또 빈에서 흑해까지 유람선 여행을 즐기는 사람도 증가하고 있다. 도나우강은 동서 유럽을 잇는 동맥으로써 역사적으로 큰 역할을 해왔다.

이미 선사시대에 이 강을 통하여 동방의 문화가 중부 유럽에 전파하였다. 오리엔트 문화가 이 강을 거슬러 올라가서 중부 유럽에 영향을 끼쳤으며, 로마시대에 이 강은 로마제국의 북쪽 방어선이 되었다. 그리고 고대부터 여러 민족의 이동 통로가 되었던 것이다.

한세라의 매력적인 모습이 눈앞에서 사라지지 않았다. 그녀는 어느새 내 마음의 전부를 차지하였다. 그러나 다시는 친구의 애인인 그녀를 만나지 않으려고 마음먹었다.

집시의 노래, 보헤미아 집시촌에서 무도의 밤이 뇌리를 떠나지 않는다. 목로주점에서 발가벗고 춤추는 집시의 모습, 슬픈 노래를 재미있게 부르는 가수의 모습, 알몸을 감상하는 대가로 돈을 받는 소녀의 모습은 생소한 기억이었다. 그런데 한세라가 내게 왜 그런 호의를 보여줬을까.

독일로 돌아와서 다시 바쁜 일상에 빠졌다. 취재차 이곳저곳을 돌아다니며 그녀에 관한 추억을 잊으려고 했는데 그럴수록 선명하게 문득문득 그녀의 얼굴과 그 밤이 떠오르는 것이었다. 난 마치 그녀의 노예가 되어버린 기분이었다. 사실 유럽 특파원의 분망한 생활과 구속에서 자유를 갈망하던 때 그녀는 내게 조이는 숨통을 틔워주었다. 자꾸 한세라가 떠올랐다.

그러나 김혁의 약혼자라는 사실에 견딜 수 없는 양심의 가책을 받았다. 예기치 않은 만남에서 여행을 즐겼고 육체적 결합까지 저질렀으니 걱정되는 후회였다. 그러나 그녀는 성인 남녀 사이에 있을 수 있는 일이라고 아주 자연스럽고 받아들였던 것이다.

# 김인숙 박사의 실종

김인숙 박사의 실종사건은 오리무중이었다. 아무튼 독일에 온 지 3개월이 지났다. 바쁜 일정에 눈코 뜰 사이 없이 시달렸다. 어쨌건 이젠 대충의 업무를 파악한 이상 선배들처럼 쇼킹한 대박을 기대하며 독일은 물론 이탈리아 터키, 폴란드 러시아까지 뛰어다니며 취재를 하고 다녔다. 한번 떠나면 보통 1주일씩 걸린다. 팀장은 김혁이 헝가리에서 굉장한 소식을 가지고 돌아온다고 전하였다. 그가 온다는 소식에 한세라와의 불륜이 더 큰 죄책감으로 느껴졌다.

매력적인 자유 여인, 숱한 남성의 시선을 한 몸에 지고 다니는 여자. 그녀가 나를 정복했고 정복당했다는 이상한 자괴감에 빠져 있었다. 어쩜 그런 자유스런 여자를 애인으로 둔 김혁의 심사는 대견하면서 한편으론 가련하다는 생각이 들었다. 처음 비행기 안에서 그녀가 나를 알아볼 때부터 난 그녀의 시선에 매료되었던 것이다. 그만큼 그녀는 남자라면 누구나 관심을 가질 만큼 매력을 지닌 여자였다.

한세라에게서 전화가 왔다.

"동민 씨, 몇 번을 전화했는데 왜 안 받아요? 김혁 씨가 돌아온대요."

"지사에 연락을 받아 이미 알고 있습니다."

"그랬군요."

"특종을 가지고 온다고 지사장님이 들떠 있어요."

"김혁 씨가 헝가리에서 돌아오면 우리 같이 만나요."

"그래요."

"그럼 다시 연락드리겠습니다."

그녀는 김혁이 돌아오는 날 시간을 맞추어 만나자는 것이었다. 난 김혁을 만난다는 설렘보다는 죄의식을 털지 못해 괴로웠다. 그녀와 몸을 섞었다는 것, 그녀에겐 아무 사건도 아닌데 내겐 큰 사건이었다. 난 한세라처럼 대범하진 못했다.

"동민 씨, 김혁 씨와 하이델베르크에서 만나기로 했어요."

"네, 하이델베르크 대학에 들렀다가 사무실로 온다고 했어요."

"우리 김혁 씨랑 황태자의 첫사랑 카페에서 만나요."

한세라가 김혁을 만난다는 기쁨에 젖어 있듯이 나도 그를 만난다는 것에 가슴이 설레었다. 꼭 3년 반 만에 만나는 것이다. 진종일 상기된 표정으로 그의 귀국을 기다리고 있었다.

그런데 사무실로 긴급 전신이 걸려왔다.

'김혁 기자 실종'

헝가리에서 날아온 외신이었다. 헝가리 통신은 한국의 유럽 특파원 김혁 기자가 헝가리에서 실종당했다는 기사를 텔레그램으로 보냈다. 날벼락이었다. 오늘 돌아온다는 소식을 받고 기다리고 있는데 그의 실종 소식이 전해 온 것이다.

"대체 김혁 기자가 어떻게 실종당했다는 겁니까?"

팀장에게 물었다.

"나도 잘 몰라. 헝가리 부다페스트의 다뉴브강변에서 실종되었다는 거야."

지사장은 돌발한 사고에 넋을 잃고 있었다. 팀장은 헝가리 신문사에 전화를 넣어 원인을 알아보려고 이리저리 뛰었다. 그러나 김혁의 실종 기사는 더 이상의 내막을 알 수 없었다. 한국 정부에선 김혁 기자의 실종을 헝가리 정부에 문의하였으나 역시 묵묵부답이었다.

헝가리 정부의 발표는 다뉴브강의 고려인촌을 탐사하던 한국의 김혁 기자가 정체를 알 수 없는 사나이들에게 납치되었다는 것이다. 범인은 집시 범죄 조직이라는 추측만 하고 있었다.

한세라가 전화를 걸어왔다.

"김혁 씨 돌아왔나요?"

"세라 씨, 어디예요?"

"하이델베르크 '황태자의 첫사랑' 카페에 있습니다."

그녀는 독일로 와서 김혁의 귀국을 기다리고 있었다.

"한세라 씨, 죄송해요. 김혁이 돌아오지 않았어요."

"무슨 일이 있나요?"

차마 말을 할 수가 없었다.

"아니요. 며칠 더 있다가 귀국할 것 같아요."

"별일이야. 그런 연락이 없었는데. 그럼, 나오세요. 같이 식사나 해요."

"한세라 씨, 오늘은 바빠서 안 되겠고, 다음에 김혁이 오면 같이 만나요."

"제가 독일까지 왔는데 돌아가라고요?"

"네, 바빠서 시간을 낼 수가 없네요."

"섭섭하네요."

김혁의 실종 소식을 알려고 그가 공부했던 하이델베르크 대학교 동양사학과 교수실로 찾아갔다. 하이만 주임 교수님은 김혁의 실종 내막을 알고 있을 것 같았다. 김혁은 하이만 교수의 소개를 받고 헝가리로 갔던 것이다. 그는 하이델베르크 대학에서 박사과정을 밟고 있었는데 졸업 논문의 주제가 '다뉴브강의 고려인촌'이었다. 대체 다뉴브강변에 어떤 고려인촌이 있기에 그런 주제를 연구한단 말인가? 의문이 풀리지 않아 교수님을 만나러 갔는데 젊은 여자 조교가 나와 맞았다.

"동양사학과 하이만 주임 교수님을 좀 만나게 해주세요."

"죄송하지만 누구시죠?"

갈색 눈을 가진 예쁜 아가씨가 물었다.

"한국에서 온 김혁 씨의 친구 외신기자 기동민입니다."

"하이만 교수님 지금 안 계십니다."

"실례지만 아가씬 누구세요?"

"교수님의 대학원 학부 조교수 '이로니카'라고 합니다."

"이로니카 씨, 김혁 기자가 귀국한다는 소식을 교수님이 알고
있나요?"

"네, 도착하면 오후에 들리기로 했다고 전해 들었어요."

"그랬군요. 그런데 김혁 기자가 헝가리에서 실종당했답니다."

"김혁 씨가 실종당했다고요? 오늘 돌아온다고 연락을 받았습
니다."

"귀국 길에 괴한들에게 납치당했답니다. 혹시, 의문가는 일이
있나요?"

"아니요. 그런데 교수님이 늘 걱정하고 있었어요. 위험한 일
이라고…"

"위험한 일이라고요?"

"네, 생명을 거는 일이었어요."

"다뉴브강에 고려인 집시촌이 어떤 곳인가요?"

"말 그대로 고려인이 사는 촌락입니다."

고려인이 헝가리에 산다니 이해가 안 가는 일이었다. 김혁의
실종 소식을 듣고 그녀는 몹시 당황하며 슬픔에 젖어버렸다. 제
발 김혁이 무사하기를 빌었다. 그러니까 김혁이 잡으려는 특종

은 김인숙 박사의 실종과 다뉴브강변에 살고 있는 고려인촌의
실상을 밝히는 것이었다.

"김혁 씨의 친구라 했지요?"

"그래요. 이로니카 씨는 김혁 씨를 어떻게 알아요?"

"대학원에서 같이 공부를 했어요."

한세라 씨의 말을 회상했다. 김혁이 집시 여인과 사랑에 빠졌
다는 것이었다.

"이로니카 씬 김혁과 어떤 관계입니까?"

"사랑하는 사입니다."

"사랑한다고요? 혹시 김혁 씨에게 약혼자가 있다는 말을 아나
요?"

"한세라 씨 말인가요?"

"네. 한세라 씨가 김혁의 약혼자인데 그를 사랑한다고요?"

"김혁 씬 그녀를 사랑하지 않아요."

"뭐라고요? 한세라 씬 결혼할 사이라고 하던데요."

"혼자 떠들고 다니는 겁니다."

우린 식당으로 가서 식사를 같이하면서 김혁의 이야기를 계
속하였다. 김혁이 다뉴브강변의 고려인촌의 진실을 캐러 간다고
했지만 사실은 김인숙 박사의 실종을 캐러 간 것이었다.

"기동민 기자라 했나요?"

"저와 같이 데이트나 하면서 이야기 좀 해요."

그녀는 뭔가 전하고 싶은 이야기가 있는 것 같았다.

"그래요, 온 김에 하이델베르크 시내 구경이나 합시다."

우린 식당에서 나와 하이델베르크 시가를 걷고 있었다. 그런데 한세라와 이로니카의 미묘한 관계가 마음을 무겁게 하였다. 그녀는 나를 데리고 네카강의 언덕에 올라 아름다운 하이델베르크 고도의 풍경을 바라보고 있었다.

"참 오래된 도시가 아름다워요."

"하이델베르크 시는 유럽의 명문인 하이델베르크 대학이 만든 도시입니다."

"600년의 역사를 가졌다죠."

"세계 각국에서 수많은 인재들이 모여드는 곳이랍니다."

그녀는 전통과 역사를 자랑하는 명문 하이델베르크 대학 이야길 해주었다. 하이델베르크 시의 인구 40%가 국내외 대학생으로 구성되어 있었다.

"철학의 도시라고 들었어요."

"칸트가 졸업한 학교랍니다. 그래서 이 고성에 칸트의 길이 있어요."

지성과 철학이 어우러진 칸트 거리는 이 도시의 상징적인 거리였다. 학생들과 관광객들은 칸트의 거리를 걸으며 잠시 철학자가 된다. 네카강의 아름다움과 장엄한 운치가 잘 어우러진 하이델베르크는 600년 고도의 오래된 건축물이 이색적이었다. 붉은 벽돌의 로마네스크 건축 양식은 원형대로 잘 보존하고 있어서 독일인 뿐 아니라 세계인들의 사랑을 받았다.

그래서 독일 정부에선 이 도시의 외형은 물론 풀 한 포기 돌한 조각도 손상치 않으려고 보수와 유지에 신경을 곤두세우고 있었다.

"보헤미아 왕국에서 작센 왕국으로 이어진 수도였어요."

"작센은 200년 전의 왕국인데 그때의 도시 형태를 보존하고 있군요."

"계획적이고 과학적으로 설계한 도시라서 파괴가 안 되었어요."

하이델베르크의 주거 특징은 유럽의 도시가 다 그렇듯이 울타리나 담이 전혀 없었다. 도로는 건물의 벽과 벽 사이로 이어져 역사보존이란 관점에서 옛 정취를 그대로 간직하고 있었다.

네카강변을 따라 걷고 있는데 한곳에서 거리의 악사들이 아름다운 선율에 맞추어 멋진 춤과 노래를 연주하고 있었다. 관광객들이 거리의 악사에 환호하면 그들의 노래와 춤에 흠뻑 빠져 있었다. 그때 어린 소녀 집시가 모자를 벗어들고 관광객 사이로 돌아다녔다. 난 2불을 내주었다. 팁이 많이 나오자 악장은 더욱 멋진 집시의 무도를 연주하였다. 속살이 훤히 들여다보이는 화려한 의상을 두른 집시 소녀가 악사들 앞으로 나와 아름다운 선율에 맞추어 사푼사푼 춤을 추기 시작하였다.

악사들은 더욱 정열적인 곡을 연주하였고 무희는 신나게 열정적인 춤을 추었다. 어느새 무희는 윗옷을 벗어 던지고 속옷차림으로 춤을 추었다. 관객들은 모두 그녀의 춤에 매료되었다. 마침내 춤이 끝나고 관객들은 스스럼없이 관람료를 내주었다. 집시들의 깜짝 쇼였다. 경찰차가 다가오자 집시들은 어느새 자취를 감추어 버렸다.

"경찰을 보고 왜 도망가죠?"

"잡히면 벌금을 낸답니다."

"가난한 거리 악사들에게 벌금을 왜 받아요."

"거리에서 구걸을 못 하게 하는 거죠."

"관광객들이 좋아하니까 그냥 좀 봐주지. 그것도 문화인데…"

"집시들이 구걸하는 거로 생각해요."

이로니카는 안타까운 표정으로 말했다. 이 거리는 유별난 집시의 문화와 풍물을 즐길 수 있는 곳이었다. 하이델베르크 대학생들은 창문을 열고 거리의 무도를 구경하고 있었다. 관광객들이 하이델베르크 대학 교정을 자유롭게 거닐고 있었다. 우리도 언덕을 내려가서 교정으로 들어왔다.

하이델베르크 대학은 수많은 지성인을 길러냈던 600년 전통을 가진 명문대학으로 지금도 창립 당시의 건물에서 공부를 하는 자존심을 가지고 있으며 파리 대학과 더불어 유럽에서 가장 역사와 전통을 자랑하는 대학이었다.

대학의 교정이 바로 도시이며 거리였고 술집과 상가였다. 번화한 도시 가운데 위치한 캠퍼스는 주변이 위락장과 술집이 벽하나를 두고 둘러싸여 있었다. 창문 밖에는 집시가 노래하고 창문 안에서는 세계적인 지성들이 향학열에 불타고 있었다. 벽 안엔 지성들이 공부하고 벽 밖의 거리엔 관광객들이 술을 마시고 춤추며 유희를 즐기는 이색적인 현상이 너무나 생소했다. 주점에서 주객들이 술을 마시고 떠들든 말든 건물 안 강의실에선 지성의 꽃을 피우는 모습이 이 도시의 풍경이었다.

"이 대학에서 7,000여 명의 박사를 탄생시켰대요. 괴테 같은 지성도 이 대학 출신이랍니다."

그녀가 말했다.

"굉장한 명문 대학이군요."

교정을 걷는 학생들의 초라하고 남루한 복장에 놀랐다. 한국이나 다른 외국의 화려한 의상에 비해 남루하고 화장기 없는 대학생들의 초췌한 모습이 이 대학의 지성을 상징하고 있었다. 거리를 거니는 남녀 학생들은 하나같이 큰 배낭에 책을 가득 담아 짊어지고 손엔 두세 권 책이 들려 있었다. 학문을 갈망하는 우수에 찬 모습에서 번득거리는 지성과 청춘의 고뇌를 엿볼 수 있었다. 젊음의 발랄함보다는 고전적 향기를 풍기는 멋이 있었다. 적어도 학문을 탐구하는 기간만이라도 온 정성을 학구에 쏟는 모습이었다.

"김혁 씨도 저런 모습이었습니까?"

"네, 대단한 학구파였어요. 대학원에서 최고 지성이죠."

"그래서 김혁을 좋아했군요?"

"네. 모든 면을 좋아해요."

우린 이런저런 이야길 나누면서 그녀가 김혁을 좋아하는 것을 확인했다.

"기동민 기자님, 미안해요. 약속한 일이 있어서 가봐야겠어요."

"그럼 다음에 다시 봬요."

그녀가 바쁘다며 떠나고 혼자 칸트의 다리를 걷고 있었다. 대철학자인 칸트는 하이델베르크에서 태어났고 이곳 대학에서 철학을 공부했고 본교에서 교편을 잡았던 석학이었다. 그는 늘 하루에 두 번씩 똑같은 시간에 네카강변을 산책하면서 이 다리를 지나곤 하였다. 아침저녁의 정확한 시간에 이 다리를 지나기 때문에 그를 시계박사라고 불렀고 사람들은 그가 지나는 시간에 시계를 맞추었다고 한다.

창밖으로 펼쳐지는 네카강의 흐름이 칸트의 철학을 상기했다. 하이델은 네카의 흐름으로 유명했고 네카는 하이델의 고적 때문에 유명했다. 하이델과 네카를 양분해서는 생각할 수 없듯이 독일의 지성은 칸트를 빼놓고는 생각할 수 없었다.

칸트의 다리를 나와 대로로 나섰다. 그때 수업을 마치고 캠퍼스 골목에 쏟아지는 학생들의 무리 속에 섞여버렸다. 무심코 따라 간 그곳은 음악 감상을 하는 찻집이었다. 어두운 조명이 차분하게 내리깔린 실내에 조용한 음악이 은은한 영상처럼 흐르고 있었다. 마담이 나를 보더니 쌩긋 미소를 지으며 어느새 음악을 바꾸어 주었다. '황태자의 첫사랑' 영화 음악이 흘렀다. 찻집 안에 있던 몇 명의 이국 학생들도 음악이 나오자 따라 흥얼거렸다.

"이 찻집 이름이 뭐에요?"

한 여학생들에게 물었다.

"황태자의 첫사랑입니다."

"그 유명한 영화 속의 무대 '황태자의 첫사랑 찻집'이라고요?"

"네, 맞아요. 어느 나라에서 왔나요?"

"한국에서 왔습니다."

"한국에 가봤어요. 참 좋은 나라죠. 친절하고 매너 좋고 미인
이 많고요."

"게다가 음악을 좋아하죠."

무심코 들어온 찻집이 황태자의 첫사랑의 무대였다니 복권에
당첨된 기분이었다. 나는 커필 시켜놓고 음악에 취해 있었다. 창
밖 멀리 네카강의 황금교가 유난히 노란 빛을 발하고 있었다.

그때 전화벨이 울렸다. 한세라의 전화였다.

"어디에요?"

"독일에 와 있어요. 김혁 씨 돌아왔나요?"

"우리 만나요. 할 말이 있어요."

"네, 일보고 곧장 갈게요."

"황태자의 첫사랑 카페로 오세요."

"알겠어요."

한세라는 유럽 주재 관광공사 지점장으로 우리 문화를 소개
하고 유럽 관광을 안내하는 가이드 일을 하고 있었다. 그녀는 영
어, 독어, 프랑스어, 스페인 등 유창한 언어를 구사하기에 여행
객을 편안히 해주는 실력자였다. 반듯한 미모와 지성으로 각국

의 문화와 풍속을 자상하게 소개해 주기에 인기가 높았다.

야무진 업무 추진 때문에 각국의 관광청에선 그녀를 신임하고 일을 맡겼다. 그녀는 각국의 현지 가이드를 총괄하고 관리하는 업무까지 맡고 있었다. 황태자의 첫사랑에서 음악에 심취해 있는데 그녀가 헐레벌떡 들어왔다. 그녀의 안색이 충혈되어 있었다.

"김혁 씨, 귀국했나요?"

난 조심스럽게 입을 열었다.

"김혁 씨가 귀국을 안 했어요. 혹시 연락을 받았나요?"

"전혀…"

차마 김혁이 실종했다는 말을 전할 수가 없었다.

"안 오는 걸 보면 무슨 일이 생긴 모양입니다."

"무슨 일? 꼭 귀국한다고 했었는데요."

그녀의 얼굴에 어두운 그림자가 드리워지고 있었다.

"글쎄요. 갑자기 소식이 끊겨서 모두 걱정하고 있어요."

"갑자기 무슨 일이 생겨요?"

"곧 연락이 오겠죠."

그녀는 커피를 마시며 태연하게 분위길 쇄신하려고 하였다.

"김혁 씨가 안 온 것은 그 여자 때문인 것 같아요."

그녀가 갑자기 이상한 이야길 했다.

"그 여자?"

"이로니카란 헝가리 여인이 우리 결혼을 방해 하고 있어요."

"이로니카라는 헝가리 여인은 하이델베르크 대학원 친구잖아요."

"그녀를 알아요?"

"네, 김혁의 일 때문에 조금 전에 만났어요."

"김혁의 일로 만났다고요?"

세라는 의아한 표정을 지었다.

"김혁이 연구하는 박사 코스 논문 주제 때문에 만났어요."

김혁의 박사 코스 주제는 김인숙 박사가 연구한 '다뉴브강의 고려인 집시'였다. 김혁은 바로 김인숙 박사에 관한 논문을 준비하고 있었다.

"그 재수 없는 계집애가 김혁 씨를 유혹하나 봐요."

"유혹? 그럼 빨리 결혼을 하세요."

"그런데 김혁 씨가 미적거린다니까요."

나는 더 이상 숨길 일이 아니라고 생각했다.

"한세라 씨. 흥분하지 말고 잘 들으세요. 김혁 씬 안 옵니다."

"왜요?"

"김혁이 실종당했답니다. 귀국길에 납치를 당했나 봐요."

"납치? 그런데 왜 지금 말해요?"

"세라 씨가 충격을 받을까 봐 망설였죠."

놀랄 줄 알았는데 그녀는 담담한 표정이었다.

"큰일이 난건 아니겠지요?"

"별일 없이 돌아올 거예요."

"그 미친년 때문이에요. 그년이 들쑤셔서 헝가리로 갔던 거예요."

그녀의 표정이 어두워지기 시작했다. 그리고 잠시 불안을 거두고 냉정하게 굳어졌다. 한참 만에 그녀는 커피를 마시며 표정을 밝게 웃어 보였다

"미안해요, 갑자기 울적해지네요. 걱정 안 해요. 무사하게 돌아올 겁니다."

그녀는 더 이상 말을 하고 싶지 않다는 듯 일어났다.

"동민 씨, 다음에 봐요. 이로니카를 만나야겠어요."

"이로니카를 만난다고요?"

그녀는 이로니카를 만난다며 카페를 뛰어나갔다. 떠나는 그녀를 보고 묘한 감정에 젖었다. 김혁에 대한 질투 같았다. 그런 친구의 애인을 넘보는 것은 죄악이라고 하면서도 그녀가 그렇게 그리워지는 것은 내 자신도 어쩔 수 없었다.

비행기에서 처음 만난 후 난 그녀의 미색에 빠져 버렸다. 그녀처럼 관능적인 매력을 지닌 여인은 없었다. 예쁜 미모에 능력 있는 여자다. 가까이하고 싶지만 가까워질 수 없는 친구의 여자라는 것이다.

카페 마담은 실내 화상 막에 '황태자의 첫사랑' 영화를 띄웠다. 모든 연인들의 가슴을 설레게 하는 영화였다. 감명 깊은 영화의 내용처럼 누구나 이곳에서 정열적인 사랑을 고백하고 싶어한다. 하마터면 나도 한세라에게 그럴 뻔했다. 세계 각국의 연

인들은 영화처럼 이 찻집에서 사랑을 고백하고 사랑을 주고받는다.

그녀가 떠난 후 혼자 그 자리에 앉아 깊은 생각에 젖어 있었다. 잠깐이지만 이로니카와 그녀와의 시간이 얼마나 애틋한 시간인지 가슴이 떨려왔다. 영화가 히트를 친 이후 이 카페는 하이델베르크를 찾는 많은 사람들이 찾곤 하였다. 이곳을 스쳐 간 많은 연인들은 황태자의 첫사랑처럼 사랑을 노래하였다.

김혁의 실종은 안갯속이었다. 헝가리 경찰은 그가 북한의 반체제 인권운동가인 김인숙 박사와 친분이 두터웠다는 데 실종 이유를 두고 있었다.

반상숙의 말로는 김인숙이 실종당하기 전에 김혁과 한때 교분을 가졌다는 것이다. 그리고 그녀가 실종된 후에 실종 이유를 찾다가 그도 실종을 당했다. 시기는 다르지만 두 사람의 실종엔 같은 함수가 있는 것 같다는 것이다. 그런데 지사장이 그의 실종을 심각하게 받아들이고 출장 간 직원들을 소집하였다.

"김혁 기자의 실종이 국제 문제로 발전하고 있어서 정부에서도 외교 망을 통하여 접근하고 있으니 기다려 보는 수밖에 없어요."

단도직입적인 지사장의 말은 설득력이 없었다.

"지사장님, 왜 김혁 기자가 실종당했다고 생각하나요?"

"그걸 질문이라고 하십니까? 실종 이유를 내가 어떻게 알아요?"

상당히 신경질적이었다.

"김혁 군의 실종이 업무와 연관된 것 같은데 무슨 일을 했나요?"

난 날카롭게 정곡을 찔렀다.

"기동민 기자, 너무 나서지 말아요."

지사장은 뭔가 알면서도 숨기는 것 같았다. 난 그가 탈북 인권운동가 김인숙 박사와 친분을 쌓고 있었다는 점에서 북한의 인권운동에 가담한 것이 아닌가라는 생각이 들었다. 그렇다면 김인숙 박사의 실종과 김혁의 실종은 같은 맥락의 사건이라는 것이었다.

"혹시 북한의 소행이 아닐까요?"

"쓸데없는 소리 말아요. 개인적인 사고입니다."

"김혁이 김인숙 박사의 실종사를 취재하려고 헝가리에 간 것으로 압니다."

"그와 상관이 없어요. 김인숙 박사 논문의 현장 탐색 차 갔습니다."

"논문의 현장 탐색이라면 고려인이 사는 현장이잖아요. 그럼 팀장인 나도 모르고 지사장님과 김혁 기자만 아는 비밀이 그곳에 있었다는 것입니까?"

팀장이 서운하다는 듯 진지하게 추궁했다.

"그런 것 없어요."

"다뉴브강에 사는 고려인의 존재를 왜 김혁이 밝히려고 한 건가요?"

반상숙이 지사장의 눈치를 보면서 물었다.

"반 기자, 그걸 질문이라고 해요. 고려의 우리 민족이 그곳에 살고 있다는 것 아닙니까 그것은 새로운 역사의 발견이죠. 우리 민족이 헝가리에 소수 민족으로 살고 있다는 것을 규명하는 일이 잘못되었나요?"

"지사장님, 그곳에 사는 고려인들이라는 사람들 말입니다. 혹시 탈북자들을 말하는 것이 아닌가요?"

팀장이 집요하게 물었다.

"아닙니다. 고려 때 이주한 우리 조상입니다."

"내가 취재한 바론 김인숙 씨 박사가 그곳 고려인촌에 북한을 탈출한 사람들을 불러 모아 돕고 있다는 것입니다."

팀장이 뭔가 냄새가 난다는 표정으로 물었다.

"그런 일 없어요. 함부로 근거 없는 말은 하지 마세요."

지사장은 화를 버럭 냈다.

"그럼 김혁이 고려인촌을 취재하러 간 것이 아니고 김인숙의 실종을 취재하러 갔군요."

팀장이 받아쳤다.

"그게 아니라는 데도 왜 위험한 발언을 해요?"

모두 김인숙과 고려인촌, 그녀의 실종과 김혁의 실종엔 연관된 비밀이 있다고 생각하였다. 그러나 지사장은 강하게 반발했다. 기자들에겐 직관적인 상상력이 발달되어 있었다.

"지사장님, 제가 두 사람의 실종 미스터리를 취재해 보겠습니다."

난 조심스럽게 지사장의 의중을 떠봤다.

"그만두라니까, 제발 쓸데없는 상상은 하지 말아요."

지사장이 고함을 질렀다.

"그래도 김혁의 실종을 규명하는 방법을 모색해 봐야 한다고 봅니다."

반상숙이 강하게 주장했다.

"딴생각 말고 기다려 봐요. 김혁 기자의 실종은 한국 정부에서 외교적으로 해결할 겁니다. 생각보다 쉽지 않아요. 더 복잡한 일이 생길지 몰라요."

"지사장님은 내막을 알고 있군요?"

팀장이 흥분하였다.

"헛소리 말아요. 아무것도 아는 것이 없습니다."

"그렇다고 우린 외신기자인데 취재는 안 하고 정부의 결정을 기다리라고요? 그건 안 되죠. 우리가 해결해야 합니다."

회의를 마치고 사건 취재 차 각기 흩어졌다. 그러나 김혁의 실종사건이 김인숙 사건과 연관이 있다는 생각이 뇌리를 떠나지 않았다. 그곳에 엄청난 비밀이 숨겨져 있다는 생각, 반상숙의 말마따나 내가 신경 쓸 일은 아니지만 외신기자인 이상 충분히 관심 가질 수 있는 일이었다. 외국기자 밥그릇이 작은 내게 반상숙은 구세주 같은 친구였다.

저녁 늦게 취재를 마치고 돌아와서 혼자 목로 호프집에서 한 잔 걸치고 맥주를 사들고 반상숙 숙소로 찾아갔다. 힘껏 그녀의 방문을 걸어찼다.

"어떤 새끼가 남의 집 방문을 차는 거야?"

그녀가 이브닝 가운을 걸친 채 문밖으로 나오면서 소리쳤다. 독서를 하고 있었는지 그녀의 손엔 책이 들려 있었다.

"나야, 너의 호프."

"이 자식이 취했군."

"그래, 조금."

"너, 이젠 처녀의 침실까지 침입하니?"

"침실이며 어떠냐. 친구인데…"

"어떠냐고? 넌, 내 침실에 찾아온 제1호 남자라는 거야."

"걱정 마라. 잡아먹지 않을 테니까."

"연애하러 온 것 아니면 가라."

"뭐야. 잘 왔다는 뜻이네. 그런 줄 알고 술 사 가지고 왔다. 한 잔하자."

"술? 노처녀의 심정을 알아주는 사람은 역시 너밖에 없구나. 대환영이지."

"너무 좋아하지 마라. 혼자 술 마시다가 마음이 허해서 왔을 뿐이다."

"뭐라고…? 이 자식이 또 김새게 하네."

그녀의 안색이 싸늘해졌다.

"아니야. 이 늦은 시간에 왜 왔겠니? 네가 생각나서 왔지."

"앉아, 마시자."

난 가지고 온 술을 내놓고 그녀는 마른안주를 내놨다.

"그보단 반 기자, 너 2년 전, 헝가리에서 김인숙 박사를 취재했었지?"

"그래서?"

"나, 그 내용 기록을 보고 싶거든, 보여줄 수 있어?"

"그만둬, 김혁이 그 사건 취재차 갔다가 실종당했어."

"그 사연이 뭐야?"

"또 사고 치려고. 팀장이 입 닥치라고 했잖아."

"그녀의 실종 내막을 추적하면 재미 난 일이 있을 것 같아. 김혁의 실종사건과 같이 내가 고려인촌으로 가서 그 내막을 밝히고 싶어."

"미친 새끼, 현실을 보면서 그래? 생각하고 싶지 않은 사건이야."

"대체 고려인촌의 비밀이 뭐야?"

"몰라, 아무것도 몰라."

아무튼 김인숙 실종사건은 바로 고려인 집시촌에서 일어난 일이었고 김혁의 실종도 그와 연관되었다는 의문이 가는데 그녀의 실종은 오리무중이었다. 그녀가 북한 인권운동가라면 북한 당국이 관계된 민감한 사건인데 김혁이 그 뇌관을 건들다가 실종당한 것이 아닌가 하는 추론이었다.

"그것이 뭔지 말해봐, 넌 대충 알고 있잖아."

"너 정말 대책이 없는 놈이구나. 어떻게 탈북자가 그곳에 숨어 있니? 그곳은 오직 고려인 집시촌일 뿐이야."

"고려인 집시는 탈북자를 상징하는 것이 아닐까?"

"미친놈, 비약하지 말랬지."

설령 탈북자가 그곳에 숨어 있을지라도 심각한 국제 인권 문제라서 섣불리 손을 못 대는 것이었다.

"아니야. 다른 비밀이 있긴 있어. 기자의 사명은 그런 문제가 있다면 파헤쳐서 알리는 것이잖아."

"너 정말 그런 말 계속할래? 그런 말 하려면 가라. 꺼지란 말이야."

그녀는 버럭 화를 질렀다. 뭔가 알고 있는 것 같은데 그녀의 깊은 침묵은 무엇을 의미하는 걸까. 난 화제를 바꾸었다.

"김혁과 한세라가 약혼한 사이라는데 관계가 심상치 않은 것 같더라."

"그렇게 느꼈어?"

"응."

"그렇게 좋은 사이는 아니야."

"그러면 이로니카와 김혁은 어떤 사이냐?"

"그걸 내가 어떻게 아니?"

"이로니카가 김혁을 유혹한다고 한세라가 그러더라."

"둘은 사랑하는 사이야. 그래서 한세라가 방방 뛰는 거야."

"대체 이로니카는 왜 약혼자 있는 김혁을 사랑하게 되었을까?"

사랑은 쟁취하는 것, 남의 애인을 빼앗는 재미가 있다는 것, 사랑은 조건도 이유도 없고 사랑하면 약혼한 사람도 빼앗을 수 있다는 것이 한세라의 생각이고 이로니카는 그보다 한술 더 떴다.

"김혁이 한세라와 이로니카 사이에서 방황하는 것 같아."

"그렇지 않아. 한세라 혼자 그러는 거야. 김혁은 한세라를 좋아하지 않아. 오직 이로니카를 사랑하고 있어."

"뭐라고, 그들은 약혼한 사이야."

"약혼은 무슨, 아무튼 그래. 너 한세라를 조심해라. 그녀는 세상에 잘난 남자들은 다 건드리고 다니는 여자야."

"끼가 있긴 하더라."

"당한 것은 아니지?"

"무슨 말이야. 내가 한세라와 잠이라도 잤다고 상상하는 거야?"

"응. 틀림없어…"

"사람을 뭘로 보고, 어떻게 친구의 약혼자를 넘보니? 그런데 대체 이로니카란 여자의 정체는 뭐니?"

"그녀는 김인숙의 딸이야. 그래서 어머니처럼 인권운동을 하고 있지."

"뭐라고? 김인숙의 박사의 딸? 무슨 인권 운동을 하는데?"

"난민 구제 활동을 하고 있어."

"난민이란 북한 탈북자를 의미하는 거니?

"꼭 그런 것은 아냐. 그러나 헝가리 정부에서 그녀를 경계하고 있어."

"그녀를 해외 추방한 이유가 그거야?"

"맞아, 그래서 숨어서 유랑하고 있나 봐."

"추방자, 가엾은 여인이군."

아무튼 이로니카는 베일에 싸인 여자였다. 그런데 김혁이 그녀를 좋아했고 그녀는 김혁에게 고려인촌 집시에 관한 자료를 많이 주었다는 것이다.

"아무튼 너 말이야. 한세라나 이로니카 둘 다 마음 두지 마라."

"두 여인 다 매력이 있잖니?"

"사내들이란 하나같이 미인이라면 사족을 못 쓴다니까. 잘 들어, 그 여자 기혼자야. 헝가리에 남편이 있어."

"정말 유부녀야?"

"그렇다니까."

그런 것도 모르고 김혁이 그녀의 미모에 홀랑 빠져 고생을 하였다. 하긴 기혼자라도 그녀의 미모엔 남자들 누구나 뿅 가지. 그녀는 클레오파트라와 양귀비를 능가하는 미색이었다.

"인마, 환상적인 미인이 너 같은 못생긴 남자에게 눈길이나 주겠어. 군침 삼키지 마라. 그녀는 김혁이 좋아하고 있어."

반상숙은 이죽거리며 말했다.

"김혁은 한세라의 애인이잖니?"

"아니라니까. 그래서 관심이 있다는 거야?"

"이로니카가 김인숙의 딸이라면 그녀의 아버지는 누구야?"

나는 의아한 표정으로 물었다.

"왜 관심이 그렇게 많은 거야?"

"명색이 기자인데 그 정도의 정보는 알아야지."

"그건 잘 몰라."

아무튼 김인숙 박사와 이로니카가 모녀 사이인 것은 분명했다. 그래서 김혁이 김인숙 박사 실종의 배후를 규명하려고 나선 것이다. 김혁은 김인숙 박사의 실종을 두 가지로 추정하였다. 현 헝가리 정부와 마약 밀매조직이라고 생각하였다.

"헝가리 정부가 왜 관여했다는 거야?"

"그녀의 남편이 전 공산당 맹주로 실각 전에 현 정부와 알력이 컸던 거야."

그런데 이로니카가 그 비밀을 김혁에게 알렸고 김혁은 내막을 알려고 하였다. 그래서 그녀에게 접근했고 도움을 청했던 것이다. 그러나 그녀가 정말 김인숙 박사의 딸인지, 결혼했는지, 남편이 누군지, 분명히 알려진 것은 없었다. 다만 김혁과 대학원 친구이고 각별한 사이였다는 것이었다.

"김혁이 김인숙 박사의 실종을 규명하려는데 이로니카가 도와줬다는 거지?"

"자식, 또 군침 삼키네. 너, 이로니카를 가까이 하지 마라."

반상숙은 뭔가 아는 듯 말했다. 난 그녀가 만들어준 칵테일을 마시고 밤늦게 그녀의 침실에서 나왔다. 알 수 없는 일이었다.

그녀가 김인숙 박사의 딸이라면 김혁의 실종은 김인숙의 실종과 연관이 있다는 것이다.

다음 날 난 당장 하이델베르크 대학으로 이로니카를 찾아갔다. 박사 코스를 밟는 그녀는 연구실에서 자료 정리에 몰두하고 있었다.

"기동민 기자님, 오셨어요."

"사실은 김혁의 실종에 관한 정보를 얻으려고 왔습니다. 아는 것이 있나요?"

"죄송해요. 전혀 몰라요."

그녀는 별로 달갑지 않은 표정으로 말했다.

"김혁이 김인숙 박사의 실종사건을 취재하다가 당한 것 같은데요?"

"누가 그래요. 그건 아닐 겁니다."

그녀는 완강히 부인했다.

"이로니카 양이 문제의 키를 갖고 있는 것 같은데요?"

"저완 전혀 관계가 없습니다."

그녀는 짜증스런 표정을 지었다.

"제가 김혁의 실종을 취재하러 가려고 하는 데 도움 될 말은 없나요?"

"김혁 씨의 실종을 취재하러 간다고요?"

"네, 헝가리 고려인 집시촌으로 가려고요."

"고려인 집시촌으로 가겠다고요. 안 가는 것이 좋을 것입니다.”

"왜죠?"

"간다고 규명이 될 건은 없으니까요.”

그녀는 더 이상 말하고 싶지 않다는 표정으로 입을 다물었다.
그러나 그녀의 표정에서 뭔가 숨겨진 비밀이 있다는 것을 느꼈
다.

# 유혹의 욕정

김혁은 원래 김인숙 박사의 실종사건을 취재하러 헝가리에 간 것은 아니었다. '다뉴브강변의 고려인촌'이란 김인숙 박사의 논문을 읽고 현장 취재를 하려고 갔었는데 김인숙 박사가 실종되었다는 사실을 이로니카로부터 알게 되었고 김혁은 김인숙 박사의 실종에 관심을 갖게 되었다.

이로니카는 그녀가 실종된 장소는 다뉴브강변의 고려인 집시촌이라고 전해줬고 김혁은 김 박사의 실종이 고려인촌의 집시들과 연관되었다는 의문을 갖고 그곳에 갔다가 실종을 당했다.

대체 고려인 집시촌은 어떤 곳인가. 단순히 고려의 소수민족이 집단 거주하는 그런 곳이라고 생각했는데 김인숙과 김혁의 실종을 보고 반상숙 기자는 그곳에 폭력 집단이 숨어 있다고 단정하였다. 문제는 고려인 집시와 그들 폭력단들 간에 어떤 연관이 있다는 것이다.

김인숙 박사는 북한 출신의 세계적인 역사학자로 독일 유학에서 만난 세계적인 헝가리의 핵물리학자와 결혼을 하였다. 남편은 헝가리 공산당 정권의 실세였다. 그러나 공산주의 몰락 후 남편이 죽고 그녀는 야인으로 살다가 난민 구제의 인권운동가로 변신하였는데 이것 때문에 헝가리 정부로부터 미움을 샀던 것이다.

그런데 아이러니한 것은 김인숙 박사의 논문 속에 존재하는 다뉴브강의 고려인촌이 한국인에겐 각광을 받았으나 헝가리인에게 반감을 샀던 것이다. 이들은 800년 전부터 그러니까 동몽골이 헝가리를 점령할 때 정복 군으로 왔던 고려인 원병의 후손들이 그곳에 남아 집단촌을 이루고 살았기 때문이었다. 그런데 더 놀라운 것은 김인숙 박사가 유럽을 떠도는 북한 이탈민을 이곳에 불러들여 보호하고 있다는 것이었다.

김혁은 김인숙 박사 실종사건이 다뉴브강의 고려인 집시촌에서 일어났다는데 의문을 갖고 그 내막을 특종 기사로 쓰려고 하였던 것이다. 그 모든 정보는 이로니카가 제공해주었다.

"이로니카 씨. 김혁이 못 이룬 꿈을 제가 이룰 것입니다."

"글쎄요. 쉽지 않은 일입니다."

"김인숙 박사의 꿈을 제가 이루어 주겠습니다."

"글쎄요."

김인숙 박사는 고려인 집시촌을 소수 민족으로 인정받게 하

려는 꿈을 갖고 있었다. 800년 동안 숨어 살아온 고려인촌을 세
상에 알리는 일은 한국사의 재조명이라고 생각하였다.

"그런데 800년 전에 정착한 고려인들이 왜 집시로 숨어 살지
요?"

"삶터를 잃을까 두려워서 숨어 살았기 때문이죠."

"그것이 사실이라면 설득력이 없습니다."

그녀는 고려인들이 정착하지 못하고 떠돌아다니는 집시로 사
는 것은 민족적 박해 때문이라고 하였다. 그래서 독립된 소수민
족으로 헝가리에 살게 하려는 인권운동을 펴고 있었다. 그런데
다뉴브강을 떠도는 탈북인들의 비통한 모습을 보고 그들을 이곳
으로 데리고 와서 보호한다는 소문이 고려인의 정체성에 혼돈을
느끼게 하였다. 문제는 헝가리인들이 그곳에 정착하여 살고 있
는 집시들이 고려인의 후손이라는 것을 모르고 있었고 탈북인을
고려인으로 알고 있었다.

그런데 어머니가 죽은 후 이로니카는 고려인 집시촌에 숨어
사는 탈북자의 권위와 인권을 옹호하는 일을 하겠다고 세상에
공표했던 것이다. 어머니 김인숙 박사가 고려인촌에 탈북자를
끌어들여 살게 하는 일을 이로니카가 대신하다가 헝가리에서 추
방을 당했다. 이쯤 되면 고려인 집시촌에 엄청난 비밀이 내재해
있다는 것이다. 이로니카는 단순히 인권 차원에서 그들의 생계
를 지원하면서 그들의 실정과 권위를 세계만방에 고하여 그들을
난민으로 인정해 달라고 호소를 하고 있었는데 집시냐 탈북자냐

에 혼돈을 자아내게 하였다.

그녀는 내게 어머니가 쓴 연구 논문의 자료를 넘겨주었다. 충격적인 사실이었다. 연구 자료에 의하면 800년 전 몽골에 잡혀간 고려인의 후예들이 동부 유럽에 널리 퍼져 있다는 것이다. 그것을 증명하는 김 박사의 논문은 한국사를 다시 쓰게 되는 역사의 재발견이었다. 그녀는 고려인촌에 사는 유랑인들을 정당한 헝가리인으로 살게 하려는 계획을 갖고 있었다. 김혁이 김인숙 박사를 대신하여 그걸 하려고 하였고 김혁이 못한 일을 내가 하겠다는 의지를 가졌다. 설령 그곳에 북한 탈북민들이 숨어 살고 있더라도 내겐 무관한 일이었다. 난 오직 고려인촌 집시들을 소수 민족으로 살게 하는 역사적 대업을 이루는 일에 몰두할 뿐이었다.

그런데 그녀를 헝가리에서 추방하는 세력은 누구일까?

그것을 밝혀야 한다. 갑자기 용기가 솟구치면서 구미가 당겼다. 김혁이 그것을 밝히려다가 실종당했다. 그가 못 이룬 특종을 써 보려는 것이다.

김인숙 박사의 논문에는 13세기부터 15세기에 몽골병으로 유럽에 진출한 고려인 병사가 헝가리 정복 군으로 다뉴브강가에 정착을 했고 그들 후손이 번성해 있다는 것이다. 그들은 몽골로 잡혀간 수만 명의 고려인 병사와 화냥녀들이 몽골의 유럽 정복 군으로 나왔다가 돌아가지 못하고 이곳에 머물러 살았다고 주장했다.

고려사에 의하면 13세기에 고려의 병사 7만 명이 몽골의 병사로 파견되어 유럽 원정에서 공을 세웠다고 기록되어 있었다. 특히 배를 운항할 줄 모르는 몽골병을 이끈 것은 고려의 수병이었다. 그리고 고려의 처녀들이 100년 동안 18만 명이 끌려와서 몽골 귀족과 장수의 아내가 되었고 그들이 유럽 원정에 가담하였던 것이다.

원나라가 망하고 순제가 죽자 고려의 여인으로 원나라 순제의 황후였던 기삼홍은 선광과 천광 두 아들과 고려인 5,000명을 이끌고 내몽골로 들어가서 동몽골을 건국했고 장자 선광이 왕이 되자 기삼홍 황후는 수렴청정하면서 잃어버린 대원의 정기를 계승하여 국토를 넓히는데 주력하였다. 동몽골의 황제인 선광이 사마르칸트를 점령하는 전투에서 죽었다. 기황후는 아우 천광에게 왕업을 이어받게 하여 더 세력을 확장하였는데 천광 역시 살해당했다.

기황후는 고려의 명석한 장군인 쿠이리치를 왕으로 추대하고 계속 서진하여 사마르칸트에서 후몽골을 자칭하는 티모르를 정복하고 통칭 대몽골 티모르 왕국을 건국하였던 것이다. 쿠이리치 왕은 고려인들의 비호를 받으며 국력을 키워나갔다. 그 배후엔 튼튼한 기황후와 고려의 충신들이 버티고 있었다.

쿠이리치의 대몽골 티모르는 국력을 번창시켜 페르시아를 점령하고 나아가서 오스만 터키를 앙골라전에서 격파하고 지중해 이탈리아까지 진격했고, 북으론 폴란드와 헝가리를 점령하였다.

대몽골의 티모르제국은 바로 고려의 후손이 세운 나라이다. 그러니까 북원의 동몽골이 몽골 티모르를 치고 대몽골 티모르 대제국을 형성했던 것이다. 국력은 번창하여 대몽골 티모르의 후손 히즈르 왕은 인도를 점령하고 대원에 버금가는 티모르 제국을 만들었다.

바로 그들의 나라가 기황후의 후손과 고려의 신하들이 만든 제국이었다. 그들은 다시 다뉴브강을 따라 헝가리로 진출을 한 후 어디론가 사라져 버렸다.

허무맹랑한 이야기 같지만 김인숙 박사가 그 사실을 자신의 논문집에 기술하였다. 난 밤새도록 논문을 읽었다. 그런데 그녀가 그곳에 살면서 또 다른 고려인인 북한 탈북인들을 입촌시켰다는 의문을 갖게 하였다. 탈북인 보호라는 차원과는 거리가 먼 미스터리 같은 일이었다. 헝가리인들은 피부색이 같은 그들을 고려인이라고 생각하였다. 만약에 그들이 북한 이탈민이라는 것을 알면 헝가리 정부는 그들을 그대로 두진 않을 것이었다.

"이로니카 씨. 김인숙 박사는 왜 북한으로부터 배척당했나요?"

"북한의 인권을 지적했던 이유였어요. 그러나 어머닌 진정으로 조국을 사랑한 분이셨어요."

"아버지가 헝가리 공산정권 실세였다면서요?"

"동구 사회주의가 무너지면서 실권을 당했지요."

비밀이 풀려가고 있었다. 김인숙 박사가 헝가리 민주 정부로부터 소외당한 것은 실권자의 압력이었다. 북한은 조국의 인권을 비판하는 그녀를 적대시했고 헝가리 정부는 그녀가 사회주의 권력의 실세였기에 내쳤다. 그러나 이로니카는 어머니의 뜻을 받들어 인권운동가로 거듭났고 헝가리 정부는 그런 그녀를 내쳤던 것이다.

갑자기 한세라가 독일로 와서 만나자는 전화를 하였다.

"김혁 씨 소식은 아직도 없나요?"

"네, 실종은 미궁에 빠져 버렸습니다."

"여우 같은 이로니카 때문이에요. 그녀가 그를 죽게 했어요."

"아닙니다. 김혁이 특종을 잡으러 갔다가 실종당한거죠."

"그녀가 계획적으로 접근해서 김혁 씨를 그곳에 가게 했어요."

"김인숙 박사의 연구 논문을 탐색하러 간 것입니다."

"내가 속상한 것은 그녀가 김혁 씨를 내게서 빼앗아 갔어요. 이로니카는 결혼까지 했는데 그를 유혹했어요."

"정말 김혁과 결혼할 생각이었어요?"

"네, 그런데 그녀를 안 후에 김혁 씨는 나를 외면했어요."

"그녀는 결혼했다면서요?"

"그래서 화가 나요."

나는 한세라가 약속한 장소로 나갔다. 그녀는 고급 레스토랑에서 근사한 요리를 시켜 놓고 있었다. 주메뉴는 양고기 훈제에 와인이 곁들인 식사였다. 우린 잔을 부딪치며 식사와 와인을 즐겼다. 비로소 그녀의 표정이 밝아졌다. 술잔이 오가면서 분위기는 사뭇 달라졌다. 그녀는 상식을 넘어 변덕이 죽 끓듯 하고 감정의 굴곡이 심한 여자였다.

"동민 씨, 반상숙 기자와는 잘 돼요?"

"무슨 뜻이죠?"

"애인 사이라면서요? 그녀가 내게 말했어요."

한세라는 엉뚱한 소릴 지껄였다.

"정말 그녀가 그런 말을 했어요?"

"네. 그런 호박이 뭐가 좋아요. 이미지 구겨요."

"못생겼지만 나를 좋아한다는데 어떻게 그래요."

어처구니가 없어서 한마디 내뱉었다. 김혁의 실종 때문에 우울할 줄 알았는데 그녀는 전혀 슬픈 표정이나 걱정의 빛이 없었다. 시종일관 내게 애교 어린 시선을 보냈다. 순간 사랑이란 변하는 것, 영원할 수 없는 것, 여자의 변신은 무죄라는 것, 아무리 좋아도 한순간에 사랑이 깨질 수 있고 마음은 갈대와 같아서 미세한 바람에도 흔들리며 좋으면 당기고 싫으며 과감하게 버리고 새로운 사랑을 찾아 떠나는 것을 느꼈다. 술잔이 늘어갈 수록 그녀의 말투는 거칠고 요염했다.

"동민 씨, 나 같은 여자는 어때요?"

"임자 있는 여자잖아요."

"임자 있다고 못 잡아요. 좋으면 잡아요. 좋은 감정이 들거나 좋은 감정을 주면 여자란 사랑을 찾는 새처럼 그 사람에게로 날아가죠."

"난 그런 여자는 싫어요."

"감정에 너무 순응하는 것 같아요. 난 김혁 씨보다 동민 씨가 좋은걸요."

팔색조 같은 여자다. 갑자기 그녀가 무섭게 느껴졌다.

"김혁에 대한 모독입니다. 김혁이 알면 얼마나 섭섭해하겠어요?"

"김혁 씨는 없고 동민 씨는 옆에 있잖아요."

그 말의 의미는 다분히 의도적이었다.

"듣기 좋은 소린 아니네요."

"우리 사겨요. 사랑에 빠져 보자고요."

"말 함부로 하지 마세요. 친구의 애인을 채는 무례한 사람은 아닙니다."

나를 테스트하고 있는 그녀의 내심을 꿰뚫어 보았다. 예쁜 얼굴에 잘빠진 몸매, 자신이 있다는 몸짓으로 뭇 남성의 시선을 집중시키고 언제나 그런 식으로 남자를 유혹하는 것 같았다. 깔끔한 의상으로 모델을 능가하는 세련된 치장이 그랬다. 파리 패션가 모델처럼 화려하고 국제적인 감각이 뛰어난 첨단 패션을 구가하는 프리마돈나였다. 한국을 대표하는 관광외교 요원으로 국제적인 감각과 매너를 가진 명사라서인지 그녀의 주변엔 각국의 외교관을 비롯하여 저명인사들이 들끓었고 돈 많은 부호들이나 유명한 인사들과 깊은 교분을 갖고 있었다.

10년 동안 해외에 근무하면서 숱한 염문을 펼쳤던 여인이며 베테랑 관광 매니저이며 외교관이었다. 잘 빠진 8등신의 몸매에

5개 외국어를 능란하게 구사하는 재원이었다. 서글서글한 큰 눈에 동양적인 매력의 건장한 육체는 서양 여인을 능가했고 잘빠진 각선미는 그녀의 심벌이었다. 오랜 시간 유럽의 이곳저곳을 돌아다니며 숱하게 많은 남성을 만났고 쉽게 만나서 쉽게 조리하는 여자였다.

그녀와 나는 하나도 맞는 것이 없었다. 우린 이상한 연인관계로 발전하였다. 그녀가 무겁게 나를 휘어잡고 있는데 음악은 더 낭만적인 분위기로 흐르고 있었다.

"동민 씨. 우리 서로가 좋은 감정으로 자주 만나요."

정말 뜻밖의 제안에 당황할 수밖에 없었다.

"김혁과 결혼 한다면서요?"

"실종당한 사람하고 어떻게 결혼해요. 이젠 조용히 잊어야죠."

"뭐라고요? 김혁은 곧 돌아옵니다."

"돌아온다 해도 우리의 사랑은 식었어요. 그는 나보다 이로니카를 좋아해요. 그러니 난 동민 씨가 좋아지는데요. 동민 씨가 탐이 나는걸요."

"우리 더 이상 만나서는 안 되겠네요."

난 당황스런 표정을 지었다. 사람에 따라 분위기에 따라 순간적으로 변하는 대책이 없는 여자였다.

남자들은 그냥 누구나 미인에 대한 선입견으로 혹한다. 나도 세라 씨를 보는 순간 가슴이 뭉클해지는 감정이 일곤 했다. 그런데 이런 감정이 더 발전하면 안 된다는 것을 느꼈다. 그것은 김혁에게 미안하다는 생각이었다.

"김혁 씨를 의식하지 말아요. 난 동민 씨가 좋아지는데요."

그녀는 집요하게 남자를 유혹하고 농락하는 색광이었다. 눈앞에 먹잇감이 들어오면 재빨리 낚아 채는 야수 같은 행동이 있었다. 물론 사람의 마음이란 간사해서 한순간에 반할 수도 있고 미워할 수도 있으며 순간적인 사랑을 느낄 수도 있다. 그러나 그것은 일시적인 생각일 뿐인데 사려 깊은 행동은 아니다. 그녀의 집착적인 사고는 뭐든 끝장을 내겠다는 식이어서 여간 부담스런 것이 아니었다.

"내가 동민 씨를 책임질 수 있어요. 훌륭한 후원자가 되어줄 수 있어요."

모든 것이 자기 생각대로였다. 김혁의 실종 같은 것은 전혀 염두에 두지 않은 말투였다. 바람둥이 여자의 유혹을 어떻게 차단 한단 말인가.

"언짢습니다."

솔직한 심정을 직설적으로 표하였다.

"실종은 죽은 거나 마찬가지예요. 게다가 그는 이로니카를 좋아해요. 그래서 미련이 없어요. 난 동민 씨가 좋아요. 처음 만나는 순간부터 아, 저 남자라면 나와 일생을 같이 할 수 있겠구나 하는 믿음이 들었어요. 아무튼 그래요."

"남자를 꼬시는 기술이 대단합니다. 내가 장난감처럼 우습게 보이나요? 세라 씨 같은 능력 있는 여자가 나 같은 보잘것없는 해외 외신기자가 뭐가 좋다고 추근은 댑니까? 그냥 한번 가지고 놀겠다는 의도가 아닌가요?"

날카롭게 쏘아붙였다.

"화내지 말아요. 좋아서 그래요. 동민 씨가 좋아서 그래요. 물론 직업이 직업인만큼 많은 남자 팬들을 가진 것은 사실이에요. 그러나 일과 사업상으로 만나는 관계일 뿐 깊은 애정을 느껴보지 못했어요."

세라는 나의 마음을 흔들어 놓고 있었다. 나는 고갤 떨어뜨리고 침묵에 빠져 버렸다. 그녀는 분위길 바꾸려는 듯 카페 여급을 불러 술을 시켰다. 금발의 여급이 오래 묵은 와인을 가져왔다.

정말 이상한 만남이었다. 술잔을 기울수록 당혹스런 표정이 사그라졌다. 그녀를 안 지 5개월이 조금 넘었는데 앞뒤 안 보고 달려드는 그녀의 행동이 나를 가지고 노는 것 같아서 기분 나빴다. 그런데 막상 그녀의 프러포즈를 받고는 마음이 흔들리기 시작했다. 너무나 일방적이고 뜻밖의 고백이라서 신뢰가 안 갔지만 나름은 절절하게 고백을 하는데 그 말이 진실로 느껴졌다. 그녀는 그런 화술을 가졌다. 화려한 비즈니스 경륜과 국제적인 문화 센스를 가졌기에 누구 앞에서건 자유롭게 연출하는 능력이 있었다. 그러나 잘난 여걸이 정숙한 여자 모습으로 진실을 말하지만 위선이 보인 이상 쉽게 그런 유혹에 넘어가지 않을 것이다.

술잔이 비워지면서 그녀의 볼은 취기로 붉게 달아올랐다.

"동민 씨, 우리 고성채로 산책 갑시다."

"그래요."

"다정한 연인처럼 걸어요."

그녀는 나의 손을 잡고 하이델베르크 고성으로 발길을 옮겼다. 이 고성은 작센 왕국의 프레드릭 왕이 건립하여 보헤미아 왕국으로 이어진 200년 역사의 수도였다. 보헤미아 전쟁 때 일부가 허물어졌고 2차 대전 때 연합군의 폭격으로 거의 파손 되었던 것이다. 그렇게 고성은 2차 대전의 슬픈 역사를 안은 채 버티고 있었다.

전투기의 융단 폭격을 받아 허물어지긴 했어도 외각의 모형만 부서졌을 뿐 웅장하고 찬란했던 자태는 그대로 남았다. 300년 전의 건축 수준에 감탄하지 않을 수 없었다. 보헤미아 왕국에서 작센 왕국으로 전수된 왕궁은 찬란한 로마 가톨릭 건축 양식의 전통을 그대로 전수해주는 문화재였다.

포탄에 날아간 성곽 위에서 우린 손을 잡고 서 있었다. 그때 젊은 프로 사진작가가 다가와서 사진을 찍고선 곧장 현상한 사진을 내밀었다. 멋진 포즈의 사랑스런 연인의 모습이었다. 난 사진 값을 지불하고 사진을 세라에게 주었다. 아주 구도가 잘 잡힌 사진이었다. 그녀의 모습은 마치 보헤미아 대왕을 사랑한 로마의 황녀 같았다.

로마의 황녀가 보헤미아 왕에게 반하여 로마에서 하이델베르크 까지 달려왔던 애절한 사랑의 전설은 이곳을 찾는 연인들의 가슴을 울린다. 한세라의 그 황녀의 모습 그대로였다. 사진을 보

다가 그녀는 나의 가슴에 얼굴을 묻고는 조용히 흐느꼈다. 행복
에 찬 감격의 흐느낌이었다. 발랄하고 강직한 그녀에게서 숙연
한 모습은 정말 상상조차 할 수 없었다. 그것은 사랑하는 사람에
게 매료된 여성 순수의 본능 같았다.

작센 왕국은 세계를 지배한 로마에 강력하게 맞섰다. 그러나
끝내 버티지 못하고 유럽에서 가장 늦게 동로마제국의 지배를
받은 비극의 나라가 되었다. 로마 황제는 작센 왕국을 점령하고
자기 공주를 작센 왕과 혼인시켰다. 정략적인 결혼이었다. 그런
데 로마의 황후가 작센 왕을 사랑하면서 비극의 씨는 뿌려지고
말았다. 모녀가 작센 왕을 사랑한 것이다. 마침내 로마 황후는
작센 왕국으로 사랑을 찾아 도망을 온다. 그리고 황후는 딸의 남
편인 작센 왕과 염문을 뿌린다.

모녀가 한 남자를 사랑한 비극의 역사는 마침내 어머니가 딸
을 죽임으로써 처참한 종말을 고하고 말았다. 그 후 계속 동로마
제국의 공주들은 작센 왕국을 지배한 통치자의 아내가 되는 전
통을 세웠고 계속 로마의 공주와 작센 왕들은 혼례를 치렀다. 마
침내 독일은 신성로마제국을 탄생시켰다.

그녀들의 흉상들이 고궁의 벽 위에 하나씩 조각으로 새겨져
있었다. 그 흉상들은 당시 강력한 로마 여인들의 막강한 힘의 상
징으로 남아 있었다. 우린 비극적인 사랑의 흉상 앞에서 숙연하
게 침묵하고 그 여인들을 바라보았다.

"이곳에서 김혁 씨와 사랑에 빠졌어요. 그런데 이곳에서 동민

씨를 만나네요."

세화는 수줍은 어조로 말했다.

"정말 이상한 인연이군요."

"그런데 우리 사랑은 이로니카가 나타나서 깨졌어요."

"내가 알기로는 이로니카와 김혁은 대학원 동급생으로 친해진 것 같던데요."

"같이 공부하면서 김혁 씨가 이로니카에게 빠졌어요."

세라의 표정이 숙연해졌다.

"이로니카는 결혼한 여자라면서요?"

"네, 그런 여자가 김혁을 유혹했다니까요. 끝내 김혁은 이로니카에게로 가고 말았죠. 이로니카는 나를 처참하게 망가뜨린 여자입니다."

"대체 내게 왜 김혁의 이야길 계속하는 거죠?"

"글쎄요. 김혁을 의식하지 말라는 뜻입니다."

"전 친구의 애인을 빼앗을 만큼 철판을 깐 파렴치한이 아닙니다."

순진한 것인지. 미련한 것인지. 천방지축 사리 분별을 못하는 여자 같았다. 모든 것이 지 멋대로였다.

"동민 씨. 속이 쓰려요. 우리 해장국이나 먹으러 가요."

"해장국? 독일에 무슨 해장국 집이 있어요?"

"따라만 오세요."

그녀는 한인 식당으로 나를 안내했다. 고궁 앞에 위치한 한국인이 경영하는 '고도'라는 식당인데 하이델베르크에서는 꼭 하나뿐인 한국 식당이었다. 이 식당을 경영하는 여인은 서독에 간호사로 왔다가 정주한 70대의 여인이었다. 그녀는 이곳에 오는 한국 관광객을 상대로 식당을 경영했다. 세라는 하이델에 올 때마다 이 식당으로 손님을 안내했다. 식당 안으로 들어섰을 때 70대의 뚱보 마담이 그녀를 보고 반가워서 뛰어나와 맞았다.

"이게 누구야. 미스 한… 얼마만이냐? 왜 이렇게 안 왔어. 얼마나 기다렸는지 알아. 내가 보고 싶지 않았어? 난 얼마나 미스 한이 보고 싶었는데…"

"저도 보고 싶었어요. 언니."

그녀는 노파를 언니라고 불렀다.

"그랬어. 정말? 그렇다면 자주 찾아와야지."

"좀 바빴어요."

"거짓말 마라."

마담은 그녀를 끌어안았다.

"죄송해요."

"내가 얼마나 외로운 여자인지 알면서. 난 혹시 날 두고 한국으로 가버렸나 했어. 이젠 그러지 마. 자주 들리라고. 맛있는 음식 만들어 줄 테니까 말이야. 그리고 좋은 남자 있으면 소개해 준다는 약속은 잊었어?"

"젊은 오빠 있으면 꼭 데리고 올게요. 조금만 기다려요."

"말만으로도 고맙다."

"언니. 몸 관리나 좀 더 잘해야겠어. 전보다 약간 살이 찐 것 같아."

"외로워서 포식해서 그래."

마담은 그녀를 붙들고 눈물을 글썽였다. 고국 사람을 만나면 그렇게 눈물이 난단다. 그리운 향수였다. 세라는 독일에 오면 꼭 이곳 '고도'에 한국인 관광객을 데리고 갔다. 같은 값이면 다홍 치마라고 한국 사람끼리 그것도 외롭게 사업하는 그녀에게 손님을 안내해 주는 것은 인지상정이었다. 그래서 마담은 그녀를 고맙게 생각하였고 친동생처럼 대했다. 물론 그에 상응하는 대가를 지불하곤 하였다.

마담은 독일 남자와 결혼을 했으나 그 남편이 교통사고로 죽은 후 아들을 외국으로 보내고 혼자 이곳에서 식당을 경영하며 살고 있었던 것이다. 그런 그녀의 외로움을 달래주려고 세라는 자주 찾아왔었다. 그녀는 이 하이델 고궁의 언덕에 10년째 한국식 식당을 경영하고 있었다.

"언니. 해장국 좀 끓여줘요."

"알았어. 그런데 낮부터 무슨 술을 그렇게 마셨어? 그리고 이 한국 남자분은 누구야? 내게 소개시켜 주려고 모신 거야?"

"아네요. 내 남자 친구예요."

"뭐라고? 남자친구. 날 약 올리는 거야, 김혁은 어떻게 하고?"

"미안해요. 언니, 그 남자 날 싫어해서 갈아치우려고요."

"뭐라고? 갈아치워? 사랑하는 사이잖아."

"사랑이 식었어요… 다음엔 꼭 약속을 지킬게요. 그리고 내 남자 친구를 소개하지요. 프랑크푸르트에 와 있는 M 방송 외신 기자예요."

"처음 뵙겠습니다. 기동민이라고 합니다."

"반가워요, 앞으로 자주 들려주세요. 성의껏 모실게요."

"언니, 내 남자 멋있지, 지성과 야성을 가진 킹카라고."

"이제야 노처녀 시집가겠네. 부럽다. 얘."

그녀는 시종 나를 올려다보며 말했다.

"자주 찾아뵙고 어머니, 아니 누님으로 모시겠습니다."

"그래요. 날 누님으로 생각하고 자주 오셔요. 그럼 오늘은 내가 두 분을 위해서 아주 멋진 해장국을 끓여드릴게요."

나는 세라를 따라 마담의 안방으로 들어섰다. 외국을 여행하다 보면 각국의 어디서나 북적대는 수많은 한국인을 만날 수 있었다. 현지엔 그런 한국인을 위한 먹음직한 한인 식당이 더러 있었다. 이들은 현지에 사는 한국인도 있지만 사업을 하기 위하여 한국 본토에서 온 사람들도 많았다. 그만큼 국력이 커진 탓이다.

현지 안내원들은 이들 식당을 상대로 악어와 악어새처럼 생존 관계를 이루며 돕고 살았다. 현지 안내원들은 대부분 허가된 자국인도 있었지만 대개는 한국에서 유학 온 학생들이 아르바이트를 하면서 손님을 물어다 주고 그 대가로 상당한 팁을 받는 것이다. 세라도 마담과 그런 사이로 알게 되었다. 마담은 어느새 풋고추를 넣은 매콤한 선지해장국을 끓여 들고 왔다.

"먹어봐. 어제 서울에서 공수한 선지로 만들었어. 청양고추도 넣었어."

"독일에 와서 선지해장국을 먹다니 영광입니다."

"특별한 사람에게만 만들어 주는 별식이랍니다."

유럽에 와서 선지해장국을 먹을 수 있다는 것은 행운이었다.

해장국을 먹고 세라와 난 고도를 나왔다. 우린 학사주점으로 발길을 옮겼다. 이곳은 하이델베르크 대학 정문 앞에 있는 세계의 젊은이들이 다 모이는 술집이었다. 세계 어느 나라이건 대학가엔 학사 주점이 있지만 이 집처럼 오리지널 600년 전통의 학사 주점은 놀라울 뿐이었다.

이곳 학사주점들은 하이델의 지성들이 위대한 역사를 창출하는 기력을 발상시키는 곳이었다. 철학과 문학 그리고 과학과 의학까지 모든 학문이 조건 없이 화제 되고 토론되는 장소였다. 이 학사주점에서 술을 마셨던 노벨상 수상자만도 16명이나 된다고 한다.

세라는 빨간 포도주를 시켰다. 진한 핏빛의 적포도주에서 풍기는 향긋한 냄새가 코를 짜릿하게 자극했다. 그녀는 내가 미처 마시기도 전에 잔을 비워냈다. 술을 음미하면서 마시는 것이 아니고 퍼붓고 있었다. 잔은 계속 비워졌다. 그녀의 표정엔 뭔가 애탄 갈망의 호소가 잠겨 있었다. 어느새 그녀의 볼은 발갛게 붉어졌다.

"사랑해요. 동민 씨."

"취중 사설 그만 해요."

"진담입니다. 절대 놓치지 않을 거예요."

그녀는 날 힘껏 포옹했다. 그리고 입술을 내 입술에 포갰다.

"도대체 당신의 정체는 무엇입니까? 의아한 부분이 많아요."

"당신을 좋아하는 여자죠."

"대체 당신의 관광 안내란 무슨 일인가요? 손님들은 누구고
요?"

"말 그대로 관광안내원이죠. 그런데 뭘 의심하는 것입니까?"

"도깨비 같은 행동 등 당신에 관해서 연구해 볼 상황이 많아요."

"무례하군요. 날 의심하다니, 난 그저 평범한 여자일 뿐입니다."

"그래요, 알수록 불안한 생각이 드는 여자죠."

"오늘은 죽도록 취하고 싶어요. 저 페리케오 난쟁이처럼 말입
니다."

"페리케오 난쟁이처럼…"

학사주점엔 페리케오 인형이 술통을 베고 누워 있었다. 페리
케오란 오크 술통은 500명이 마실 수 있는 포도주를 담았다는
술통이었다. 이곳 학사주점은 보헤미아 바이말 국왕이 만들었던
주막이었다. 왕은 술을 좋아해서 신하들에게 언제나 큰 술통에
술을 가득 채우게 하였고 이 술을 마시며 국왕은 항상 취해 있었
다. 신하들은 술통이 비지 않게 언제나 가득 술을 채워 두었다.
만약에 술이 떨어지면 그날 당번 신하는 죽어 나갔다. 그런데 어
느 날부터 채워진 술통의 술이 새 나가기 시작하였다. 그래서 국

왕은 페리케오란 난쟁이 파수꾼을 시켜 술통을 지키게 하였다. 그런데 아뿔싸 술통에 술이 떨어지는 날이 더 많았다. 국민들은 이 난쟁이 페리케오가 몰래 왕의 술을 훔쳐 먹는다는 소문을 퍼뜨렸다.

어느 날 술을 훔쳐 먹는 범인이 잡혔다. 소문대로 술통지기 난쟁이 페리케오였다.

"네놈이 내 술을 훔쳐 먹었단 말이지?"

"아닙니다. 폐하, 도둑의 짓입니다."

"그래서 너를 도둑지기로 세웠는데 내 술을 훔쳐 먹어."

왕은 술통을 지키기 위하여 술통 마개에 방울을 매달아 뒀는데 도둑들이 알고 그 방울을 제거하고 술을 훔쳐 먹었다고 변명했지만 사실 도둑은 그였던 것이다.

"저놈에게 실컷 술을 먹게 하여라."

페리케오는 포도주를 실컷 마시고 죽었다. 그리고 새 술통을 마련하였던 것이다. 그 후 술통은 슬픈 전설을 안고 이곳에 매달려 있었고 항상 술통은 채워져 있었다.

세라는 계속 와인을 마시더니 취해 내게 몸을 맡기고 말았다. 다시는 그녀와 몸을 섞지 말자고 다짐했으나 그녀의 유혹 앞에 일어나는 본능을 억제할 수 없었다. 나는 그녀를 데리고 호텔을 찾았다. 호텔에서 그녀는 의식을 잃은 채 베드에 누웠다. 난 그녀가 베드에 눕자 그녀의 옷을 훨훨 벗겨 던졌다. 어느새 그녀는 하얀 맨살로 베드에 늘어졌다. 나는 담배를 피워 물고 관능적인 그녀의 하얀 몸매를 들여다 보고 있었다.

어느새 난 그녀의 가슴에 몸을 실었다. 가냘픈 신음으로 그녀는 나를 힘껏 받아들였다. 인간의 본능은 어쩔 수 없었다. 남과 여가 발산하는 양기와 음기가 향긋한 냄새를 뿜으면서 만취의 숨결은 짐승처럼 가빠지면서 밤은 깊어갔다. 그것은 그녀의 작전이었다. 나는 그녀의 작전에 말려들고 만 것이다.

그러나 나는 그녀를 책임져야 한다는 강박 관념에 사로잡혔다. 그녀는 나를 정복한 쾌유를 부르고 있었다. 한 번의 성 교접으로 책임을 지고 안지는 것은 유치한 한국적 양심이지만 나에게는 심각한 고뇌였다. 성 개방 사회의 유럽에선 젊은 남녀의 열정은 그렇게 문제 될 것이 없지만 나에게는 무거운 압력이었다. 우린 이틀을 호텔에서 관능적인 환락에 젖어 지냈다.

김혁에게 미안했다. 그러나 그녀는 나뿐 아니라 다른 남자와의 이런 섹스가 일상이라는 것을 안 나는 김혁에 대한 미안한 생각을 접기로 하였다.

이틀을 새우고 그녀는 떠났다. 그녀가 떠난 후 나는 그녀와의 환상적인 육체의 황홀에 빠져 있었다. 그러나 그녀가 평범한 여자가 아니라는 것이 부담스러웠다. 그녀의 조건을 맞추려면 한도 끝도 없었다. 성격 차도 그랬다. 내가 추구하는 인생관과 그녀가 추구하는 인생관이 판이하게 다르다는 것이다. 만일 결혼을 하더라도 그런 성격 차를 극복 못 해 몇 년 안에 파산을 낼 여자였다. 그녀는 사랑이란 미명 아래 성 유희를 즐기는 여자였다.

# 집시의 무도

난 그녀와 지낸 환상적인 밤의 추억을 그리며 흥거운 나날을
활기차게 보내고 있었다. 사랑의 마술이었다. 여자는 어쩌면 사
랑을 먹고사는 꽃이라고 생각했다. 사랑은 세상을 아름답게 하
는 미학이었다. 뇌리엔 오직 세라 뿐이었다. 사실 요즈음은 온
통 그녀 생각으로 지냈다. 그러면서도 몸이 열 개라도 모자랄 정
도로 서에 번쩍 동에 번쩍 부산하게 유럽의 남, 북을 뛰어다니며
취재에 열기를 올리고 있었다. 기사의 생명은 시간을 다투기에
남보다 먼저 빠른 정보를 캐기 위하여 혼신을 다했다. 그런 바쁨
속에서도 하루에 한 번은 세라에게 전화를 걸고 받았다.

그녀가 보고 싶으면 언제라도 프랑스로 날아가는 정열을 보
였고 날이 갈수록 사랑은 분화구처럼 강한 불꽃을 뿜고 있었다.
아예 그녀는 나의 취재 현장에 동행하는 시간으로 스케줄을 짜

맞추었다. 그녀와 자주 만나는 사이에 나는 그녀를 사랑하게 되었고 이제는 떨어질 수 없는 관계로 엮어지고 말았던 것이다.

김혁의 실종은 오리무중이었다. 지사장은 여러 루트로 그의 실종을 확인했지만 행적이 묘연하였다. 대체 헝가리 고려인촌에서 무슨 일이 일어났을까. 처음부터 김인숙 박사의 실종을 추적한다는 것은 위험한 일이었다. 그리고 헝가리인이 싫어하는 몽골의 용병이란 말이 퍼지면 고려인 집시들의 주거가 불안해졌다.

문제는 고려인 집시촌에서 김인숙이 무엇을 했느냐는 것이다. 그녀는 조국 북한의 인권의 부당성을 세계인들에게 호소하는 반체제 인사로 낙인찍혔다. 그래서 경계인으로 북한의 감시를 받고 있었다. 게다가 북한을 탈출하여 유럽을 맴도는 탈북자를 몰래 보호하고 있다는 것을 중앙정부가 알았다. 아무튼 그녀와 연계된 김혁의 실종은 어떤 진척도 없이 망각의 저편으로 사라지고 있었다.

오늘은 취재차 체코에 갔다가 기사를 정리하여 한국에 전송하고 잠시 휴식을 취하고 있었다. 이젠 제법 외신 특파원답게 야무진 기사를 써낼 수 있어 자신감이 생겼고 특종을 찾아낼 안목도 생긴 것이다. 팀장님도 나의 세련된 기사에 탄복했고 외신기자로서 훌륭한 자질을 갖추어 가고 있다고 칭찬했다. 그래서 늘 피곤했다. 기사를 전송하고 나서 홀가분한 기분으로 목로주점에서 맥주를 마셨다.

반상숙은 술을 마시며 거릴 쏘다니는 나의 습관에 불만이었다. 그녀는 늘 나와 조용하고 단출한 둘만의 시간을 갖고 싶어했지만 시간이 맞지 않았고 내가 시간을 내주지 않았다. 그녀는 한세라와 친하게 지내는 것을 몹시 못마땅하게 생각하고 있었다. 사실 일과 후에도 특종을 찾아 뛰어다닌다는 핑계로 늘 귀가 시간은 늦었고 숨소리가 들릴만큼 벽을 하나 두고 살면서도 그녀를 만나기가 힘들었다. 그럴 때마다 반상숙은 지나 나나 쓰는 것은 별다른 게 없는데 혼자 법석을 떨고 다닌다고 비웃었다. 오늘도 난 술 한잔을 걸치고 늦게 숙소로 들어서는데 반상숙 기자가 앞을 가로막았다.

"기동민, 나 같은 여자는 여자로 보이지 않는다는 거지?"

그녀는 취한 말투로 이죽거렸다.

"시기하는 거야? 맞아, 큰 놈 하나 잡으려고 사냥 다닌다."

"한잔 멋지게 걸친 것 같은데 나도 한 잔 걸쳤다."

"계집애가 무슨 술을 고주망태로 마시니…?"

"뭐, 계집애? 말 삼가지 못해. 그래 외로워서 마셨다. 혼자 마시니까 술맛이 안 나더라. 내 돈 주고 내가 마시는데 네가 왜 잔소리야? 기동민 너무 재지 마라. 올챙이 시절을 생각해. 혼자 크려고 하지 말란 말이야. 내가 너보다 특파원엔 선배인데 날 깔고 뭉개는 거야. 이년 저년 가리지 않고 색질 하는 수캐 같은 놈아."

"이년 저년 가리지 않고 색질 즐기는 수캐라고?"

"한세라와 만날 때마다 색질 하는 것 알아. 나, 너 색질 하는 것 질투 나서 그런다. 이 외로운 여자와 한번 자주면 안 되니? 동료로서 너무 한다고 생각 안 해?"

그녀는 울먹이며 취중 사설을 늘어놓았다.

"미안하다. 다음에 시간을 내서 자 줄게. 오늘은 피곤하거든."

"이 시간 아니면 언제 우리가 만날 시간이 있니? 그때가 언제냐고? 그래, 좋다. 네가 날 무시해도 좋아. 그러나 분명한 것은 내가 널 좋아한다는 거야. 한세라와 관계를 끊어. 계속 가면 넌 한없는 구렁텅이에 빠뜨리고 말 거야. 잊지 마라."

그녀는 속 시원히 내심을 토하고 자기 방으로 들어가 버렸다. 나는 멀쑥하게 그녀의 방을 올려다보다가 내 방으로 들어섰다.

이로니카에게서 카톡이 왔다.

'동민 씨 저 이로니카예요. 연락 줘요. 할 말이 있어요.'

난 전화를 걸었다.

"저예요. 그런데 왜요?"

"김혁 씨 실종 장소를 알았어요. 고려인 집시촌에서 납치되었대요."

"다뉴브강의 고려인 집시촌이요? 누가 그래요?"

"헝가리 경찰이 그렇게 발표했답니다. 죽었을지 모른다는 거예요."

다음 날 사무실에 나가서 지사장에게 김혁의 소식을 전했다.

"김혁을 납치한 조직이 밝혀졌답니다."

"누군데요?"

팀장이 물었다.

"집시촌의 건달들이랍니다."

"고려인 집시촌의 건달?"

반상숙이 물었다.

"이로니카의 남편이 거느린 폭력 조직인가 봐요."

"누가 그래요?"

"이로니카가 전화로 말해주더군요."

"그래, 그들이었어. 폭력조직!"

반상숙이 혼잣말로 뇌아렸다. 김혁이 고려인촌을 조명하려다가 실종당한 것이 아니고 김인숙 실종을 취재하다가 실종당했다는 반상숙의 말이 맞았다. 나는 김혁에 관한 자상한 소식을 듣고 싶어서 이로니카를 만나려고 하이델베르크 대학으로 갔다. 반상숙이 따라나섰다.

마침 하이델베르크 대학엔 찬란한 봄 축제가 열리고 있었다. 5월이 되면 벌어지는 전통적인 축제였다. 600년째 유지해 온 문화행사였다. 그녀는 축제에 참가하느라 연구실에 없었다. 하이델의 축제는 세계적인 대학축제로 알려져 있었다. 이 행사는 보름 동안 진행되는데 문화 행사와 학술경연 대회가 주 행사였다. 난 동양사학과 하이만 교수실을 노크했다.

"어떻게 저를 찾아오셨나요?"

"교수님, 우린 김혁 군의 친구이며 한국에서 온 외신기자입니다. 김혁 군의 실종을 확인하러 헝가리에 가려고요."

"인사가 늦었군요. 안 됩니다. 김혁 군도 고집을 부리다가 실종당했어요."

"교수님, 〈고려인 집시촌〉이란 김인숙 박사의 논문의 현장을 취재하려는데 왜 그것이 위험한 일입니까?"

"그곳에 사는 집시들의 생활상이 노출되면 그들이 터전을 잃게 되니까요."

"그럼, 김인숙 박사의 논문은 사실이군요."

"맞아요. 그러나 아직은 비밀로 묻어두는 것이 좋습니다."

"김혁 기자가 그 사실을 밝히려다가 죽었군요?"

반상숙이 물었다.

"네, 이로니카 어머니 김인숙 박사도 그것 때문에 죽었습니다."

"정말 김인숙 박사가 이로니카의 어머니인가요?"

내가 물었다.

"맞아요. 아버진 헝가리인이고 그녀는 북한 출신 헝가리 대학 사학과 교수예요. 이로니카는 인권운동을 하다가 헝가리에서 쫓겨났어요. 그래서 이로니카가 어머니의 죽음을 밝혀 세상에 알리려고 하는 겁니다."

"그래서, 김혁을 이용했나요?"

"이용한 것이 아니고 김혁 기자가 특종 기사를 쓰겠다고 덤빈 거죠."

"김인숙 박사가 밝힌 논문의 내용이 그렇게 비밀스런 것인가요?"

"그렇게 비밀스런 것은 아닌데 그곳에 북한의 탈북자가 숨어 삽니다."

"그게 무슨 상관입니까?"

"비밀이 있어요. 그러니 절대 고려인촌에 가면 안 됩니다."

하이만 교수님은 신신당부를 하였다.

"알겠습니다."

"이로니카를 만나려면 축제장으로 가보세요."

교정은 온통 축제무드였다. 교정의 여기저기에선 노래와 춤을 추고 있었다. 우린 축제장으로 찾아갔다. 이 축제에서 가장 볼만한 하이라이트는 세계 각국의 풍물을 소개하는 프로그램이었다. 외국인 유학생들은 각기 자기 나라의 풍물을 소개하며 시민과 함께 즐겼다. 그리고 간이주점에선 맥주를 공짜로 마실 수 있었다.

반상숙은 하이네캔 맥주를 얻어 왔다. 조교는 사학과 학생들이 프로그램을 짜는 곳으로 안내하였다.

"이로니카 양. 당신을 찾는 손님이 왔어요."

이로니카가 나를 보고 반색하며 뛰어왔다.

"기동민 지자님, 오셨어요?"

"김혁의 소식을 듣고 싶어서 왔습니다."

"더 이상 아는 것이 없어요."

"김혁 군이 건드리지 말아야 할 것을 건드렸다는데 그것이 뭔지요?"

"교수님이 그랬어요?"

"네. 고려인촌의 실체에 관하여 알고 싶습니다."

"저 지금 파티 준비 때문에 바빠요."

"그럼, 끝날 때까지 기다리겠습니까?"

"아니요 같이 가요."

이로니카는 반상숙과 나를 데리고 축제장으로 들어갔다. 노천 교정에서 집시 악단이 노래와 춤으로 관객을 휘어잡고 있었다. 반상숙은 너무나 신기한 축제에 고무되어 있었다. 집시 악단은 4명으로 구성되어 있었는데 한 명의 남자는 싱거이고 한 명의 여자는 무희였다. 그리고 기타리스트 한명과 드럼치기였다. 집시들은 현란한 몸짓으로 춤을 추고 있었다.

"집시는 거지들인데 어떻게 저런 고급 음악을 연주할까요?"

내가 물었다.

"집시의 핏속에 광란의 예술이 존재하는 거지."

반상숙이 아는 척하였다.

"집시하면 음악이고 음악은 집시들의 생명이랍니다."

이로니카는 집시의 무도가 벌어지는 곳으로 안내하였다.

"저기 악단은 모두 집시인가요?"

"다뉴브강의 집시들이랍니다."

집시 악단이 한바탕 힘차게 두들겨 댔다. 거리의 가수가 헝가리 무곡을 노래하자 동양인 무희가 나와서 흥을 돋웠다. 이로니카가 집시의 악단 앞으로 나갔다. 그리고 헝가리 무곡에 맞추어 멋진 춤을 추기 시작했다. 너무나 발랄한 몸짓에 놀랐다.

이로니카는 내 손을 잡고 그들 속으로 들어가서 리듬을 밟기 시작하였다. 난 그녀의 끌림에 따라 움직이며 춤을 추었다. 집시 악단은 그녀의 춤에 맞는 곡을 신나게 연주하였다. 관객들은 모두 그녀와 나의 춤동작에 매료된 듯 시선을 집중하였다.

그녀는 발랄한 춤을 추며 관객을 리드했다. 보통의 실력이 아니었다. 춤을 추는 이로니카는 정말 예뻤다. 난 그녀의 파트너가 되어 한참 춤을 추고 있는데 반상숙이 어이없다는 듯 우릴 바라보았다. 춤을 끝내고 우린 무대에서 내려왔다.

"이건 슬픈 집시의 춤이에요."

이로니카가 말했다.

"집시는 정착을 싫어하는 떠돌이 근성이 있다면서요."

"집시의 핏속에 흐르는 광기 때문이에요."

"춤 속에 그들의 인생이 녹아 있군요."

"집시의 무도는 자신들의 슬픈 삶과 비극적인 사랑을 춤으로 묘사한 것입니다."

"비극적인 생이란 어떤 의미죠?"

내가 물었다.

"천한 집시가 백작 부인을 사랑했다가 백작에게 처형당한 비극이죠."

로마의 백작 부인들은 집시와 몰래 사랑을 나누었다. 한 젊은 집시 청년이 늙은 백작부인과 사랑을 나누다가 백작에게 발견되고 처형을 당했다. 그리고 백작부인은 쫓겨나서 평생 집시를 그리며 무희가 되어 춤을 추며 살았다.

춤이 끝나고 집시 여인들이 모자를 들고 관객 앞으로 나갔다. 관객들이 그녀의 모자에 돈을 집어넣었다.

"감사합니다. 이 돈은 가난한 집시를 위하여 쓸 것입니다."

그때였다. 이로니카가 무대에 올라 발랄한 춤을 추기 시작했다. 관객들이 '이로니카, 이로니카'라고 함성을 질렀다. 이로니카는 관객에게 답례하고 춤사위 보였다. 관객은 황홀경에 빠지고 말았다.

"역시 이로니카는 매혹의 여인이야."

반상숙이 경탄의 눈초리로 그녀를 보고 말했다.

"예쁜 요정 같잖아."

"이로니카란 여자, 정말 요물이야."

"질투하는 거야?"

"그러니 네가 나를 여자로 보겠어?"

그때 이로니카가 다가왔다.

"미안해요. 내가 좀 바빠서 이젠 두 분이 즐기세요."

"이로니카 씬 집시인가요?"

반상숙이 불쑥 질문을 하였다.

"집시같이 보였어요?"

"네, 집시 춤을 잘 추길래. 집시가 아니고선 그런 춤을 출수 없죠."

"아니, 가난한 그들을 도와주려고 봉사하는 거예요."

"그 집시 무희들은 고려인촌 무휜가요?"

내가 물었다.

"네, 다뉴브강변에 사는 고려인촌 집시들이에요. 돈을 벌려고 나왔어요."

"고려인촌 집시…"

난 놀란 표정으로 그녀를 보았다. 그녀는 고려인촌의 집시를 거느린 무희였다. 그녀가 돕고 있는 고려인촌의 집시는 탈북자를 의미하는 것이라고 생각했는데 그것이 아니었다. 부다페스트는 집시의 피가 흐르는 곳이었다. 헝가리를 여행하면 예쁜 집시 소녀들이 관광객들에게 다가와서 '노래를 들려 줄까요'라고 묻는다. 그리고 감격스런 노래를 불러준다. 차원 높은 구걸이다. 차마 그 맑은 노래와 미소를 외면할 수 없어 돈을 내준다. 그녀들의 배후에는 가족과 부모들이 있다. 집시들은 이것을 사업이라고 한다. 이렇게 고급스런 구걸이 있는가 하면 어떤 집시 족 아이들은 떼를 지어 다니며 외국인들을 상대로 구걸을 한다. 관광객들에겐 여간 귀찮은 존재가 아니다. 경찰은 이들을 단속하지만 집시들은 단속을 피하여 숨어 있다가 관광객이 오면 불쑥 나서곤 한다.

거리의 악사는 부다페스트의 명물이다. 집시들이 거리에서 악기를 켜고 노래를 부르며 구경꾼들이 모여들어 집시의 음악을 들으며 같이 춤을 추고 즐긴다. 그리고 돈을 받는다. 집시의 음악은 신나고 재미가 있으며 즐겁다. 그러나 그 노래를 자세히 들으며 발랄한 기쁨 뒤에 한이 녹아있고 그들만의 슬픈 삶이 서려 있었다.

단속으로 줄긴 했으나 아직도 거리에서 노래를 부르며 구걸하는 직업 음악인들이 많다. 이들 집시들 중엔 재벌도 있단다. 비록 구걸을 하지만 그들의 집에 가면 웬만한 가정보다 더 잘 사는 것이다. 이들은 일하기 싫어서 스스로 구걸을 한다.

"집시의 조국은 어딘가요?"

"인도 북부에서 출현한 유랑민족이지요."

11세기 페르시아로 이동하여 14세기 초에는 유럽 남동부로 퍼졌으며 15세기에 이르러서는 서유럽에 거주하면서 동유럽을 중심으로 퍼져 살고 있다고 이로니카가 설명해주었다.

"인도에서 온 걸인들이라고요?"

반상숙이 물었다.

"지금은 보헤미아와 부다페스트, 스페인의 세비야에 많이 살아요."

스페인의 세비야는 집시의 피가 흐르는 도시였다. 현대는 뭐니해도 보헤미아 집시가 원조로 불리고 있었다. 집시는 대개 유목민으로 사는데 전체적으로 약 200만 내지 300만 명으로 추정된다. 주로 집시는 중남부 유럽에 많이 살고 있다. 집시들은 떠돌아다니는 사람들이라고 생각하지만 실제로는 이동 생활을 하는 집시는 점차 줄어들고 혈연 또는 종족 집단들끼리 모여 산다. 계절의 변화에 따라 국경선을 넘지만 미리 정해진 길을 따라 이동할 뿐이다.

"어느 나라를 가든 집시들을 환영하지 않아요."

"그래서 방랑자로 살고 있군요?"

"집시를 혐오스러워하기에 일정한 집단촌을 만들 수 없어서 떠도는 거예요."

사실 어딜 가나 주민들이 집시를 학대하고 박해하기에 정착을 할수가 없었다. 때문에 집시가 머물고 있는 나라와 지역의 반목이 계속되는 것이다.

집시 문제가 심각해지자 집시 민족인 아리아인을 보존하려 했던 나치도 제2차 세계대전 동안에 약 400만 명의 집시를 학살했다. 유대인보다 더 많이 죽였던 것이다. 어떤 나라에선 집시의 융화를 목표로 잠시 머물 장소를 허락해주었다. 프랑스는 집시촌을 만들어 경찰의 감독을 받게 하고 일반 시민들처럼 세금을 내고 징병을 하였다. 스페인과 웨일스에서는 집시들을 완전히 정착시켰고 동유럽 사회주의 국가들은 집시의 이주를 막기 위해 강제적인 정착 프로그램을 만들었다.

집시는 민속 신앙이나 관습을 전달하는 역할을 했으며, 그들이 정착한 지역에서 점차 사라져가는 풍습과 춤을 보존시켜 왔다. 또 집시들은 관습과 사상을 전달하고 음악과 춤을 풍성하게 발전시켰다.

20세기 후반에 와서, 집시들은 차츰 그들 문화의 내부에서 일어나는 모순과 싸워야 했다. 이제는 적대적인 사회의 박해로부터 스스로를 방어하는 법과 스스로 정체성을 유지하기 위해서는 외부 문화의 특성을 선별하여 그것을 자체의 문화로 유익하게 변형시키는 노력을 하였다.

그러나 이로니카는 집시를 돕기 위하여 스스로 집시 행세를 하였다. 현재 판 집시는 난민들이었다. 시리아 난민이나 북한 탈출민들은 갈 곳이 없어서 집시처럼 떠돌아다닌다. 어느 나라든 이들 난민과 탈출민을 받길 꺼려하고 매몰차게 내치는 사례가 빈번했다. 특히 북한의 이탈민들은 난민이 아니기에 삶터를 찾기가 힘들다. 이로니카는 진지하게 집시의 삶을 이야기해주었다.

"어머니 김인숙의 실종을 추적하다가 김혁이 실종당했다는 게 사실입니까?"

"연관이 있어요."

"그럼. 연관의 이유가 뭡니까?"

"글쎄요."

그녀는 긴 한숨을 내 쉬었다.

"알겠습니다. 곤란하면 말하지 않아도 돼요."

이로니카는 출연 준비 때문에 바쁘다며 자릴 떴다. 반상숙은 또 이죽거렸다.

"너, 알고 보니 선수더라. 목적이 다른 데 있었지? 이로니카를 꼬드기려고 김혁의 실종을 운운한 거지?"

"반상숙. 너 왜 매사를 비비 꼬니?"

"한세라를 꼬드기더니 이제는 이로니카까지. 너 김혁이 만나는 여자는 다 건드렸어."

"말 삼가지 못해."

"왜 못 할 말을 했나? 넌 말이야. 잡놈이야. 색정남이라고."

그녀는 큰소리로 외쳤다.

"반상숙!"

마치 그녀는 내 아내처럼 굴었다. 그리고 몹시 화가 나 있었다. 저녁에 이로니카가 전화로 시간 나면 자기 하숙으로 오라는 것이었다. 그녀는 독일정부가 제공하는 하숙집에 거주하고 있었다. 그러니까 김혁이 그녀와 함께 거주한 하숙이었다. 이 하숙엔 10여 명의 외국 학생들이 살고 있었는데 이들은 모두 독일 정부의 장학금을 받았고 국가가 지정한 하숙에서 저렴하게 숙식을 제공받고 있었다.

마침 그녀는 샤워를 하고 있었다. 샤워를 마친 말쑥한 표정으로 나왔다.

"내 방으로 가요."

그녀의 방은 하숙이라기보다 호텔 같았다.

"김혁도 이곳에서 하숙을 했나요?"

"네, 옆방에 있었어요. 한 학기 동안 같이 살았죠."

"그래서 사랑하게 되었군요."

"네, 그렇게 사랑하게 되었어요."

"어떻게 그가 헝가리로 갔나요?"

"어머니가 발표한 논문을 실증하려 가겠다기에 자료를 줬어요."

"김혁이 한세라 씨와 약혼한 것을 알면서 유혹했나요? 이혼녀라면서요."

"사랑하는데 이혼녀라고 문제 될 게 없잖아요."

그녀는 갑자기 숙연해졌다. 몹시 참착한 심경이었다.

"동민 씨, 내가 얼마나 김혁을 사랑했는지 아세요? 내 사랑을 방해한 것은 한세라예요."

"한세라는 김혁과의 사랑에 당신이 끼어들었다더군요."

"아닙니다. 그녀 홀로 김혁 씨를 사랑했어요."

한세라가 김혁 씨를 괴롭혀서 헝가리로 피해 갔다가 실종당했다는 것이었다.

"한세라가 싫어서 헝가리로 갔다고요?"

"네."

그녀는 눈물을 글썽였다.

"날 좀 도와줘요. 김혁의 실종을 규명하러 헝가리로 갈 생각입니다."

"안 돼요. 위험해요."

"대체 뭐가 위험해요?"

"그곳의 비밀을 알려고 들면 죽임을 당해요."

"누가요?"

"그곳에 사는 집시들 속에 무서운 집단이 있어요."

"무서운 집단이 누구냐고요?"

그녀는 알 수 없는 이야길 늘어놓았다. 동양적인 정서에 서양적인 미각을 풍기는 예쁜 얼굴에 수심이 가득 차 있었다. 그녀는 한참 침묵을 깨고 고갤 들었다.

"동민 씨, 날 가까이하면 위험해요. 내가 김인숙의 딸이기 때문입니다."

"그들이 누구냐고요?"

"고려인촌에 폭력 조직이 있어요."

"그들이 어떤 조직입니까?"

"알면 다쳐요."

그녀는 '황태자의 첫사랑' 무곡을 틀고 내 손을 잡았다. 그녀는 나를 안고 방안을 빙빙 돌며 춤을 추었다. 숨가쁘게 한바탕 돌고 나니 정신이 몽롱해졌다.

"나는 고려인 집시촌에서 살았어요."

"이로니카 씨는 헝가리 정부 실세인 로얄패밀리로 알고 있는데요."

"네, 권력의 실세인 아버지가 죽고 어머닌 나를 데리고 고려인 집시촌으로 가서 집시들과 살게 했어요. 숨어 사는 외로운 생활이었답니다."

"권력의 실세인 아버지가 실각되면서 어머닌 학대를 받았군요."

"비참했어요. 그래서 고려인 촌장이 어머닐 집시촌으로 불러들였어요."

그녀는 숨을 깊이 몰아쉬고 있었다. 난 그녀의 깊고 슬픈 눈을 바라보았다. 집시를 사랑한 여인, 가슴에 한을 삭이려 집시로 살면서 춤을 추고 노래를 부르며 끝없이 방랑을 하는 집시 여인이었다. 어머니가 죽은 후 이상한 사나이들이 그녀를 따라다녔다. 그들을 피해 독일로 왔고 하이델에서 공부하게 되었다는 것이다.

"다행히 김혁 씨를 만났어요. 김혁 씬 쓰러지는 나를 붙잡아 줬어요."

"운명의 남자였군요."

"그는 아픈 내 상처를 어루만져 주었어요."

비로소 두 사람의 만남을 알았다. 김혁은 절망에 빠진 그녀를 구해준 의인이었다. 그녀가 김혁과 보낸 지난 추억을 이야기하였다. 하숙에서 처음 만났을 때부터 정이 들었다.

"전 한국에서 온 유럽 특파원 기자 김혁입니다."

"헝가리에서 온 이로니카라고 합니다. 저의 어머니도 한국 사람이에요."

"뭐요? 어머니가 한국 사람이라고요? 어쩐지 모습이 한국 여인 같았어요. 인연은 운명이라는 한국 속담에 있어요. 고향이 어디예요?"

"대한민국이 아니고 북조선입니다."

"북조선?"

김혁는 그녀의 어머니가 유명한 북한의 사학자 김인숙 박사라는 것을 알았다. 김인숙 박사는 헝가리의 핵물리학자와 결혼한 여인이었다. 환영 파티가 끝나고 김혁은 이로니카의 방 정리를 도와주었다.

"외국에 혼자 나왔으니 얼마나 외롭겠어요, 언제나 도움을 청하세요."

"감사합니다. 외신기자라면서요?"

"네. 방송국에서 유학자금을 대 줘서 공부까지 하고 있어요."

"앞으로 잘 부탁합니다. 헝가리는 사회주의를 탈피했지만 아직 서구 문화뿐 아니라 자본주의를 잘 몰라요."

헝가리인은 체구나 이미지가 한국과 비슷했다. 검은 머리에 갈색 눈, 작은 키가 그랬다. 분위기나 사람 냄새부터가 동양적이다. 그들은 흉노의 후예이기에 지극히 한국과 닮은 나라였다. 이로니카는 동서양의 피가 혼합된 미인이었다. 날씬하고 쭉 빠진 몸매는 하이델에서 가장 멋있는 아가씨로 통했다. 작은 얼굴에 큰 입, 하얀 이빨을 드러내고 웃는 그녀의 모습은 마치 천사와 같았다.

그 후 그녀는 김혁과 아주 가깝게 친해졌고 학교에서도 집에서도 도서관에서 늘 같이 다녔다. 김혁은 수업이 없는 날에 사무실에 들러 기자활동을 펼쳤다. 기사 전송이 있는 날엔 수업을 듣지 못했다. 그러면 이로니카가 수업 내용을 챙겨주었다.

축제 때 운명적인 사건이 발생하였다. 축제의 절정은 미인 선발대회였다. 이로니카는 동양 역사학과 미인 대표로 예선 대회에 출전하였다.

무대에서 아름다운 몸매를 보여주는 경연대회였다. 속옷차림의 심사에서 이로니카는 맥주를 마시고 무대로 올라가서 웃통을 벗어 던지고 상반신을 드러낸 채 춤을 추기 시작하였다. 발달된 그녀의 상체가 흔들렸다. 그녀는 강렬한 동작으로 춤을 추었다. 모두 환상적인 그녀의 춤에 반해 버렸다. 계속해서 다른 출전자들이 옷을 벗고 춤을 추었다. 그중에서 이로니카의 몸매가 으뜸이었다.

학생들은 매혹적인 이로니카의 몸매에 반해 버렸다. 미인대회의 결선에서 이로니카는 관능미의 여왕으로 뽑혔다. 그 순간 이로니카는 하이델의 여신이 되었다. 아직까지 그렇게 예쁜 여왕은 탄생되지 않았다는 학보의 논설이 주목을 끌었다. 그녀의 명성은 매스컴을 타고 '하이델 5월의 여왕은 고려인 집시'란 제목으로 독일과 유럽 신문에 알려졌다.

다음은 주당 대회였다. 주당 대회는 축제의 하이라이트였다. 학과별로 남녀 1명씩 출전해서 기본 3,000cc 포도주를 마시고 제일 많이 마시는 학생에게 하이델 주당의 인증서가 수여 되는 것이다. 김혁이 이로니카를 불렀다.

"우리 포도주 마시는 대회에 출전해볼까?"

"네, 헝가리 여인들은 술을 좋아해요."

"그럼, 우리 파트너로 출전해요."

"김형도 술을 잘 마셔요?"

"난 두주불사거든요. 한국 속담에 '지고 가지는 못해도 마시고는 갈 수 있다'는 말이 있어요. 자신 있어요."

김혁이 호언장담을 하였다. 사실 한국에 있을 땐 막걸리를 한 말 정도 마시는 실력이었다. 그 정도면 3,000cc쯤이야 그렇게 문제 될 게 없었다. 하이델 주당으로 뽑히면 하이델의 학사에 기록되는 것이다. 그는 역사적인 인물이 되고 싶었다. 마침내 참가 입회서를 냈다.

축제는 무르익고 이로니카는 미인 대회에서 영광스러운 미의 여왕으로 뽑혔는데 다시 주당 대회에 출전하자 모두 경이로운 눈빛으로 바라보았다. 각 학과에서 뽑혀 온 주당들이 자신만만하게 본 행사에 참여하였다.

인간이 최대로 마실 수 있는 포도주는 한 시간당 1리터라고 했다. 그러나 알코올에 대한 인내력은 개인차가 심하다. 5리터 (9,000cc)까지 마신 기록이 있는 김혁은 자신만만 했다.

"김혁 선배, 힘내요."

"이로니카 하이팅!"

이로니카는 김혁을 포옹하며 승리를 확신했다. 동양사학과 학생들이 불어대는 우렁찬 팡파레가 관중을 압도했다. 참석한 200여 명의 주당들이 일제히 포도주를 마시기 시작하였다. 이로니카도 열심히 마시고 있었다. 거뜬히 5리터를 마셨다.

이로니카는 흔들리기 시작하였다. 김혁은 이로니카를 부축했지만 그만 쓰러지고 말았다. 더 이상 그녀는 버티지 못했다.

역사과 학생들은 그녀를 구급차에 태워 병원으로 이송시켰다. 다른 출전 선수들도 쓰러지기 시작했다. 마지막 남은 사람은 2명이었다. 김혁과 남아프리카에서 온 흑인 여자였다. 그녀는 독종이었다. 그만큼 술을 마시고도 끄떡도 하지 않았다. 순간 김혁도 버티지 못하고 쓰러졌다. 승자는 그 흑인 여인이었다. 김혁도 곧장 병원으로 실려 갔다.

그가 눈을 떴을 땐 옆에 이로니카가 누워 있었다. 의식을 회복한 그녀는 자기 옆에 누워있는 김혁을 보고 빙긋이 웃었다.

"모두 실패였군요."

아직 술이 깨지 않은 그녀의 더듬거리는 목소리였다.

"무모한 도전이었나 봐요."

"아닙니다. 버틸 수 있었는데… 놓친 상금이 눈에 선해요."

김혁은 아쉬웠지만 병원에 실려 올 정도로 무모한 도전을 왜 했는지 의문이 들었다. 다음 날 그들이 병원을 나와 학교에 갔을 때 하이델 정문엔 올해의 주당으로 김혁과 이로니카의 이름이 붙어 있었다.

일등한 남아연방의 여학생이 약물을 복용하고 참가했다가 그 약물로 인해 기절상태란 것이다. 신성한 제전에 약물을 마시고 도전했다는 그녀를 비방하는 내용의 대자보가 나붙었다. 그녀가 하이델의 명예를 더럽혔다는 논평이었다. 그래서 그녀가 부정으로 패하고 김혁이 승자가 된 것이었다.

이로니카는 미인과 주당이라는 2관왕의 영광을 안고 하이델의 신화적 존재가 되었다.

"김혁 씨, 6리터를 마셨어요. 무슨 오깁니까?"

이로니카가 물었다.

"한국인은 고춧가루를 코에 담고 물속 30리를 헤엄치는 민족이에요."

"헝가리인들은 물 한 모금 안 마시고 알프스 정상에 오른대요."

"한국인과 헝가리인은 외침을 많이 받아 저항 정신이 강한 민족이죠."

헝가리는 8개국과 국경을 접하고 있어서 역사상 전쟁이 끝날 날이 없었다. 늘 저항하는 민족성을 가졌다. 13세기엔 몽골의 침략에 가장 비참한 시달림을 받았고, 오스만 터키와 200년 동안 싸웠으며 근대에 와선 오스트리아와 독일의 지배를 벗어나려는 울분이 강한 민족성을 길렀던 것이다.

"헝가리인들은 몽골인을 가장 싫어한다면서요?"

"몽골과 전쟁 때 50만의 인구가 죽었어요. 전 인구의 70%가 죽은 셈이죠."

"그래서 몽골을 싫어하는군요."

아무튼 그들은 축제의 영웅이 되었다.

그때부터 이로니카는 김혁을 사랑하게 되었다.

나는 김혁과의 추억을 이야기하는 그녀의 진지한 표정에 매료되어 있었다. 그림 같은 사랑이었다. 이로니카의 얼굴은 아침 햇살을 받은 사과처럼 붉고 예뻤다.

"동민 씰 뵙고 있노라니 마치 김혁 씨가 옆에 있는 기분이 들어요. 생긴 모습이며 이미지가 같아요."

"그렇게 내가 좋아요?"

천사 같은 여인이었다. 나는 그녀의 아름다운 모습에 매료되어 있었다.

## 사랑과 애증

이로니카가 김혁의 죽음에 관한 키를 갖고 있는 것 같았다. 그녀가 김혁에게 제공하려는 고려인 집시촌의 특종 기사는 무엇일까, 그 속에 답이 있을 것 같았다. 그는 분명히 고려인촌의 비밀을 알려고 했기에 당한 것이다.

13세기 유럽에 진출한 고려인들이 집시촌을 이루고 살고 있다는 것은 큰 화젯거리였다. 김혁은 그런 막중한 사실을 풀려고 그곳에 갔다가 실종당했다. 그만큼 그곳은 위험이 도사린 비밀의 촌락이었다. 비밀의 집시촌, 그 문을 열기 위해선 이로니카의 도움과 협조가 절대적으로 필요했다. 그런데 그녀가 쉽게 그 비밀의 문을 열어 줄 키를 줄 것 같지 않았다.

아무튼 내가 김혁의 실종을 규명하려고 나선 것은 운명적인 것이었다.

'기동민, 내가 못 이룬 꿈을 네가 이루어라. 동유럽에 깊이 뿌리를 내리고 사는 고려의 혼을 되살리는 증언자가 되어라. 그리고 그들과 같이 사는 탈북인들의 삶을 조명하여 내놓아라.'

그가 내게 계시를 하는 것 같았다.

김인숙 박사는 세계적인 역사학자이며 인권운동가로 인권의 사각지대에 사는 북한인을 사람답게 살게 해야 한다는 운동을 폈다. 떠도는 동포들을 차마 외면할 수 없어서 탈북인의 후생을 돌보는 휴머니스트가 된 것이다. 따라서 조국에서 비난받는 여인이 되었다. 김인숙 박사의 논문 속에 나타난 고려인 후예들의 집시 생활은 민족이란 애착으로 고려인의 혼을 되살려내려는 노력이었다. 막상 묻혀버린 역사를 재조명하려고 뛰어들었으나 그곳에 숨어 사는 북한 이탈민의 슬픈 고뇌를 외면할 수 없어서 중대한 역사적 고증을 보류한 것이다.

어머니가 실종당한 후 이로니카는 어머니의 역사적인 과업을 성취하려고 노력했으나 연약한 여자에겐 벅찬 일이었다. 그래서 김혁을 끌어들인 것이다. 한동안 김혁은 고려인촌에 숨겨진 역사를 들추어내려고 노력했으나 결코 그 뜻을 이루지 못하고 실종당했다.

그렇다면 대체 김인숙 박사와 김혁의 실종엔 무슨 연관이 있을까. 이로니카가 상쾌한 답변을 주지 않아서 내가 직접 뛰어들 수밖에 없었다.

김인숙 박사는 고려인 집시촌에 북한 이탈민을 숨겨놓고 보호하면서 북한의 인권 문제를 부르짖다가 헝가리 정부로부터 냉엄한 압력을 받았다.

난 어떤 일이 잘 안 풀릴 땐 반상숙을 찾아가서 상의했다. 그녀는 훌륭한 나의 멘토였다.

"반상숙, 우리 술 한잔할까?"

"학 대신 닭이냐?"

"왜, 나만 보면 비비 꼬니? 너하고 좋은 시간 갖고 싶어서 그래."

"잘 됐다. 그럼 내말 들어, 너 나랑 집시 무도 쇼 보러 가자. 오늘 밤 집시 여인의 멋진 나체춤이 있단다."

"잘 됐다. 같이 가자."

"웬일이냐? 내 제안에 동의를 다 하고 말이야."

그녀는 집시들과 많은 친분을 가지고 있었다. 그래서 무도회에 초대를 받은 것이다. 그녀는 하이델 베르그의 집시가 경영하는 황색인 맥주홀로 데리고 갔다. 그곳은 집시들이 춤추는 무도장이었다. 집시들이 맥주를 마시는 손님들에게 춤과 노래를 들려주는데 오늘 밤은 특별하게 멋진 스트립 댄스가 있다는 것이다.

황색인 카페로 들어갔을 때 입추의 여지 없이 입장한 관중들은 벌써 취한 상태였다. 쇼가 시작되었다. 현란한 조명을 받으며 백댄서 집시들이 한바탕 춤을 추고 나갔다. 그리고 헤드라이트를 받으며 스트립 쇼걸이 나왔다. 반라의 의상이었다. 음악이 고조되자 무희는 발랄한 몸동작으로 춤을 추었다. 여렸다가 강해지고 느렸다가 빨라지는 플라밍코 음악에 맞추어 무희는 천천히 그리고 빠르게 몸을 휘둘러댔다. 마치 파충류가 짝짓기하는 몸 짓이었다.

남자 댄서가 등장했다. 집시 여인은 남자 댄서를 유혹하는 춤 동작을 보였다. 어느새 남자가 여자 무희를 휘감고 있었다. 남 녀는 성본능의 몸짓으로 춤을 추었다. 춤은 원래 섹스 전 유혹의 몸 행위였다. 그리고 남녀의 강렬한 성교합 동작이 연출되었다. 관중은 침을 삼키며 무아지경에 빠져 들었다. 무대는 더욱 강렬 한 섹스 액션으로 이어졌다. 취객들은 숨을 죽이고 있다가 크라 이맥스에서 함성을 질렀다.

'절정이다.' '어유 힘들어.' '더, 더, 더.'

마침내 쇼걸은 브래지어를 벗어 던지고 마지막 팬티까지 내 리고 알몸으로 동작을 취했다. 마치 실제의 성교합 같은 묘기가 연출되고 있었다. 한참 숨 가쁜 동작이 끝나고 다시 발랄한 춤사 위를 보였다.

백댄서 무희들은 노출 상태로 취객들 사이로 돌아다녔고 취 한 사나이들은 그녀들의 몸을 어루만졌다. 집시 여인들은 자기 몸을 만지게 하고 돈을 받았다. 변태적인 동작이 함성으로 이어 지고 함성이 높을수록 집시들의 돈벌이는 늘어갔다. 백댄서들은 부산하게 주석을 돌아다니며 돈을 받고 있었다.

무대에서 스트립 쇼걸의 발광은 계속되었다. 집시의 무도장 은 마치 동물의 교미우리 같았다. 관객들은 본능을 드러낸 짐승 처럼 으르렁대고 있었다. 마침내 무희는 춤을 끝내고 내려갔다.

그러나 실내는 홍분으로 고조되었다.

"너, 완전히 빠져들었어. 마치 섹스하는 표정이야."

반상숙이 도취해 있는 나를 보고 지껄였다.

"환상적이야. 실제 내가 하는 것 같았어. 육체의 예술이 저렇게 아름다울 줄은 정말 몰랐어."

난 감탄을 연발하였다.

"그런데 내 생각은 안 했어?"

"왜 네 생각을 해, 좋은 기분 잡치지 마라."

"그런데 저 무희 말이야, 어디서 많이 본 것 같지 않았어?"

"글쎄…"

"약간 황색의 피부가 동양인 이미지가 낯익어."

"정말 예쁘고 매력적이지. 질투하는 거야?"

"같은 여자지만 정말 예쁘다."

"나도 저 무희한테 뿅~ 갔다. 세상에 저렇게 예쁘고 성적인 매력을 갖춘 여자가 있을까, 여체는 신의 창작물 중에서 가장 훌륭한 피조물이야."

"그래서 여자의 몸은 예술이라고 하지. 나도 벗으면 저 정도는 된다."

"웃기지 마라. 넌 깡마른 수수깡처럼 빈약해."

"보여줄까? 한번 기회를 내봐. 보여줄 테니."

반상숙이 자신 있다는 말투였다.

"보나마나야."

"저 황색의 무희 말이야. 이로니카를 닮지 않았어?"

반상숙이 의아한 표정으로 말했다.

"설마. 괜히 생사람 잡지 마라. 어떻게 그녀가 이런 곳에서 춤을 추니?"

"그녀는 집시촌에서 살았어. 분장을 짙게 해서 헷갈리지만 그녀가 맞아."

"너 미쳤니, 그녀는 전속 무희야. 세상에 닮은 사람이 어디 한두 명이냐?"

"틀림없어. 이로니카가 맞아. 몸짓이 낯익은 동작이었어."

상숙은 끈질기게 그녀가 이로니카 라고 말했다. 짙은 화장으로 위장을 해서 전혀 알아볼 수 없는 상태인데도 반상숙은 스트립 무희가 이로니카라고 하였다. 주연 쇼걸이 사라지고 집시 백댄서들이 모자를 들고 손님들 사이로 돌아다니고 있었다.

"도와주십시오. 가련한 집시를 돕겠습니다."

손님들은 모자에 동전과 지폐를 던져주었다.

"댁들은 동양 여자 같은데 중국에서 왔어요?"

내가 물었다. 그녀들은 고개를 흔들었다.

"혹시 황색의 백댄서들 말예요. 북한에서 왔어요?"

"반상숙, 미쳤니? 북한 이탈자가 이런 곳에서 춤추겠니."

"아니야, 한국적인 냄새가 약간 난단 말이야…"

반 기자는 톱 댄서는 이로니카이고 백댄서들은 북한 탈북자 같다는 생각을 하였다. 언젠가 이로니카가 불쌍한 집시를 돕기 위하여 춤을 추고 돈을 받는 모습을 보았다. 상숙은 의문이 가득한 표정으로 맥주를 연거푸 들이마셨다.

"너 정말 헝가리에 가고 싶어?"

"응, 김혁이 못다 한 일을 하고 싶단 말이야."

"너 그 일 하다간 김인숙 박사나 김혁처럼 죽는다."

"재수 없는 소리 마."

"생각을 바꾸란 말이다."

나는 다뉴브강변의 고려인촌 집시 실체를 밝히는 것이 김인숙 박사와 김혁의 실종사건을 밝히는 것이라고 생각하였다.

"전에 내가 그 사건을 취재하려다가 포기했잖아."

"그랬지. 이유가 뭐야?"

"그곳에 무서운 조직이 있었어."

"고려인 집시들이 폭력조직이었어?"

"그들을 이용한 정치 테러단이 아니면 경제강패 같기도 했어."

"이로니카 남편이 그곳에서 무서운 비밀 조직을 운영한다고 하더라."

"정말, 그런데 그 말을 왜 이제야 하는 거야?"

"내 눈으로 밝히려고."

"너, 꼭 헝가리로 가려는구나."

김인숙 박사가 북한의 인권운동가라면 그녀가 혹시 그곳에서 데탕트 집단을 이끄는 것이 아닐까라는 의문이 들었다. 헝가리는 한때 동부 유럽이 그렇듯이 북한과 친교국이었다. 그런 관계

로 북한의 반체제 인사가 헝가리에 머무는 것을 부담스러워하였
다. 김인숙이 그곳에서 유럽을 맴도는 탈북자들을 불러 모아 보
호하는 인권 운동을 한다면 헝가리 정부에선 그것을 용서하지
않을 것이다. 그런데 헝가리 정부도 침묵하고 있었다.

"이로니카가 헝가리에서 추방을 당한 이유가 인권 운동 때문
이야?"

"그녀가 인권운동을 하지만 헝가리 반체제 인사는 아니야."

"그런데 왜 유랑 생활을 하는 거야?"

"남편 때문인 것 같아. 남편의 비밀을 알고 있는 그녀를 구속
하는 거지."

"그 사실을 밝혀야 한단 말이야. 내가 할 거야."

"죽으려면 무슨 짓을 못 해. 폭약을 지고 불 속으로 들어 가는
거야."

반상숙은 강하게 반박했다.

"너 봤지, 이로니카가 북한 이탈자를 도우려고 무대에서 춤추
는 모습을 말이야. 그런 그녀를 보고만 있으라고, 도와줘야 한단
말이다."

더욱 궁금해지는 것은 다뉴브강의 고려인 집시들의 정체였
다. 그들은 구걸하는 집시와는 달랐다. 그들은 중국인으로 위장
하고 숨어 사는 것이다. 김인숙 박사의 논문에 의하면 그들은 13
세기 몽골병으로 왔던 고려인의 후손이라고 했다.

그렇다면 당당하게 고려인으로 살아야 하는 것이다. 당시 몽

골은 무서운 힘으로 유럽을 지배하였다. 질풍노도 같은 몽골의 기마에 짓밟히는 유럽인은 처참했다. 몽골 기병에 대적할 자가 없었다. 그러나 헝가리만은 저항하고 나섰다. 몽골의 기병이 서역으로 치달아 내딛는 발길이 멈춘 곳이 헝가리였다. 몽골은 방대한 유럽 영토를 거침없이 정복해 가는데 오로지 헝가리에서만 저항을 받았다. 헝가리가 몽골과 정면충돌을 하였으나 패망하고 13세기부터 150년간 몽골의 지배를 받았다.

참패한 전쟁의 후유증은 비참했다. 전쟁은 예나 지금이나 승자의 영광만큼 패자의 비극은 처참했다. 그러나 전쟁은 승자도 패자만큼 상처를 입는 것이다. 800년 동안 숨어서 고통받는 고려인의 정체성을 밝히고 당당하게 세상에 나서야 한다는 것이 나의 지론이었다.

집시의 무도를 감상하고 돌아와서 난 우울한 심경을 가눌 수 없었다. 이로니카가 무대에서 춤추며 돈을 벌어 북한의 이탈자를 돕고 있다는 것이다. 그 돈으로 과연 얼마나 이탈민을 돕는지 모르겠으나 그 노력과 행위가 가슴 아팠다.

기자의 생활은 언제나 힘겹고 고달팠다. 도통 의문이 풀리지 않았다. 확인해야 한다. 난 외신을 종합하여 한국에 송신하고 헝가리 여행을 위해 이로니카를 만나려고 하이델베르크로 내려갔다.

"이로니카 씨, 혹시 집시 무도회에 나가서 춤추는 황색 여인들 말에요. 그들 속에 북한 여인들이 있는가요?"

난 조심스럽게 물었다. 그녀는 나의 눈을 바라보았다.

"왜 그런 생각을 했어요?"

"어젯밤 집시의 무도회에 갔다가 춤추는 당신을 보았어요."

"뭐라고요?"

그녀는 놀란 표정을 지었다. 그리고 태연하게 말했다.

"맞아요. 내가 데리고 있는 쇼걸들 중에 북한 이탈민이 있어요."

"그럼, 그 스트립쇼 걸이 이로니카가 맞나요?"

"네. 맞아요. 먹고 살려면 돈을 벌어야 하잖아요."

그녀의 고백에 난 더 이상 말을 할 수가 없었다.

"죄송해요."

"뭐가 잘못되었나요? 그런 방법으로라도 돈을 벌어야 먹고 살 수 있어요."

그녀는 숙연해졌다.

"사실은 제가 헝가리의 고려인촌 탐사를 가려고요."

난 화제를 바꾸어 말했다.

"안 됩니다."

그녀는 소스라치게 놀랐다.

"내 눈으로 그 실체를 확인해야겠어요."

"안 돼요. 위험해요."

"왜죠?"

"말 못 할 사연이 있어요."

"그 사연이 뭡니까? 그 무서운 일을 이로니카 혼자서 감당하는 것 못 보겠어요. 내가 돕겠습니다. 그것은 김인숙 박사의 인권운동을 돕는 것입니다."

"그런 생각이라면 제발 관심을 끊어줘요."

그곳에 뭔가 있다. 김혁의 실종을 규명하는 것은 김인숙 박사의 논문을 실증하는 것이었다. 이로니카는 그의 환상에서 벗어나지 못해 무서운 악몽에 시달리고 있었다. 그녀는 그만 흐느끼고 말았다.

"김혁이 못다 한 일을 풀려는 것인데 왜 말리십니까?"

"그것은 내게 독이 됩니다."

그녀는 잠시 허공을 응시하며 우울한 표정을 지었다. 나는 그녀의 표정에서 숨겨진 어떤 난제를 의식하였다. 대체 그녀에게 김혁은 어떤 존재인가? 김혁이 한세라의 약혼자라는데 한세라보다 그녀가 김혁을 사랑하고 있었다. 한 남자를 향한 두 여인의 증오와 애증이었다.

"이로니카 씨, 김혁과 한세라는 약혼한 사이인데 왜 김혁을 사랑했나요?"

"한세라는 바람둥이예요, 그런 여자를 김혁 씨가 사랑할리 없어요."

"당신은 이혼녀인데 그를 사랑하는 것은 진정일 수 없어요."

"그렇지 않아요. 전 진정으로 김혁을 사랑했습니다."

힘이 짝 빠졌다. 한세라는 김혁이 자길 멀리한 것은 이로니카 때문이라고 했고 이로니카는 한세라 때문이라고 했다. 그녀는 한세라가 혼자 김혁을 쫓아다녔다는 것이다. 과연 누구의 말에 신빙성이 있는 것인지 모르지만 반상숙은 김혁을 놓고 한세라와 이로니카가 사랑싸움을 하는 곳에 끼어들지 말라고 하였다.

한세라와 김혁의 만남은 악연으로 시작되었다. 김혁은 그녀의 지저분한 남성 편력을 기사로 썼던 것이다. 그런 일로 그녀는 김혁을 불러 따졌다. 두 사람이 화해했고 그런 계기로 연민이 싹터 사랑하는 사이가 되었다. 김혁은 그의 지성만큼이나 야망이 컸다. 미남자에다가 지성과 인텔리젠트를 그녀가 놓아둘 리 없었다. 한세라는 집요하게 그를 유혹했다. 그녀는 능란한 사교술로 남자를 휘어잡는 마력을 지니고 있어서 김혁은 그녀에게 쉽게 넘어갔다.

나도 김혁처럼 그녀의 포위망에 걸려든 것이다. 그녀는 성적 욕구를 충족하기 위하여 어떤 남자건 집요하게 끌어당겼다. 많은 남자들이 그녀의 유혹에 빠졌다. 비로소 난 그녀의 정체를 알고. 남자관계가 난잡한 그녀의 행적들에 구역질이 났다. 수많은 남성 편력을 안 이상 그녀를 쉽게 받아들일 수가 없었다. 앞으로 세라를 어떻게 할 것인가. 얽히고설킨 수많은 남성관계 속에서 어떻게 처신할 것인가에 고민하였다.

"이로니카 씨, 당신이 하는 일을 돕고 싶습니다. 그리고 김혁 씨가 이루려다 만 일을 하려고요. 절 도와주세요. 그곳 고려인촌의 진실을 밝혀 세상이 깜짝 놀랄 기사를 쓸 것입니다."

"알겠어요. 정 그렇다면 저랑 같이 가요."

그녀는 체념한 듯 힘주어 말했다. 그리고 가볍게 웃어 보였다. 정말 아름다운 여인이었다. 남자라면 그녀의 미모에 반하지 않을 남자가 없을 것이다. 그녀와 같이 여행을 할 생각을 하니 가슴이 벅차올랐다.

"명심할 것은 우리 어머니에 관한 기사가 아닌 고려인 집시에 관한 이야기만 써야 합니다. 특히 북한 탈북자의 이야긴 안 됩니다."

"네, 그곳 고려인촌 집시 이야기만 쓰겠습니다.

"좋아요, 혼자 가면 위험하기에 같이 가는 것입니다."

"네."

그런데 그녀는 헝가리에 자유롭게 출·입국을 할 수 없는 여자였다.

"동민 씨, 헝가리에 가면 엄청난 고통이 따를 것입니다. 특히 나와 같이 행동하면 위험할 정도로 말입니다."

"각오하고 있습니다."

"우린 같이 가면 안 돼요. 헝가리에 가서 만나죠."

"그런, 애로가 있군요."

"네, 전 제3국을 통하여 헝가리로 갈 것입니다."

그녀는 밀입국을 한다는 것이었다. 나는 그녀의 우울한 표정에서 어떤 암울한 그림자를 느낄 수 있었고 그것은 어떤 공포 같은 것이었다. 김혁이 결혼한 그녀를 사랑한 것은 동정이거나 특종을 잡으려는 욕망만이 아닌 것 같았다.

"같이 가면 안 될까요?"

"말했잖아요. 동행은 위험하다고…"

"그럼, 육로로 같이 밀입국해요."

그녀는 환히 웃었다.

"동민 씨가 김혁 씨 모습으로 느껴져요."

"김혁을 진정으로 사랑했나 봐요?"

"그랬어요. 이젠 동민 씨는 김혁 씨 이상의 내 친구죠. 동민 씨 속에 그가 있고 그 속에 내가 있는 존재로 말입니다."

우리는 같이 헝가리로 가기로 약속하였다.

내가 프랑크푸르트 숙소로 돌아왔을 때 한세라가 숙소에 와서 기다리고 있었다. 그녀는 화가 나 파랗게 질린 얼굴로 날 응시하였다. 연락도 없이 심야에 불쑥 찾아와서 기다리는 그녀의 모습에 난 무척 당황스러웠다. 그녀는 계속 말 없이 앉아 있었고 난 서서 그녀를 지켜보았다. 세라는 긴 한숨을 몰아쉬었다. 그 침묵의 표정은 공격을 의미하는 것이었다.

"연락도 없이. 불쑥 오면 어떻게 해요?"

"불청객이라는 거죠? 지금 어디에서 오시는 길입니까?"

"출장 갔다 오는 길이예요."

"이로니카를 만났잖아요."

그녀는 모든 것을 다 꿰뚫어 알고 있다는 듯 말했다.

"아닙니다. 취재하고 돌아오는 길입니다."

끝까지 부정했다. 당혹스러운 질문을 피하려고 구차한 변명을 늘어놓았다. 그녀는 나의 표정을 보고 웃었다. 그 웃음 뒤에 더 독한 화살이 날아올 것 같았다. 사랑하는 남자가 다른 여자와 만나는 것을 절대 용서할 수 없다는 눈빛이었다. 그러나 태도를 바꾸었다.

"사랑하는 남자의 집에 온 것이 잘못인가요? 독일에 갑자기 오는 관광객이 있어서 안내하고 시간이 남아서 들렀어요."

"황태자에서 만난 그 여자는 누구죠?"

그때 그녀는 가방에서 사진 한 장을 꺼내 내 앞에 던졌다. 무도장에서 이로니카와 내가 춤을 추는 사진이었다.

"이로니카와 연애라도 하는 겁니까?"

"사실은, 김혁의 실종사건을 취재하기 위하여 만났습니다."

"헝가리로 간다는 말인가요?"

"네."

"미쳤군요."

그녀는 버럭 화를 냈다.

"동민 씨! 이로니카란 여자는 지성과 미모로 남자를 유혹하는 요물입니다. 그녀는 나와 김혁을 갈라 놓은 여자란 말예요. 그런데 다시 동민 씨가…"

세라는 흥분하고 있었다.

"사실은 고려인촌을 확인하러 가기로 했어요. 그래서 자문을 구한 거죠."

"뭘 한다고요? 그건 안 돼요. 위험해요."

그녀는 이로니카와 똑같은 소릴 하였다.

"뭐가 위험하다는 건가요?"

"아무튼 가지 말아요."

"그래서 이로니카의 도움을 받으려는 겁니다."

"그녀는 마녀에요. 혁이 죽은 것도 그녀의 마술에 걸려서 죽은 거예요."

"그 일을 해결하려면 그녀의 정보가 필요했어요."

"정보는 무슨 정보요? 그녀가 동민 씨를 꼬시기 위한 작전이라고요."

"경솔하군요."

"김혁 씨도 그랬어요. 난 그녀를 알아요. 김혁을 내게서 빼앗을 때도 그랬어요. 그런데 동민 씨가 걸려들었어요."

"듣자니 불쾌하네요. 내가 세라 씨완 어떤 사인데요? 친구의 애인이라서 친분을 둘 뿐 당신에게 연민의 감정이 없어요."

"뭐라고요? 이로니카 나쁜 계집애에게 흠뻑 빠졌군요."

세라는 눈물을 글썽이며 이로니카에게 저주의 욕설을 퍼부었다. 난 그녀를 주시하였다. 화가 가득한 눈빛이었다. 나를 사랑하는데 내 태도가 불분명하다는 반발이었다. 그녀는 내가 이로니카를 만난다는 것에 신경과민적 반응을 보였다.

사실 미모라면 한세라도 이로니카에 못지않은 미색을 가지고 있었다. 세상 남자들이 좋아하고 연민을 느끼는 미모를 가진 여자였다. 그런데 어쩐지 그녀보다 이로니카에 끌리는 것은 그녀의 인간적인 매력과 불행하다는 동정심이었다. 그녀는 어쩌면 내가 이로니카에게로 떠날지 모른다는 불안한 표정을 짓고 있었다.

한세라는 요염한 표정으로 나를 응시하였다. 그녀는 다뉴브강의 잔물결처럼 아름다운 환상으로 나를 억누르고 있었다. 다뉴브강에서 사랑을 나누었던 김혁이 생각났다. 부다페스트의 다뉴브강에서 두 사람은 얼마나 행복했을까.

"동민 씨, 우리 결혼해요."

그녀가 불쑥 내뱉었다.

"결혼? 한세라 씨는 결혼이 무슨 장난인 줄 아세요? 김혁 씨를 사랑한다더니, 김혁은 버렸다 칩시다. 그럼 김제남이란 남자는 어떻게 하고요?"

그녀가 깜짝 놀랐다.

"그 사람, 잠깐 만났다가 끝낸 사람이에요."

"정말 한세라 씨는 이해할 수 없는 여자예요. 날 우습게 보지 마세요. 그 남자와 동거하면서 나와 결혼을 하자고요?"

나는 일침을 놓았다.

"김제남 씨는 한번 잔 남자예요. 동민 씨, 난 진정으로 동민 씨를 사랑해요."

"날 조롱하지 말아요. 지금 동거하고 있는 김제남 씨는 어떻게 하고요?"

"모두 끝난 사이라고요."

"싫어요. 돌아가세요."

그녀는 울면서 밤늦게 돌아갔다. 정말 불쾌한 것은 그녀가 파리의 사업가 김제남의 애첩이라는 것이다. 동거하는 것이 확인되었다. 알고 보니 정말 바람둥이, 플레이 걸이었다. 그런데 그녀는 내가 자기와 결혼할 것으로 믿고 있었다. 결혼은 두 사람의 영혼이 합일하는 거룩한 성업인데 그녀는 성적 만남으로 생각하는 것이 나빴다. 결혼엔 어떤 조건이 있어선 안 되며 진정한 사랑으로 맺어지는 결혼이어야 한다. 아무튼 나는 세라와는 어울리지 않았고 감정보다 이성에 솔직하고 싶었다.

그녀는 사교계의 여왕이라고 자처하는 만큼 나를 쉽게 잡을 수 있다는 생각을 갖고 있었다는 그 자체가 모욕적이었다.

이로니카의 말이 떠올랐다. '한세라는 마를 끼고 사는 여자예요. 섣불리 대했다간 봉변당해요.' 무슨 뜻인지 모르지만 단순한 여자는 아니었다. 아무튼 그녀와의 관계는 청산하고 오로지 고려인촌의 비밀을 들추는 기사를 상상하고 있었다.

고려인촌의 집시들은 노래와 춤을 즐기고 흰옷을 즐겨 입으며 자존심이 강하고 눈물이 많으며 지극히 인간적인 감정과 낭만을 즐기는 영리한 민족이라는 것이다.

## 이로니카의 조국

　며칠 전 김제남은 나를 찾아와서 한세라와의 관계를 끊으라고 협박을 하였다.

　"한세라는 나와 결혼할 여자입니다. 임자 있는 여자를 유혹하지 말아요."

　"난 그 여자와 알고 지내는 정도이지, 그 이상은 아닙니다."

　"한세라는 당신과 결혼하겠다고 내게 절교를 선언했어요. 당부하는데 한세라를 만나지 말아요. 그 후에 일어나는 일은 전적으로 당신이 책임져야 해요."

　"단속이나 잘하세요."

　김제남이 그녀의 오랜 사업 파트너이며 정부란 사실을 알게 되었다. 팔색조 같은 여자다. 세상에 쓸 만한 사내는 모두 건드리고 다녔다. 갑자기 반상숙의 말이 떠올랐다. '한세라를 조심해라, 그 여자, 너 같은 남자는 눈에 차지 않아, 사탕수수깡 씹듯 단물 다 빼먹고 내뱉는 꼴 당하지 말란 말이다. 지금 널 가지고 노는데 곧 버릴 거야.' 비로소 그 말의 진의를 알 것 같았다.

그동안 수많은 남자를 사업상으로 만나 사랑을 위장하여 단물만 빼먹고 버렸다. 프랑스 외교가에서 사교계의 여왕이란 칭호는 다 그런 행적에서 나왔고 돈 많은 녀석들이 그녀를 허황하게 만들어 놓았던 것이다. 쓸 만한 남자가 나타나면 마치 독수리처럼 낚아채서 뜯어먹고 내 버리는 사냥꾼이었다.

김제남을 이용하여 유럽의 사교계에 발판을 들여놓고 프랑스 건달들과 손잡고 얼굴을 담보로 각종 이권사업에 관여하였다. 김제남은 돈으로 그녀에게 부귀영화를 누려 주었지만 그녀는 그마저 외면했다. 그렇게 미모와 지성을 자처하며 완벽한 남자를 원하는 그녀에게 김제남은 신변을 보호해 주는 사냥개에 불과했던 것이다.

김제남은 마약밀거래 업자였다. 그는 프랑스 폭력단을 업고 사업을 하였다.

영국에서 취재를 마치고 독일로 가고 있었다. 헝가리행이 며칠 남지 않았다. 비행기 안에서 오직 특종을 잡으려는 생각에 가슴이 설레었다. 다뉴브강변에 살고 있는 고려인의 후예에 관한 기사, 김인숙 박사와 김혁의 실종에 관한 사건을 밝혀 기사로 써낼 수만 있다면 특종이다. 그러나 이로니카는 내부를 들여다볼 수 없는 안갯속의 여인이었다. 아무튼 헝가리 여행은 위험이 따르지만 특종을 잡을 수 있는 절호의 기회였다. 특파원으로 올 땐 누구나 언론인으로 대성하겠다는 야심을 가지고 앞뒤 안 가리고 현장에 뛰어들었다. 그러나 그것은 쉬운 일이 아니다. 특종 하나면 인지도가 달라진다는 기적을 기대하며 외신기자들은 열심히 현장을 누비고 다녀도 결과는 늘 좌절뿐이었다.

고려인 후예들이 800년 동안 다뉴브강변에서 살아왔다는 것을 누가 상상이나 했을까. 김인숙 박사는 몽골의 유럽 정복사에서 고려인의 실체를 찾아내었다. 고려인이 원정군으로 유럽에 왔다가 헝가리에 머문 사실을 밝힌 논문은 학계의 주목을 받았다. 그러나 그녀는 완전한 규명을 못하고 실종당했다. 그런 실체를 규명하려다가 김혁도 실종을 당했다.

나의 도전이 실현되었다. 다뉴브강 집시촌의 비밀과 그곳에 숨어 산다는 탈북인의 실체를 규명하고 김인숙 박사와 김혁의 실종을 밝혀낸다면 기자로서 국제적인 명성을 얻게 될 것이다. 그러나 그것을 방해하는 요인들 때문에 쉽지가 않았다.

취재하고 돌아오는 비행기 안에서 눈을 감고 앞으로 벌어질 일들을 그려보았다. 대체 고려인촌에서 김인숙 박사는 무슨 일을 했던가. 그녀가 벌이고 있는 인권운동이란 무엇인가? 북한을 탈출한 탈북자들이 정말 그곳에 있는 것인가. 이로니카가 보호하는 그들은 집시인가, 탈북자들인가? 과연 그렇다면 그들을 난민으로 인정해 줄 수 있는가, 별생각이 다 들었다. 그런데 그녀가 인권운동을 한다고 헝가리 정부로부터 추방당했다는데 그것이 의문이었다. 그것이 추방의 이유라는데 도통 알 수가 없었다. 아무튼 그녀를 위협하고 방해하는 엄청난 폭력이 주변에 도사리고 있다는 것이다.

기층 이변으로 비행기가 심하게 흔들렸다. 난 그 흔들림에 그만 잠이 들었다. 한잠 푹 자고 나니 비행장에 도착하였다. 피로가 싹 가시고 몸이 가뿐해지는 것이었다. 세라와의 관계를 정리하려고 하여도 이미 육체적인 관계를 갖고 있어서 쉽게 끝날 것 같지 않았다. 젊은 남녀가 순간적인 욕정으로 누구나 섹스는 할 수 있다. 누구나 그런 실수를 한 번쯤 해보았다. 아무리 생각해도 성숙한 남녀의 혼전 관계는 결혼이란 책임까지 생각할 정도는 아니라는 결론이었다.

런던에서 돌아와서 다음 날 사무실로 나갔더니 지사장이 나를 불렀다.

"기동민 씨, 헝가리로 갈 날짜가 당겨졌어요."

그리고 지사장은 세계적인 인권운동가 김인숙 박사의 실종 원인과 고려인 집시촌의 내막과 탈북자 실태를 확인하는데 필요한 자료를 내주었다.

"김혁의 실종 같은 일이 벌어질 수 있으니 각별히 조심하시오."

"대체 우리 일을 방해하는 검은 조직은 누구입니까?"

"내가 알기론 이로니카의 남편이 만든 폭력 조직이 고려인촌과 연관되어 있다는 것입니다."

"그곳에 뭔가 있긴 있군요."

"탐색자를 노리는 검은 눈이 있다는 것을 명심하고 스스로 대처하세요."

지사장의 말은 무서운 위험을 예고했다.

"위험에 대처할 준비는 되어 있습니다."

"기동민 기자는 패기가 넘쳐 해낼 것으로 믿습니다."

팀장이 나를 치켜세웠다.

"지사장님, 이번에 이로니카와 같이 갈 것입니다."

"뭐요? 이로니카와 같이 간다고요? 안 돼요."

"그녀가 김인숙 박사의 딸이라서 그곳의 내막을 정확히 안다고요."

"그녀는 헝가리 정부가 경계하는 반체제 인물이란 말입니다."

"그러나 그녀의 도움이 절대로 필요합니다."

"안 돼요. 그녀와 같이 가면 정말 위험해요."

지사장은 극구 반대하였다. 이로니카가 사회주의 시절의 절대 권력자의 딸이라는 것이다. 현 정부는 사회주의를 무너뜨리고 신정부를 만들었다. 따라서 사회주의 정부와 신정부의 알력은 아직도 가시지 않았다. 때문에 그녀의 아버지가 죽었고 어머니 김인숙은 탄압을 받았던 것이다. 그녀는 아버지를 몰락시켰던 정부에 불만이 많았고 헝가리 정부는 김인숙과 그녀가 벌인 인권 운동을 반체제 운동으로 낙인찍었던 것이다. 그래서 이로니카는 헝가리에 살지 못하는 방랑인이 되었다는데 추측일 뿐 사실이 아니었다.

"그러나 이로니카의 도움이 절대 필요합니다."

"그녀와 같이 동행하다가 무슨 일이 생기면 당신도 성치 못할 것이요."

지사장은 나의 각오를 꺾을 수 없다는 것을 알고 그녀와의 동행을 허락하였다.

난 위스키를 사들고 곧장 이로니카의 하숙으로 찾아갔다.

"파견 날짜가 당겨졌어요."

"나와의 동행은 목숨을 걸 정도로 위험한 여정입니다."

그녀가 제의했다. 자신은 폴란드를 돌아서 헝가리로 갈 테니 난 비행기를 타고 직접 헝가리로 가서 만나자는 것이었다.

"헝가리에 가면 도와줄 분이 있는가요?"

"네. 있어요."

그러나 우린 같이 육로가 가기로 결정했다. 그리고 장도를 축하하는 잔을 들었다.

"동민 씨, 일전에 한세라가 찾아왔었어요."

"뭐라고 하던가요?"

"사랑하는 사이라면서 곧 동민 씨와 결혼을 할 테니 포기하래요. 사실인가요?"

이로니카는 내 눈을 바라보며 물었다.

"아니요. 일방적인 그녀의 말입니다."

"정말입니까?"

"난 이로니카를 사랑합니다."

이로니카는 말 없이 입술을 지그시 깨물고 잠시 침묵에 젖어 있었다. 믿음이 생겼다는 뜻이었다.

"내가 동민 씨를 돕는 것은 사랑하기 때문이지만 상부상조하는 거죠."

나는 그녀를 포옹했다. 그녀는 가만히 안겼다. 그리고 품에 안겨 작은 소리로 흐느꼈다. 감격스런 울음이었다. 서양의 여인이지만 정서는 한국의 여인과 다를 바 없었다. 나에겐 세상에서 가장 아름다운 여인이다. 나는 그녀의 가슴에 한국인의 피가 끓고 있음을 의식했다.

"이로니카, 우리 헝가리 일이 잘되면 결혼합시다."

"전 결혼했던 이혼녀입니다."

"이로니카만 좋다면 상관없어요."

"동민 씨…"

이로니카는 같이 육로로 행동하자는 나의 주장에 동의하였다. 이윽고 출발 날이었다. 우린 하이델베르크에서 고속버스를 타고 프랑크프루트로 향하고 있었다. 아우토반을 달리는 기분은 최상의 무드였다. 이로니카는 나의 가슴에 기댄 채 말이 없었다. 독일의 도시는 어디를 가나 깨끗하게 잘 꾸며진 거미줄 같은 도로망을 갖고 있었다. 아우토반 사이로 펼쳐진 끝없는 들판과 잘 정리된 전원 풍경이 수채화처럼 아름다웠다. 서구와 동구는 물질문명의 발달이 하늘과 땅 차이였다.

"가난을 면치 못한 동구의 낙후성은 서구에 비하면 너무나 불편해요."

"사회주의 공산화가 남긴 유산이지요."

"사회주의의 모든 나라들은 문화와 문명이 퇴보했어요."

"그러나 물질적으로 빈곤하지만 정신적인 문화는 높게 평가하고 싶어요."

이로니카는 사회주의의 일면을 찬양하고 있었다.

"아직도 공산주의를 사랑한다는 뜻인가요?"

"공산주의를 증오합니다. 그러나 사회주의를 추구했던 아버지는 존경해요."

"사회주의는 보편적인 삶을 추구했지만 이상과 꿈을 좌절시켰어요."

모든 사람이 공평하게 살게 한다는 정치가 백성을 굶겨 죽게 하였다. 특히 북한 같은 나라는 기근에 허덕이고 있었다. 김인숙은 가난한 조국에 화가 났다. 수많은 주민들이 먹고살기 위하여 탈북을 시도했다. 그녀는 죽음의 동토를 해방하고 탈북한 이방인들을 구원하여 그들이 누리고자 하는 자유와 인권을 찾아주려고 했지만 좌절당하고 말았다. 이제는 그 일을 이로니카가 하고 있었다.

"어머니의 유업을 승계하는 것은 대단히 위험한 일입니다."

"네, 쉽지 않아요. 그러나 그들이 스스로 개척할 힘을 길러줘야 한답니다."

비로소 그녀는 깊은 속내를 털어놓았다.

어쩌면 김인숙 박사는 잃어버린 정권을 그리며 새로운 질서에 반박하는 의미로 인권운동을 했을지 모르지만 사실 그녀는 과거의 추억보다는 조국에 대한 애착이 강했던 것이다. 탈북자들이 배불리 먹고 그들이 인간답게 살 수 있는 여건을 찾아주려고 하였던 것이다.

그녀는 남편이 실권당하고 돌아가시자 모든 것을 내려놓고 고려인촌으로 이사를 하였다. 그곳에서 생활은 비참했다. 그러나 아무 불평 없이 꿋꿋하게 삶을 개척해 나갔다. 어느 날 어머닌 그녀를 불렀다.

"이로니카, 이제는 우리의 힘으로 살아가야 하는 거야."

"우리 북조선으로 돌아가요. 그곳은 어머니의 조국이잖아요."

이로니카는 생각 없이 말했다.

"우린 그곳으로 갈 수가 없단다."

"왜죠? 어머니의 조국이잖아요."

"난 조국을 사랑하지만 고국은 나를 버렸어."

어머닌 심각하게 말했다.

"저는 헝가리인도 고려인도 아닌 경계인이잖아요?"

"그렇지만 넌 고려인을 사랑해야 한다. 만일에 내가 없더라도 넌 내가 하는 일을 계승해야 할 것이다."

어머닌 탈북한 그들을 난민으로 승격시켜 살기 좋은 대한민국으로 보내야 한다는 것이었다. 그래서 유럽에 와있는 한국 기자들에게 도움을 받으라고 하였다. 이로니카는 그때 어머니의 일그러진 표정을 처음 봤었다. 그 표정 뒤엔 조국을 사랑하는 비정한 슬픔이 잠재하고 있었던 것이다.

왜 어머니가 탈북자를 돕는지, 왜 그들은 조국을 버리고 유랑의 생활을 하는지, 뒤늦게 안 것은 그들이 배불리 먹고 사람답게 살려고 조국을 이탈했다는 것이다. 조국을 이탈한 자들은 갈 곳이 없고 그들을 보호해 줄 국가도 없다. 그리고 그들이 원하는 것이 자유이고 편안한 정착을 위해 한국으로 가는 것이었다. 하지만 그들은 한국으로 가려고 해도 쉽지 않았다. 그래서 어머닌 그들을 고려인촌으로 몰래 불러들인 것이었다.

"이로니카 씨, 내가 돕겠습니다."

"고마워요. 동민 씨. 그러나 고려인과 탈북자는 달라요."

김인숙 박사는 조국을 이탈하여 유랑하는 탈북인들을 이곳으로 끌어들여 같이 살게 하였다. 북한 당국이 이 사실을 알고 있었다. 그러나 겉으로 드러나면 국제적인 여론의 화살을 받을까 봐 비밀의 성안에 감금시킨 채 감시의 눈으로 경계하고 있었던 것이다. 이해할 수 없는 부분이었다. 평소 같으면 당장 모두 체포하여 북한으로 데리고 가서 처형하던지 죽음의 수용소로 보냈을 것인데 오히려 그곳의 탈북인은 보호하는 차원이었다.

"그곳에서 탈북자들이 어떻게 살아요?"

내가 물었다.

"고려인 집시들과 별도로 전원을 개간하여 자활하고 있어요."

그러나 소통과 물자 유통이 없는 감금 생활이었다. 그들에게 사람답게 살 수 있는 길을 열어줘야 하는데 이렇다 할 대책이 없어서 이로니카는 눈시울을 붉혔다.

심각한 일이었다. 헝가리인들은 고려인촌에 사는 집시를 중국계라고 생각하고 있는데 만일 그들이 몽골군으로 왔던 고려인 후손이란 사실이 밝혀지면 이곳에서 쫓겨난다. 그런데 헝가리 정부도 이곳에 탈북민이 숨어 산다는 것도 대충 알고 있는 것 같은데 침묵하고 있었다.

"그들이 난민 지위를 인정받게 해야 합니다. 동민 씨가 도와주세요."

"노력하겠습니다."

탈북자들이 유럽에까지 흘러와서 정착지를 찾지 못하고 방랑하는 모습이 가슴 아팠던 것이다. 그들은 러시아와 몽골을 통해 유럽까지 흘러들어온 운 좋은 사람들이지만 떳떳하게 몸을 내놓을 수 없는 신세라서 보신의 은신처를 찾아다니고 있었다. 그런데 점점 유럽으로 찾아드는 탈북자가 늘어만 가면서 그들은 난민이 되어 버렸다. 세상에 그들의 유랑을 돌봐주는 사람은 아무도 없었다. 지금은 그곳에 피신해 있지만 영원한 피신처는 아니었다.

"동민 씨, 이왕 프랑크푸르트에 왔는데 휴식을 하면서 갑시다."

"갈 길이 바쁜데 무슨 휴식입니까?"

"잠시 괴테 하우스에 가봐요."

"괴테 하우스엔 왜 가요? 그럴 여유가 없잖아요."

"꼭 동민 씨께 보여드리고 싶은 것이 있어요."

이로니카는 택시를 잡았다. 우린 괴테 하우스로 향하였다. 독일인들은 괴테를 정신적인 지주로 받들고 있었다. 세계의 어느 누구와도 바꿀 수 없는 존재, 독일의 정신이며 독일인이 사랑하고 자랑하며 민족의 영웅으로 각인되어 있었다.

"괴테는 독일에서 가장 훌륭한 가문에서 태어났다지요?"

나는 정문을 들어서면서 물었다.

"괴테의 가문과 우리 가문은 숙적이었어요. 괴테 가문과 이로니카 가문은 중세 유럽의 명문가인데 괴테의 가문이 우리 이로니카 가문을 망하게 하였답니다."

"이로니카 가문이 대체 어떤 가문이었나요?"

"대단했죠. 바로 그것을 보여주려고 이곳에 들른 것입니다."

"괴테 가문과 무슨 연관이 있어요?"

그녀는 자신이 유럽의 대 명문 이로니카 가문의 후손이라는 것을 보여주려 함이었다. 아버지는 이로니카 가문의 정통 후계자라는 것이다. 이로니카 가문은 600년에 걸쳐 숱한 인재를 길러낸 폴란드 최고 가문이었는데 독일의 바이말 군주 시대에 패망했다. 바로 이로니카 가문을 멸망시킨 숙적이 괴테의 바이말 가문이었다. 괴테는 문필가지만 바이말 공화국의 수상이었다.

"이로니카의 공주가 나라를 구했답니다."

"공주가 나라를 구해요?"

"바이말 공국으로 시집간 이로니카 공주가 바이말을 망하게 하고 다시 이로니카 가문을 구했지요.”

“재미난 역사군요.”

“이로니카 공주는 나라를 구하기 위하여 바이말의 황녀가 되었고 마침내 바이말을 망하게 하였지요. 우리 어머닌 이로니카 황녀가 될 뻔했어요.”

“아버지가 헝가리 공산당 수뇌였다고 했지요. 그런데 왜 숙청을 당했나요?”

“사회주의 국가에 민주화 바람이 불면서 아버진 실권을 당하고 말았어요.”

“그랬군요.”

그녀의 아버진 헝가리 정권의 실세였고, 그녀의 어머닌 동독에 유학 온 북한의 수재였다. 아버지와의 만남은 어머니 인생을 바꾸어 놓았다. 그녀는 눈물을 글썽이며 가족 이야길 하였다, 그녀의 아버진 베를린 대학에서 핵물리학을 가르치는 세계적인 학자였다. 동독 원자력 연구소에서 일하면서 핵분열 이론가로 세계적인 명성을 얻었다. 어머니완 베를린 대학에서 만나 사랑하게 되었고 결혼을 했다.

아버진 러시아에서 핵무기 개발에 참여하였다. 그리고 고국 헝가리로 돌아와서 엘리트 가문의 후광을 받아 헝가리 권력의 핵심 인물로 부상하였다. 승승장구하여 사회주의 당수가 되었다. 김인숙과 사이에서 이로니카가 태어났고 행복한 권력은 영원할 것 같았는데 동구 사회주의가 무너지고 헝가리에도 새 정부가 서면서 권력 밖으로 추락하였다. 사회주의 정권이 붕괴하면서 아버진 야인으로 돌아와 3년 만에 돌아가시고 몰락한 권력의 후환은 모녀의 생활을 비참하게 만들었다.

게다가 어머닌 북한의 인권을 비판하는 반체제 인권운동을 벌였기 때문에 정권의 미움을 샀다. 그러나 꿋꿋하게 버티어 냈다.

이로니카는 부다페스트 대학을 나와서 헝가리 부호의 아들과 결혼을 해서 행복한 생활을 하였는데 남편의 학대로 이혼을 하였다. 날아간 권력의 허무 뒤로 불행이 찾아온 것이다. 남편은 그녀 어머니가 북한의 인권운동가라는 사실이 세상에 알려지자 이로니카와 강제 이혼을 하였다. 그리고 그녀는 헝가리에 살지 못하고 독일로 도피 생활을 하였던 것이다.

괴테 하우스를 둘러보았다. 괴테는 왕가에 버금가는 부호 재상의 아들로 태어났다. 원래 그의 조부는 가난한 농부였으나 그의 아버지가 신분 상승을 하는데 성공했다. 괴테의 외조부 집안은 독일의 명문가였고 아버진 보잘것없는 과학자였는데 명문가의 딸과 결혼하면서 신흥 귀족으로 부상했다.

괴테의 어머닌 부와 지성과 낭만을 겸비한 프랑크푸르트 최고 재벌의 딸이었다. 그녀의 아버진 그녀를 최고 지성을 갖춘 여성으로 길러냈으나 딸은 가난한 학자를 남편으로 선택했다. 그의 아버진 명문가의 딸과 결혼하여 입신출세의 가도를 달렸다. 그는 아들 괴테를 변호사로 만들기 위하여 법률 공부를 시켰고 어머닌 아들의 재능을 계발하려고 다양한 공부를 시켰다.

어머닌 개인교수를 초빙하여 수학, 물리학, 화학, 음악, 미술 등 학문의 전반에 걸친 공부를 시켰다. 그러나 괴테는 아버지의 뜻대로 법률가로 성공하였다. 그는 변호사가 되어 이탈리아 여행을 떠났다. 그 여행에서 새 세상을 본 것이다. 엄청나게 인생이 바뀌었는데 그것은 베니스에서 만난 겔러트와 외저 같은 시인의 영향이었다. 그는 외저로 인해 문학에 눈을 뜨게 되었고, 그 후 베니스에 머물며 문학을 공부했고 겔러트 같은 문인들과 교류를 하였다.

독일로 돌아와서 유명한 문인들을 자기 집으로 끌어들여 문학 수업을 받았다. 그는 대부분 극작가들과 놀았다. 이들에게서 개인 학습으로 문학을 배워 『파우스트』란 작품을 씀으로써 독일의 대문호가 되었던 것이다. 그러나 후대의 평론가들은 그는 법률가일 뿐 문학이란 말 자체도 이해 못 하는 재상이라는 것, 문학을 모르는 작가라고 저평가하였고 그의 모든 작품들은 집안에 불러들인 문필가들이 대필한 작품이라고 폄하하였다.

그들이 대필한 작품을 자기명의로 발표를 했다. 그러니까 부를 누린 재상이었기에 가능했고, 가난한 작가들은 돈을 충분히 벌 수 있어서 최선을 다했다. 괴테의 생가 전시관엔 그가 생전에 누렸던 부를 척도 할 수 있는 고귀한 서적과 물건들이 전시되어 있었다.

이로니카는 그의 초상 앞에서 어떤 골똘한 상념을 쫓고 있었다. 괴테의 가문에 핍박을 받았던 자기 조상의 수모를 상기하고 있었다. 괴테의 생가에 세워진 기념관엔 당시 귀족의 권세를 측량할 수 있는 자료들로 채워져 있었는데 그 진가는 어마어마한 것이었다. 그는 독일인의 자랑이며 자존심이듯이 유품들도 대단한 문화였다.

괴테의 모든 문학적인 배경은 라인강이며 인자한 어머니의 훌륭한 교육에서 얻은 재산이었다. 그의『젊은 베르테르의 슬픔』에 나오는 그녀는 상상의 여인이 아니고 그의 애인이었다. 이로니카는 그 베르테르를 상기하였다. 그녀는 이로니카 가문의 여자였다. 이 작품에서 이로니카 가문의 슬픔을 엿볼 수 있었다. 베르테르가 이로니카 가문의 여자라는 것이다. 그녀의 슬픔을 이해할 수 있었다.

그녀가 내게 독일의 문화와 유명 인사를 보여주려는 의도를 짐작할 수 있었다. 그것은 자신의 미래에 관한 그림이었다. 그렇게 그녀는 꿈을 가지고 있었다.

괴테의 집을 나와 기차를 타고 로렐라이 언덕으로 향하였다. 이곳은 라인강을 따라가는 독일 최대의 드라이브 코스였다. 4개국에서 모인 지루가 로렐라이 언덕 아래에서 절경을 이루어 라인강에 이른다. 라인강은 독일의 기적을 만든 강이었다. 스위스, 프랑스, 독일, 네덜란드를 흘러 도버해협으로 쏟아지는 강인데 이 지방의 석탄과 타르 때문에 검은 흙탕물이 흐르고 있었다.

독일은 이 강을 통하여 라인강의 기적을 이루었다. 강엔 화물

선과 유람선이 수없이 오가고 있었다. 바로 이 모습이 독일의 산업을 발전시켰던 원동력이었다. 강변을 따라 달리는 차창으로 보이는 언덕엔 파란 포도밭이 수없이 이어졌다.

"포도 덩굴이 탐스러워요."

"일조량이 많아 이 지방의 포도 맛이 유럽에서 최고랍니다."

이로니카가 말했다.

"이곳에 운하가 있지요?"

"네, 마인과 도나우가 운하로 연결되어 있어요. 두 강이 모여 북해로 흘러가요. 그러니까 흑해에서 배를 타고 다뉴브를 거쳐 올라와서 라인강을 타고 북해로 갈 수 있는 대운하예요."

그녀가 자상하게 설명하였다.

독일은 축복받은 나라였다. 기후가 그렇고 토질이 그렇다. 풍부한 자원, 넓은 평야, 강을 달리며 끝없이 이어지는 구릉 위의 들판은 정말 아름다웠다. 강을 따라 곳곳에 우뚝 선 고성들이 더욱 아름다웠다. 고성은 독일의 상징적인 전제 봉건사회의 유물이었다. 당시 개인의 영토가 인정되었던 시대에 봉건 제후들은 영토 넓히기에 전쟁을 불사했고 성의 크기로 세도를 짐작할 수 있었다.

봉건 영주들은 자기 세력을 확장하기 위하여 사병을 양성하여 이웃 성을 공략했고 높은 성을 쌓고 권세를 누렸다. 고성은 곧 작은 국가였다.

버스는 힘차게 강변을 달렸다. 라인강변엔 33개의 고성들이 늘어져 있었는데 이곳들은 고급 레스토랑으로 사용되고 있었다. 아름다운 라인강의 정취에 취해 2시간여 달렸을 때 로렐라이 언덕이 나타났다. 해발 120미터의 낮은 강변 언덕이었다. 완만한 라인강이 언덕을 휘돌면서 급류를 이루고 있었다. 그 급류가 치닫는 강물이 로렐라이 언덕을 감아 돌면 아름다운 뱃노래가 들린다.

나는 이로니카의 손을 잡고 로렐라이 언덕으로 올라갔다. 언덕을 오르는데 요염한 인어 아가씨가 우리를 바라보며 미소를 지었다. 동상은 마녀의 요정이었다.

"이곳으로 한세라와 여행했다고요?"

"아무 의미 없는 여행이었어요. 그냥 따라갔었어요."

"그녀의 행동이 눈앞에 그려져요. 그래서 기분 나쁘네요."

"의미 없는 여행이라니까요."

그녀는 비로소 표정을 고쳤다. 라인강의 센 급류가 로렐라이 언덕을 휘감아 흐르는 강 가운데 작은 섬이 있었는데 인어의 요정들이 발가벗고 목욕을 하면서 어부들을 유혹한다는 것이었다. 옛날부터 내려오는 전설엔 이 강을 지나던 뱃사공들이 발가벗고 춤추며 노래하는 여인의 모습에 반해 강에 몸을 던졌다는 것이었다. 인어의 요정을 만나려고 강물에 뛰어들었다가 죽곤 했다는 것이다.

밤마다 강물에 요정이 나타난다는 소문을 듣고 어부들이 강변에 모여들었다. 요정이 나타나면 물속에 뛰어 들었다가 급류에 휘말려 죽곤 했다는 것이다. 그 애달픔을 노래한 노래는 전설이 되어 지금도 아름다운 사랑의 연가로 남아 있었다.

우리는 인어 요정을 형상화한 동상 앞에 섰다. 이로니카는 인어 요정 앞에 앉아서 포즈를 취했다. 나는 그녀의 요염한 모습을 스마트 폰에 담았다. 이로니카의 모습은 인어 요정보다 훨씬 예뻤다. 우린 로렐라이 언덕에서 석양을 바라보며 시원한 맥주를 마셨다. 은은한 음악이 흘러나왔다. 멜로디는 로렐라이 언덕에 꽂히는 햇살과 같이 잔잔한 파문을 일으키며 강물에 녹아들고 있었다. 그 강물 위에서 인어공주가 춤을 추는 듯하였다.

로렐라이 언덕에서 사랑의 밀어를 속삭이다가 우린 버스를 타고 독일의 전통 가옥이 잘 보전된 아스만 싸우젠으로 갔다. 그곳에 독일 통일 기념탑이 우뚝 서 있었다. 웅장한 자태와 위엄이 하늘을 찌를 듯한 기상으로 높이 솟은 탑 벽에 독일 통일의 영웅들이 안치되어 있었는데 그 가운데 비스마르크 상이 장엄한 자태로 서 있었다. 비스마르크는 게르만 민족의 우월성을 일깨워 독일인의 기상을 일깨운 영웅이었다.

독일인은 비스마르크를 가장 존경한다. 그는 게르만 민족의 자존심을 불러일으킨 민족주의자이며 영웅이었다. 독일 통일기념관을 끼고 큰 키의 나무들이 원시림 숲을 이루고 웅장한 자태를 드러내고 있었다.

우린 공항으로 가서 마침내 베를린행 비행기를 탔다. 지금은 독일의 수도지만 통일 전에는 동독의 수도였다. 2시간 만에 비행기는 베를린에 도착하였다. 70년 전 세계를 휘어 잡았던 나치의 힘찬 함성이 들리는 듯하는 전후 유럽 최대의 도시 베를린은 한때 분단 동독의 수도로 갇히면서 암울한 시기를 보냈던 것이다. 그러나 다시 베를린은 통일 독일의 수도로 부활하여 옛 영광을 회복하였다.

"이로니카의 어머니와 아버진 베를린 대학을 나왔다죠."

"어머닌 북한에서 촉망받는 수재로 국비 유학으로 공부했대요."

"두 분이 대학에서 만나 사랑했군요."

운명 같은 두 천재의 만남은 국가적인 행운이었다. 그러나 김인숙은 조국에 충성하지 않았다. 게다가 아버진 사회주의 몰락과 함께 사라졌다. 결국 두 천재의 만남은 불행을 낳았다.

베를린은 아직도 공산 정권의 칙칙하게 찌든 잿빛의 낡은 건물 속에서 어눌한 내면을 보여주고 있었다. 베를린은 우수에 잠긴 도시였다. 2차 대전 전에 잘 가꾸어진 도시 조형과 구조가 그대로 어느 한 곳도 변형이 안 된 채 역사는 흘렀다. 베를린은 운하의 도시였다. 정방형으로 조형된 도로와 수로가 교통으로 연결되어 이색적인 풍경을 자아냈다.

역시 베를린은 독일인의 상징적인 도시였다. 브란덴부르크 문에서 바라다보이는 의사당은 나치의 무서운 악몽이 되살아나게 하였다. 독일의 영웅들은 다 이 브란덴부르크 문에서 야심을 키웠다. 비스마르크, 히틀러, 엥겔스, 칼 막스, 칸트와 야스퍼스 등은 브란덴부르크 문안의 보리수나무 숲을 거닐며 독일의 미래를 구상했던 것이다.

우린 콜택시를 잡아 베를린 장벽으로 달렸다. 독일인들은 분단의 베를린 장벽을 보존하려고 노력했다. 사실 서베를린은 고도 안의 섬이었다. 동독 사회주의 나라 가운데 갇힌 베를린은 다시 동서로 분단되었다. 섬 안에 섬이 된 서베를린은 자유주의 나라로 단절의 한 세기를 보냈다. 하늘에서 보면 동과 서의 모습은 엄연하게 구별이 된다.

동독 안의 외로운 섬, 서베를린은 공수로 모든 생활필수품을 날랐던 시대가 있었다. 장벽을 하나 두고 이념이 다른 국가로 대립하여 혈연을 갈라놓은 슬픈 역사가 있었다. 자유를 찾아 장벽을 넘다가 죽어간 사람이 무려 10만 명이 넘었다. 통일을 하루 앞두고 이 장벽을 넘다가 죽은 사람도 있었다. 지금은 이 장벽을 '이스트 갤러리'로 부른다. 동서베를린 시대에 전쟁을 증오하는 화가들이 모여 장벽에 벽화를 그린 것이다. 장벽은 1킬로미터 정도 남아 있었다. 난 허물어진 베를린 장벽 아래서 분단된 조국과 인권 사각지대에서 고통받는 북한의 인민을 떠올렸다. 언젠가는 베를린 장벽처럼 DMZ 철책이 무너질 것이다.

역사란 무엇인가?

시간과 사람은 역사를 만들고 그 역사는 문화가 된다. 그리고 흘러간다. 그 누구도 역사의 도도한 흐름을 막을 수는 없다. 역사를 변형하는 자들은 언제나 역사의 심판을 받았다.(칸트)

"돌아보지 않는 역사는 역사가 아닙니다."

"무슨 뜻이죠?"

"역사를 모르는 민족은 미래가 없다는 뜻입니다."

"뒤를 보지 않고 밝은 미래를 기대할 수 없다는 말이군요."

베를린의 모습에서 이로니카는 조국 헝가리를 생각하는 것 같았다. 호텔에서 휴식을 취하는데 이로니카가 조용히 내게 물었다.

"이왕 온 김에 폴란드를 들러서 헝가리로 갈까요?"

"헝가리로 바로 가는 것이 좋지 않을까요?"

"폴란드에서 동민 씨에게 꼭 보여줄 것이 있어서요."

"보여줄 것이 뭔데요?"

"저의 이로니카 가문의 영광을 보여드리고 싶어요."

"그렇다면 가봐요."

그녀는 내게 자신의 모든 것을 보여주려고 하였다. 우린 베를린 공항으로 나가서 폴란드로 가는 비행기를 탔다. 헝가리로 가는 비행기는 2차 대전 때 사용한 전용기를 개조한 쌍발기였다. 비행기 안은 너무 차갑게 음침했다. 손님을 맞는 스튜어디스의 무뚝뚝한 표정부터가 서구와 다른 분위기였다.

그녀들의 모습에서 사회주의 비극을 아직도 실감 할 수 있었다. 탑승한 승객들이 비행기를 닮아서인지 모두 그늘진 표정을 하고 있었다. 비행기는 털털거리며 날아서 폴란드 수도 바르샤바공항에 도착하였다. 바르샤바는 바르라는 어부와 샤르라는 물고기가 사랑을 나누었다는 전설의 도시였다.

바르샤바의 첫인상은 울창한 수림 속에 묻힌 도시에 5층 아파트만 덩그렇게 남아있는 폐허 같았다. 폴란드의 바르샤바는 2차 대전 때 폭격을 많이 받아 모든 도시가 화염에 날아가 버리고 현 도시는 새로 만든 신시가지인데 아직도 전후의 조잡한 문화의 흔적을 담고 있었다.

폴란드는 독일과 문화권이 같으면서 독일과 분리하려는 투항 때문에 독일과 수 없는 전쟁을 치렀고, 독일은 폴란드인이 가장 싫어하는 나라였다. 히틀러는 잔혹하게 폴란드를 짓밟았다. 그 흔적은 케토의 아우스비치 감옥의 유대인 강제 처형장에서 볼 수 있었다.

히틀러는 게르만 민족이 나가는 길을 방해 한다고 600만이나 되는 유대인을 학살하였다. 그만큼 히틀러는 유대인을 싫어했지만 죽은 자는 거의 폴란드인이었다. 케토의 총살 현장엔 이름 모를 비명과 말라빠진 꽃다발 한 아람이 놓여 있었다. 폴란드는 오랜 역사 동안 독일과 소련으로부터 핍박을 받은 민족이다. 한때는 인구의 80%가 죽는 비극을 맞기도 하였다.

바르샤바는 빽빽한 숲속의 도시였다. 원래 이곳은 수목뿐 풀조차 없는 불모의 땅이었다.

"바르샤바는 나의 조상들이 살았던 곳이죠. 비극적인 운명으로 헝가리로 옮겨 살게 되었지만 난 원래 폴란드 피를 받은 사람이랍니다."

"그래서 조국에 온 것 같아요?"

"네, 이로니카 가문은 500년간 폴란드를 통치한 왕실이었죠."

"500년이나 유지한 왕실이었다니 대단합니다. 우리나라 이씨 조선도 600년간 왕 세습을 했어요."

"그건 더 자랑스럽네요. 그런데 난 자랑스러운 이로니카 가문 의 딸이라고요."

그녀는 그 말을 하려고 폴란드로 나를 데리고 왔다. 우린 마 치 밀회를 즐기는 연인처럼 걷고 있었다. 폴란드는 동독과 실정 이 비슷했지만 문화유산이 전혀 없는 황량한 나라였다. 스탈린 이 만들어 준 문화 과학 궁전이 유일한 볼거리였다. 그러나 어디 를 가나 나무숲이 웅장했다. 나무를 사랑하고 나무를 재산으로 여기는 민족이었다. 나무 한 그루를 베면 두 그루를 심게 하는 것이 이 나라 법규다. 그러나 폴란드의 전원 풍경은 지극히 낭만 적이었다.

이로니카는 나를 쇼팽의 생가로 안내하였다. 쇼팽은 폴란드 인의 어머니와 프랑스인 아버지 사이에 태어난 천재인데, 아버 지 나라보다는 이곳 폴란드에서 자랐고 파리 유학 후 다시 폴란 드로 돌아와서 여생을 보낸 음악가였다. 그만큼 그는 어머니와 어머니 나라를 사랑했다.

프랑스와 폴란드는 그를 각기 자기 나라 음악가라고 하지만 그는 조국에 관해선 별로 관심이 없었다. 이로니카가 쇼팽의 생 가를 방문하려고 한 것엔 이유가 있었다. 바로 그 쇼팽의 어머니 에 관한 회고였다. 그의 어머니 역시 이로니카 가문의 출생이라는 것이다.

"동민 씨, 우리 이로니카 가문에서 세계적인 인물들이 많이 태어났어요."

"그러니까 쇼팽의 어머니도 이로니카 가문이란 말이지요?"

"네."

쇼팽의 집을 나와서 바르샤바로 돌아왔다. 우린 한국 간판을 단 음식점을 발견하였다. 반가워서 식당 안으로 들어갔다. 30대 부인이 나와서 폴란드 말로 손님을 맞았다. 나는 그 동양 여인에게 한국인이냐고 물었다. 부인은 반색을 하면서 한국인이라고 말했다. 그 순간 부인의 눈엔 눈물이 핑 돌았다. 한국인을 보는 순간 감격과 반가움의 눈물이었다. 부인은 우리를 따뜻히 맞으며 근사한 식사를 마련해주면서 자기 이야길 시작하였다.

그녀는 원래 독일 간호사로 왔다가 폴란드 남편을 따라 바르샤바로 와서 식당을 꾸려나간다는 것이었다. 그날 밤은 이 집에서 풍성한 대접을 받으면서 보냈다.

동구는 정말 낙후한 미개척지 같았다. 유럽의 찬란한 문화는 전혀 의식할 수 없었다. 폴란드 여행을 마치고 우린 헝가리행 열차를 탔다. 헝가리로 가는 길은 멀고 멀었다. 마침내 기차는 부다페스트에 도착하였다.

"나의 조국, 헝가리에요."

이로니카는 감격스런 비명을 지르듯 말했다.

"아름다운 나라군요"

난 조국에서 추방당한 그녀의 심정을 알 수 있었다. 부다페스트를 끼고 흐르는 다뉴브강이 너무나 아름다웠다. 수많은 유람선이 관광객을 가득 태우고 다뉴브강을 유람하고 있었다. 서울의 한강과 너무나 닮은 강이었다. 나는 서울에 온 것 같은 착각에 빠지고 말았다. 산하와 기후, 하늘 모든 것이 한국과 흡사했다.

"다뉴브강은 몽골 기병들이 활개 치던 강이었어요."

"몽골의 수병은 고려인들이었어요."

"알아요. 그보다 먼저 흉노족이 판치던 곳이기도 했어요. 만주에서 온 흉노족의 영웅 아틸라가 이 다뉴브강에서 훈족의 헝가리를 세우고 이 강에 살던 독일의 게르만 민족을 쫓아냈어요."

"세계 역사를 변화시킨 게르만 민족의 대이동이 있었던 곳이군요. 훈족은 로마를 망하게 했어요."

"바로 그 흉노가 우리나라의 옛날 고조선인이라는 것을 아세요?"

"한국이 흉노의 나라라고요?"

"네. 유럽을 정벌한 흉노가 우리 조상입니다."

"그랬군요. 흉노가 몽골에서 왔다는 것은 압니다."

"몽골이 아니고 대한민국입니다."

그녀는 나를 빤히 바라보았다.

역시 부다페스트는 가슴을 뭉클하게 하는 예술과 낭만이 서린 도시였다. 그러나 검은 건물은 동독이나 동구의 모든 나라와

비슷했다. 이로니카는 주위를 살피며 누군가에게 전화를 걸고
나서 말했다.

"당신을 우리 조국에 모신 것을 영광스럽게 생각합니다."

"이젠 어디로 가야 하나요?"

"갈 곳이 있어요."

"다뉴브강이 참 아름다워요."

"이제부터 정신 바짝 차려야 합니다. 나를 미행하는 사람이
있을 수 있어요."

그녀는 자신이 미행당함을 눈치챘을 땐 안면몰수하고 자릴
뜨라고 일러주었다. 눈앞에 다뉴브강의 푸른 물결이 출렁거렸
다. 정말 아름다운 강이었다. 다뉴브의 본류는 스위스, 독일, 오
스트리아, 체코, 슬로바키아, 헝가리, 유고슬라비아, 불가리아,
루마니아, 우크라이나 등 10개 나라를 지나 흑해로 흘러간다.

# 어부의 요새

헝가리의 수도 부다페스트는 다뉴브강이 만들어 낸 역사적인 고도이다. 헝가리인구 1500만, 부다페스트는 250만 인구를 가진 동구 최대 관광지로 세계인이 가장 선호하는 아름다운 도시로 모든 문화와 문명이 집중되어 있었다. 다뉴브강을 끼고 남쪽은 신도시 부다와 유적이 많은 북쪽의 구도시 페스트로 구분되는데 강과 도시가 잘 어우러진 천혜의 고도이다.

이 도시는 마치 한강을 끼고 남, 북으로 배치된 서울과 너무나 흡사하다. 아름다운 강 위로 많은 다리가 남북으로 놓여 있었고 강을 오르내리는 유람선이 이색적인 풍경을 자아낸다. 선상 유람은 황금교를 지날 때가 가장 아름답다.

우린 신혼여행 온 부부처럼 같은 색 선글라스를 끼고 거리를 활보했다. 시내를 둘러보고 우린 호텔로 가서 짐을 풀었다. 잠자기 전에 내일 고려인촌으로 갈 준비와 계획을 철저히 짜고 있었다. 그녀는 헝가리의 역사와 문화를 소개해주었다.

"헝가리는 지독한 모계 사회랍니다. 여자가 호주예요."

"우리나라는 남성 위주의 가부장적인 사회인데 우리완 정 반대군요."

"여성이 호주라서 힘들어요. 가정의 경제권을 거머쥐고 가족을 먹여 살려요."

"남자는 뭘 해요?"

"남자는 어린애처럼 놀아요."

여자가 호주가 된 데는 이유가 있었다. 헝가리는 외침에 시달린 비극의 역사를 가진 탓에 남자들이 전쟁에 나가서 수 없이 죽었기 때문에 종족보존이 힘들 정도였다. 그래서 씨를 받을 양으로 남자를 보호하였다.

"전쟁에서 죽고 많은 가정에 여자만 남게 되었어요."

"전쟁과 여인이란 소설이 생각나는군요."

"전쟁은 여자를 비참하게 만들어요."

남자가 없으니 재혼 같은 것은 꿈도 꿀 수 없었고 어쩔 수 없이 과부들은 수절하며 자식들을 부양할 수밖에 없었다. 그런 역사적인 비극을 안은 헝가리 여인들은 강한 의지력으로 자녀를 키우며 가모장家母長 사회를 만들었다. 여자가 절대적인 주도권을 쥐고 있기에 그만큼 고생도 많았다. 생활력이 강한 여자들이 직장에 나가서 주로 일하고 남자들은 집에서 살림하는 것이 부끄

럽지 않은 나라였다.

"남자들이 게으르고 무능하군요?"

"남자들은 일을 안 하는 풍조가 생겼어요."

"우리나라 제주도가 그랬어요. 여자들이 일하고 남자들은 놀았어요."

"언제부턴가 남자는 귀한 존재로 종족번식을 위한 존재였답니다."

인류사엔 수 없는 전쟁이 되풀이되면서 많은 남자들이 죽었고 행복한 가정이 무너지면서 여자들의 고통이 가중되었다. 여자는 가정을 지키며 자녀를 키우고 생계를 유지하는 자생력을 가질 수밖에 없었다. 그 정신은 강한 민족성을 만들어 냈고 주변국과 타협하지 않는 고고한 독립정신으로 길들여졌던 것이다. 따라서 헝가리는 민족의식과 자주정신이 유럽에서 가장 강한 나라이다. 여권 우월 사회의 관습은 여자들의 책임과 목소리를 높게 하였고, 남성을 무력한 존재로 만들어 버렸다. 이렇듯 여성 천국 사회는 헝가리 어딜 가나 들여다볼 수 있었다.

우린 시내로 접어들었다. 다뉴브강의 금문교에서 부다의 성을 바라보니 어부의 요새가 한눈에 들어왔다. 요새 뒤로 마차시 궁전이 보이고 요새의 중앙엔 세인트 이슈트반 성당이 웅장한 자태를 드러내고 서 있었다. 마차시 궁전이 다뉴브강과 어우러져 유럽 제일의 관광 명소를 만들었다. 사회주의 국가에선 문화유산을 사랑하는 관념이 상실된데 비해 헝가리는 자국의 문화유산을 소중하게 간직하였던 것이었다.

1241년 몽골은 헝가리를 침입하여 전인구의 절반을 죽였다. 그리고 150년 동안 지배를 하였다. 어부의 요새는 13세기에 150년 동안 항몽 투쟁을 벌였던 역사의 성지였다. 비극은 끝나지 않았다. 1526년 몽골이 러시아에 괴멸되면서 다시 오스만 터키가 헝가리를 200년간 지배해 버렸다. 그 후 헝가리는 오스만 터키가 지배하여 속국의 치욕사를 겪으며 오로지 저항으로 버티었다. 어부의 요새에서 헝가리인들은 외침을 받았을 때마다 민족의 자존심을 내걸고 강하게 항쟁하였다. 그래서 오늘날 헝가리인의 저항 정신은 외침을 많이 받은 고통이 안겨준 기질이라고 하겠다.

이로니카는 부다의 언덕으로 올라가서 숙소를 정하였다. 오랜만에 조국에 돌아온 그녀는 상당히 고무되어 있었다. 그러나 그녀는 뭔가 쫓기는 듯한 불안한 태도로 주위를 살피며 경계를 늦추지 않았다.

우린 마차시 대왕의 동상 앞에서 푸른 다뉴브강을 바라보았다. 이로니카는 기마를 타고 황금 장검을 휘둘리는 마차시 대왕의 흉상을 향해 두 손을 모아 기도를 하였다. 동상을 비롯하여 웅장한 마차시 성당이 중세 헝가리의 찬란한 문화를 상징하고 있었다. 이곳이 다뉴브강에서 가장 아름다운 절경이면서 희비가 엇갈리는 어부가 나라를 지켰던 역사의 현장 어부의 요새였다.

부다의 고성은 마차시 대왕의 숨결이 곳곳에 서려 있었다. 위대한 헝가리를 건설한 대왕의 숨결은 500년 역사를 뛰어넘어 고고하게 당대의 역사를 호흡하게 하였다. 그러나 350년이란 세월에 항몽, 항 이슬람 전을 벌였던 곳이었다.

마차시 언덕의 비탈을 돌아 오르니 관망 좋은 명소가 나타났다. 좁은 문을 통과하여 성안으로 들어서니 '어부의 요새'란 간판이 나왔다. 어부들이 나라를 지켰다는 것이다. 마치 그것은 임진왜란 때 남해의 수군 진영과 같았다. 요새 뒤로 거대한 기마상이 서 있었는데 마차시 대왕이 마상에 올라 천하를 호령하는 모습이었다. 마상을 중심으로 기병들이 성각을 에워싸고 있었고 군마를 탄 장군이 강렬한 눈빛으로 어떤 형상을 바라보고 있었다. 그 눈빛을 따라가면 아름다운 나상의 여인을 만날 수 있었다.

"동민 씨, 저기 보이는 나상의 여인은 '이로니카' 왕비입니다. 마차시 대왕이 그토록 사랑했던 여인이지요."

"중세 유럽 최고의 미녀, 이로니카가 왕비군요?"

"네. 맞습니다."

우린 '이로니카' 왕비의 나상 앞에 섰다. 그리고 왕비의 역사를 기록한 전각을 읽었다. 나는 왕비의 아름답고 요염한 자태를 바라보며 그녀의 강렬한 눈빛에 말려들었다. 그 눈빛은 마로 건너 마차시 왕을 유혹하는 눈빛이었다. 이로니카는 한참 이로니카 왕비의 나상을 바라보고 있었다. 어부의 요새는 헝가리 전쟁 영웅들이 모여 있는 곳이었다.

어부의 요새는 부다페스트를 한눈에 볼 수 있는 절경이었다. 알프스에서 시작한 다뉴브강은 유럽의 중앙부를 관통하는 국제 하천으로 도도하게 흐르면서 곳곳에 찬란한 역사의 흔적과 문화유산을 남기고 아름다운 어부의 요새를 돌아 흑해로 흘러간다.

강바람이 세차게 언덕으로 불어와 그녀의 머리카락을 산발시키고 있었다. 휘날리는 머리카락 사이로 그녀의 큰 눈이 아름답게 반짝거리고 있었다. 이로니카는 바람이 차갑다고 내 가슴에 고개를 묻었다. 그녀의 가슴에서 이는 사랑의 열정이 따뜻한 촉감으로 다가왔다. 난 그녀를 포옹하고 멀리 선 마차시 왕의 마상을 바라보았다. 이로니카 왕비를 바라보는 마차시 대왕의 시선이 너무나 강렬했다. 그 눈빛은 내가 그녀를 바라보는 눈빛 같았다.

"동민 씨, 이곳에 고려인의 맥이 숨겨져 있어요."

"고려인의 맥이라면…?"

"몽골의 수군으로 원정한 고려 병사가 이 성을 정복하고 깃발을 꽂았답니다."

"고려의 수군이 요새를 점령했다고요?"

"그랬어요. 몽골병을 따라온 고려의 원정 수군이죠."

그녀는 고려의 원정군이란 말에 상당히 힘을 주었다.

"정말 고려 병사들이 이 성을 정복했다고요?"

"네, 그들이 어부의 요세를 치고 헝가리를 정복했지요."

그러니까, 몽골군의 수군은 고려의 병사였다.

"고려의 수군들이 다뉴브강을 누볐다는 것은 무거운 충격이군요."

별로 자랑스럽지 않은 이야기였다. 몽골에 정복을 당하고 몽골군의 인질로 잡혀 온 고려 병사들이 몽골의 대리 전투를 하려고 이곳까지 원정을 왔었다.

"마치시 왕은 어떤 분이였어요?"

"몽골의 후예라고 합니다."

마차시 대왕은 빼앗긴 헝가리를 되찾아 찬란한 문화를 창조한 정신적 지주였다. 천년 역사의 헝가리는 항상 외침에 시달렸던 나라인데 마차시 왕은 주변국을 침략하여 속국으로 만든 왕이었다.

마차시 왕은 타국에 점령만 당하던 헝가리를 유일하게 독립시킨 왕으로 주변의 폴란드와 체코, 오스트리아를 점령하여 위대한 헝가리 제국을 이룩했던 영웅이며 헝가리 역사에서 가장 찬란한 문예부흥을 일으킨 왕이었다. 14세기 몽골 제국이 물러가고 그 땅을 이슬람 제국이 지배했는데 마차시 왕은 이슬람을 치고 헝가리 제국을 건설하였다.

"마차시 왕이 이슬람을 몰아내고 대제국을 만들었군요."

"네, 야사에 의하면 몽골의 후예라는 말도 있고 흉노 훈제국의 영웅 아틸라의 후손이란 말도 있습니다. 아무튼 그는 헝가리의 자존심을 세운 왕이었지요."

마차시 왕은 학문이 높고 지혜와 무예가 특출한 문무를 겸한 영웅으로 헝가리 영토를 10배로 넓혀 당대 동유럽 최강의 나라로 만들었다. 외치, 내치, 문화정치를 잘해 헝가리 문예부흥의 꽃을 피웠던 것이다. 또한 대왕은 무척 여색을 좋아해서 궁중에 3,000명의 궁녀를 두었고 점령국에서 계속 새로운 미녀를 공출받았던 호색가였다.

마차시는 폴란드를 정복하러 갔을 때 아름다운 18세의 이로니카 왕비를 보고 반했다. 장군은 항복문서를 받아내면서 말했다.

"왕비를 내게 주시오, 그러면 점령한 땅의 반을 내놓겠소."

"어떻게 왕비를…?"

그때였다.

"전하, 폴란드를 구한다면 제가 희생당하겠습니다. 헝가리 왕의 요청을 받아들이십시오."

이로니카 왕비가 울면서 아뢰었다.

"왕비, 이 못난 나를 용서해 주십시오. 반드시 나라를 부강시켜 왕비를 다시 찾으러 가겠습니다."

폴란드 왕은 목숨을 살려주고 영토까지 돌려준다는 말에 이로니카 왕비를 마차시 장군에게 넘겨주었다. 그녀와 헤어지던 밤, 폴란드 왕은 꼭 힘을 길러 헝가리를 친 후 왕비를 찾으러 가겠다는 약속을 하였다. 그녀는 조국을 구한다는 생각으로 마차시 왕을 따라나섰다. 마차시 왕은 이로니카를 데리고 헝가리로 와서 정실 왕비와 이혼하고 그녀를 새 왕비로 맞았다. 마차시 왕은 이로니카를 왕비로 맞고 폴란드를 식민지 아닌 형제 국으로 우대하였다.

"내 왕비를 위해선 뭐든 해 줄 것입니다. 소원이 뭡니까?"

"폐하 소원이 하나 있사옵니다. 부다성에 저를 위한 궁전을 지어 주십시오."

"그거야 어려운 일이 아니죠."

"폴란드 궁전과 같은 건축술로 지어야 합니다."

마차시 대왕은 이로니카 왕비를 위해서 부다의 언덕에 폴란드식 왕궁을 지어 이로니카와 향락을 즐겼다. 그녀는 마차시 왕을 방탕하게 만들었다. 그리고 언젠가는 마차시 왕을 죽이고 헝가리를 괴멸시킬 독심을 품고 있었다. 대왕은 이로니카 왕비가 얼마나 예쁘고 사랑스러웠던지 왕이 손수 그녀의 목욕을 도와 줬고 그녀의 발까지 닦아 주었다.

"대왕은 그녀의 치마폭에 묻혀 살았지요. 이로니카 왕비는 우리 가문의 여걸이었지요. 난 그분의 직계손이랍니다."

"역시 대단한 가문이었군요."

"유럽의 10대 명가죠. 전 유럽에 우리 가문이 퍼져 있답니다."

이로니카 왕비는 폴란드의 운명을 바꾸어 놓았다. 마차시 왕과 이로니카의 아름다운 사랑은 부다의 전설이었다. 사랑 앞엔 어떤 강적도 무력해진다는 뜻을 실감 나게 하였고 사랑은 역사를 바꾼다는 것을 알았다. 마차시 왕은 미녀의 애욕에 사로잡혀 국정을 소홀히 하였다.

궁전의 벽화엔 이로니카가 침실에서 요염한 몸짓으로 마차시를 유혹하는 모습이 그려져 있었다. 정말 그림처럼 요염하고 아름다운 여자였다. 그녀의 미모에 마차시 왕은 세상에서 가장 행복한 인생을 살았던 왕이라고 훗날 역사가들은 기록하였다. 동양에 양귀비가 있다면 서양엔 이로니카가 있었고 아프리카엔 클레오파트라가 세계를 움직인 미인이었다. 대왕은 아름다운 그녀의 모든 청을 들어주었다. 부다의 언덕에 그녀만을 위해 새 왕궁을 짓고 그녀를 유리궁안에 살게 하였다. 영리한 왕비는 배후에서 마차시 왕을 조정하였다.

그러나 다시는 조국 폴란드에 돌아갈 수 없다는 서러움에 밤낮으로 울기만 하였다. 왕은 그녀의 말이라면 뭐든 들어주었다. 그렇게 원하는 것과 소망하는 것을 다 해 주어도 그녀의 향수병은 막을 수가 없었다. 왕은 그녀를 위해서라면 어떤 것도 서슴잖고 베풀었다. 온갖 금은보화 재물을 다 안겨 주었지만 그녀의 눈물을 달랠 수가 없었다.

"대체 원하는 것이 뭐요?"

마차시 왕이 답답해서 물었다.

"폐하, 저의 향수병을 달래려면 시녀를 폴란드 여인으로 바꾸어 주십시오."

"그거야 어렵지 않지요."

대왕은 왕비의 시녀를 폴란드 여인으로 모두 바꾸었다. 그날부터 왕비는 울음을 그쳤다. 왕비는 다시 제안을 하였다.

"폐하, 폴란드 시녀와 헝가리 남자를 결혼시켜 양국의 우애를 다지십시오. 그리고 두 나라를 사랑하는 인재를 키우는 것이 어떨지요?"

"그것도 좋은 생각이요. 대안은 뭐요?"

"폴란드 처녀 3,000명을 데리고 와서 헝가리 관리들의 시녀로 삼게 함이 좋을 것 같사옵니다."

"그렇게 하시오."

마차시는 당장 지배국인 폴란드에 사신을 보내어 처녀 3,000명을 간택해 오도록 하였다. 예쁜 폴란드 처녀 3,000명이 헝가리 궁중으로 들어왔다. 그녀는 울음을 멈췄다. 왕은 밝게 웃는 그녀를 보고 좋아했다.

이로니카는 폴란드에서 데리고 온 3,000명의 처자들을 헝가리 관리나 장수들과 결혼을 시키거나 첩이 되게 하였다. 그런데 미모 때문에 대부분의 여인들이 건장한 명문가의 총각들과 결혼을 하였다.

"폐하, 폴란드 출신 미인들과 헝가리 청년들의 결혼을 승락해 주십시오."

"그거야 어렵지 않지요. 결혼을 허락하지요."

왕은 사랑스런 왕비의 청을 받아들였다. 그녀의 생각 뒤엔 엄청난 음모가 도사리고 있었던 것이다. 헝가리를 폴란드화 시키겠다는 작전이었다. 헝가리 백성에게 폴란드인의 피가 흐르게 하고 그들이 폴란드를 위하여 일하게 하였다. 훗날 이들이 헝가리를 멸망시키는 인재로 자랐던 것이다. 뒤늦게 마차시 왕은 그녀의 음모를 알아차렸다. 그렇지만 그때는 늙고 병들어 약한 몸으로 그녀의 힘을 꺾을 수가 없었다. 이들 후예들이 내분을 일으켜 헝가리를 치고 폴란드를 독립시켰다. 이로니카는 미색과 지혜를 가진 여인으로 조국 폴란드를 구한 영웅이었다.

"이로니카 왕후는 조국을 구한 여걸이군요."

"내가 폴란드를 구한 그분의 후예입니다."

"이로니카 왕비의 후손이 당신이라니 자랑스럽습니다."

"동민 씨, 고마워요. 우리 술 마시러 가요. 멋진 카페가 있거든요."

부다 언덕의 '어부의 요새'를 내려와서 비탈로 접어드는데 '사마르칸트'란 간판이 걸려 있는 카페가 있었다. 그녀는 내 팔을 잡고 카페로 들어갔다. 다뉴브강의 거센 바람이 잔잔한 물결을 일으키며 어부의 요새로 치밀어 오르고 있었다. 바람은 마차시 궁을 돌아가고 카페는 따뜻한 양지에 있었다.

"이 카페에선 중국의 전통 술을 파는 데 술맛이 아주 좋아요."

"중국 술집이라면 수정방이나 마오주를 팔겠죠?"

"글쎄요. 잘 모르지만 오래된 술집이에요."

실내는 아담했다. 동양적인 분위기를 내는 카페였다. 우린 카페의 구석에 자리를 잡고 앉았다. 뚱보 주인 마담이 그녀를 반갑게 맞았다.

"이로니카. 웬일이야. 연락도 없이."

"아주머니 내가 연락하고 다닐 팔자는 아니잖아요?"

"맞아. 그런데 어떻게 들어왔어?"

그녀는 주위를 둘러보며 말했다.

"숨어서 왔어요."

"조심하라고. 너를 찾는 사람들이 자주 들리곤 해."

"그들이 아직도 나를 찾아요?"

"그렇다니까."

"아주머니 고몽주를 주세요. 얼마나 마시고 싶었는지 몰라요."

뚱보 아줌마가 고몽주 라는 노란색 와인을 가지고 나왔다. 그녀는 내 잔을 가득 채우고 자기 잔을 채웠다.

"이분은 누구야?"

뚱보 아줌마가 정색하고 물었다.

"네, 한국인 친구예요. 나랑 같이 고려촌으로 가기로 했어요."

"한국인? 그런데 고려촌으로 간다고, 왜 그곳에 가는데… 너 미쳤니?"

"괜찮아요. 김혁의 친구예요."

그녀가 매서운 눈빛으로 나를 바라보았다.

"기동민 기자입니다."

"한국기자, 김혁 씨의 친구라고요?"

"네, 김혁 씨를 아시는군요."

뚱보 아줌마가 잔을 따라 주었다. 우린 같이 잔을 부딪치고 마셨다. 술맛이 독하지 않아 한국의 동동주 맛 같았다.

"한국에도 이런 맛을 내는 술이 있어요."

"알아요, 막걸리. 이건 헝가리의 고려인들이 마시는 동동주예요."

뚱보 아줌마가 내 잔을 채워주면서 말했다.

"아니 아줌마도 남자에게 술을 따라요?"

신기한 듯 이로니카가 물었다.

"너무 좋아서, 김혁 씨를 만난 것 같은 기분이거든."

그녀는 표정을 고쳐 말했다.

"못마땅한 표정이더니… 왜 갑자기 달라졌어요?"

"정말 김혁 기자를 잘 알아요?"

내가 뚱보 마담에게 물었다.

"네, 이로니카랑 자주 왔었거든요."

"네 그랬군요. 반갑습니다."

뚱보 마담은 내가 넘겨준 술잔을 비우고 다른 손님에게로 갔다.

"그녀는 몽골인 후예인데 중국인 후손이라고 말해요."

"왜죠?"

"헝가리인들은 몽골인이라면 원수라고 치를 떤다오. 그래서 몽골 후손들은 모두 중국인이라고 말하고 살아요."

"어떻게 조상을 속여요?"

"그래야 헝가리인과 공존할 수 있으니까요."

"헝가리에서 동동주를 마실 수 있다는 것이 충격이예요."

"우린 이 술을 만들어 즐겨 마셔요."

고몽주는 달콤하고 순해서 계속 마실 수 있었다. 그런데 몇 잔을 들이켰더니 머리가 핑 돌았다.

"대체 알코올 도수가 얼마나 되나요?"

"강한 위스키와 비슷해요. 아마 60도는 될 거예요."

"고량주군요."

이로니카는 오랜만에 마셔보는 고몽주를 연거푸 비웠다. 그녀의 볼은 어느새 발갛게 붉어지고 말았다. 취해 있는 그녀의 모습은 마치 다뉴브강의 잔물결 같았다.

"이로니카 씨 낯빛이 고와요."

"동민 씨, 취하니까 누군가를 사랑하고 싶어지네요."

"유럽 여인들은 동양 남자들을 싫어한다면서요?"

"난 한국 남자가 좋아요. 내 몸에 한국인의 피가 흐르기 때문인가 봐요."

"이로니카 씨 핏속에 한국인의 피가 흐르고 있군요."

"엄마는 내게 조선인 피를 받은 것을 자랑스럽게 생각하라고 했어요."

외모나 피부색은 서양인이지만 표정과 정서는 천상 한국 여인이었다.

"어머니의 고고한 모습이 생각이 나요. 북조선이 개혁되고 개방되어 인권이 보장되어야 한다고 울먹였어요."

그녀는 흥분하고 있었다.

"마지막 남은 사회주의 국가니까 동구가 무너지듯이 무너질 것입니다."

김인숙 박사는 명석한 두뇌를 가진 세계적인 엘리트 칭호를 받았고 미래가 촉망되는 여자였다. 그러나 그녀는 동구가 자유화 물결에 휩쓸리는 것을 보고 북한을 염려하며 북한인권운동가로 활동했다. 헝가리 권력의 핵심이었던 남편이 동구가 무너지면서 권력에서 물러나 고통을 받다가 죽었다. 그녀는 새 정부의 압박을 받자 딸 이로니카를 데리고 고려인촌으로 잠적했다. 세상 사람들은 그녀의 잠적을 놓고 자살했다는 설도 있고 망명을 했다는 설로 의견이 분분했다. 그러나 그녀는 그곳에 숨어서 고려인 집시들과 살았던 것이다.

"동민 씨, 한국에 가고 싶어요. 어머니는 내게 한국으로 가라고 했어요."

"내가 이로니카를 한국으로 데리고 갈 것입니다."

"고마워요. 어머니를 위해서라도 동민 씨 일을 적극 돕겠어요."

"고맙습니다."

뚱보 마담이 물었다.

"왜 고려인촌으로 가려고 하는데?"

"동민 씨에게 그곳을 구경시켜주려고."

"조심해라. 잡히면 넌 죽는다."

우린 선착장으로 내려가서 유람선에 올랐다. 저녁노을이 다뉴브강을 빨갛게 물들이고 있었다. 석양을 등지고 관광 유람선이 강물을 갈랐다. 유람선엔 다양한 유색인들로 수상 레저를 즐기고 있었다. 동구가 개방되면서 서구인들은 물론 동양인들도 동구에 관심을 갖게 되었고 특히 헝가리 부다페스트는 관광의 명소가 되었다.

"남편과는 정식 이혼을 한 겁니까?"

"서류상으론 정리가 되었는데 그는 날 풀어 주지 않아요."

"왜죠?"

"남편은 조직의 두목입니다. 고려인촌과 남편의 사업이 연관되어 있어요."

"고려인촌이 갱 조직의 은신처인가요?"

"그들의 사업장입니다. 더 이상 묻지 마세요."

그녀는 말끝을 잘라 버렸다. 뭔가 말 못 할 비밀이 있는 것 같았다. 고려인촌의 비밀. 바로 난 그것을 캐러 가는 것이다.

강을 유람하고 우린 알렉산드라 호텔로 들어갔다. 그녀는 돈을 아끼려면 방을 하나만 구하자는 것이었다. 난 그녀의 의사를 따르기로 하였다. 방에 들어가서 짐을 풀고 욕실부터 들어갔다. 그녀는 샤워를 하고 가운을 걸친 알몸으로 내 앞에서 머릴 털었다. 환상적인 그녀의 알몸이었다. 잘빠진 각선미에 풍만한 볼륨, 그녀는 머리 닦던 수건을 던지고 내게로 다가왔다.

순간 우린 서로를 안았다. 그녀는 뜨겁게 내 가슴에 안겼다. 마침내 참고 애태웠던 사랑의 열기가 발산되는 순간이었다. 우린 서로의 몸을 애무하고 있었다. 얼마나 그녀를 사랑했던가, 난 그녀의 온몸을 애무했다. 열기가 활활 타오르고 있었다. 마치 두 몸은 용광로처럼 달아있었다. 그녀가 내 몸을 자신의 몸속에 밀어 넣었다. 여자가 남자에게 몸을 던질 땐 모든 것을 다 주는 거나 다름이 없었다. 난 억제된 감정을 발산하고 말았다. 그녀의 열정은 수그러들지 않고 나를 녹아내렸다. 그녀의 몸속에서 내 몸이 녹아내리고 있었다. 난 힘차게 그녀의 몸속을 헤매고 있었다. 열정은 밤새도록 이어졌다. 발가벗은 두 나상은 그렇게 베드를 뒹굴고 휘감았다.

"동민 씨, 이제 동민 씨 없으면 난 못 살아요. 누구도 우릴 떼어 놓지 못해요."

"이로니카, 사랑해요. 우리 결혼하고 한국으로 가요."

"고마워요, 동민 씨. 절 버리지 말아요."

사랑은 확인되었다. 아침에 그녀는 일찍 일어나서 몸치장을 하였다.

"벌써 떠나게요?"

"만나야 할 사람이 있어요."

"누군데요?"

"고려인촌으로 우릴 안내할 사람을 만나야 해요."

그녀는 안내자를 만난다며 아침 일찍 외출을 하였다. 그런데 어떻게 된 일인지 밤이 되어도 돌아오질 않았다. 난 애타게 기다렸지만 그녀는 돌아오지 않았다. 불안해지기 시작하였다. 불길한 예감이 들었다. 무슨 봉변을 당한 것인가. 불안. 이별. 사랑의

종말. 별생각이 다 들었다. 다음 날 아침 그녀는 호텔로 돌아왔
다.

"대체, 날 이곳에 두고 혼자 어디 갔다 와요?"

"고려촌으로 갈 길잡이를 만났어요."

"그랬군요."

"동민 씨, 앞으로 어떤 불행이 닥칠지라도 견뎌야 해요."

그녀는 정색하고 말했다. 이제부터 고난의 시작이란 경고 같
았다.

"각오되어 있습니다."

"김혁 씨는 바로 고려촌의 비밀을 알려다가 실종당했어요."

"대체 고려인촌의 비밀이 뭡니까?"

고려인촌에서 800년 전 고려인 후손이 산다는 것을 밝히는 것
만으로도 거룩한 역사 조명이 되는데, 탈북자들이 그곳에 숨어
산다는 것을 취재로 밝혀진다면 더 이상 큰 대박은 없을 것이다.

"굳게 닫힌 비밀의 문을 열기란 쉽지 않아요."

"비밀의 문…?"

자꾸 그녀는 비밀의 문이라고 하였다.

"네, 그 문으로 들어 갈 수 있을지 한편으로는 걱정이고요."

잠을 청하려는데 잠이 오지 않았다. 그때 전화벨이 울렸다.
호텔 프런트에서 걸려오는 전화였다. 난 전화기를 들었다.

"207호 기동민 손님이죠. 누가 손님을 찾아왔는데요."

프런트 걸이 알려줬다.

"저를요? 나를 찾는 사람이 누구래요?"

"한국 사람인데 만나보면 안다고 합니다."

"무슨 전화예요?"

이로니카가 물었다.

"프런트에서 나를 찾는 한국사람이 있대요."

그녀의 표정이 굳어졌다.

"이상해요. 나가지 말아요,"

이로니카는 느낌이 불길하다는 듯 말했다. 난 옷을 걸쳐 입고 프런트로 내려갔다. 막 프런트를 들어서려는 순간 검은 안경을 쓴 건장한 동양인 한 명과 서양인 한 명이 내 옆으로 다가섰다. 동양인이 내 귀에 한국말로 속삭이듯 말했다.

"조용히 할 말이 있으니 장소를 바꿉시다."

"당신들은 누굽니까?"

한 사나이가 소맷자락에서 칼을 내보였다. 순간 옆의 사나이가 독수리가 비둘기 채듯 날 안고 호텔 프런트 밖으로 끌고 나갔다.

"강도야, 강도…"

난 비명을 질렀다. 그러나 아무도 알아듣지 못했다. 사나이들은 나를 대기한 승용차에 밀어 넣고 호텔을 떠났다. 그리고 어디론가 달리는 것이었다. 차 안에서 사나이가 협박을 하였다.

"누군데 왜 나를 납치하는 거요?"

"납치가 아니라 당신을 보호하려는 것입니다."

"당신들의 정체가 뭐냐고요?"

"가보면 알 것이요."

난 그들이 이로니카를 미행하는 조직이라는 생각이 들었다. 순간 무시무시한 공포가 엄습했다. 난 숨을 죽이고 그들의 동태를 살폈다. 승용차는 알 수 없는 곳으로 한참 가다가 고궁의 저택으로 들어갔다. 차에서 내리자 사나이들은 날 저택의 창고에 밀어 넣고 사라졌다. 난 어두운 창고에서 작은 새처럼 쪼그리고 앉아 공포에 떨고 있었다.

하루가 지났을 즈음이었다. 터벅터벅 발자국 소리가 났다. 철커덕 창고 문이 열리면서 헝가리 여인이 나타나서 나를 식당으로 데리고 갔다. 식당엔 맛있는 음식이 마련되어 있었다.

"맛있게 드세요."

"대체 여기가 어딥니까?"

"알 것 없고 식사나 하세요. 많이 드셔야 힘이 생깁니다."

배가 고파 차려 놓은 음식을 숨차게 먹었다. 식사가 끝나자 그 사나이들이 들어와서 나를 저택 안으로 데리고 갔다. 응접실에 선글라스를 쓴 서양인이 있었다. 난 그자를 바라보았다.

"기동민 기자님, 고려인촌 답사를 그만두세요."

"대체 당신들은 누굽니까?"

"고려인촌을 지키는 사람들입니다."

"왜, 내 일에 방해를 하는 것입니까?"

"당신은 그곳에 갈 수 없습니다."

"난 그곳에 가야 합니다."

"고려인촌에 가면 생명이 위험합니다. 당장 헝가리를 떠나시오."

"당신의 정체는 뭡니까?"

"나 말이요. 이로니카의 남편이요."

"왜 이혼한 여인을 괴롭힙니까?"

"핫핫핫, 우린 이혼하지 않았어요. 그녀가 도망을 갔지요."

"난 국제 외신기자예요. 나를 건드리면 당신도 성치 못해요."

"그러니 피차 좋은 감정으로 조용히 떠나시오."

그녀의 남편은 거칠게 쏘아붙였다. 그리고 독일행 비행기 표를 내게 던져 주었다.

"내일 아침에 당장 헝가리를 떠나시오. 이로니카는 내가 잘 보호할 겁니다."

"한 가지만 물읍시다. 김혁 기자는 살아있나요?"

"김혁 기자는 고려촌 집시들이 죽였어요."

"이유가 뭐요?"

"그가 비밀을 캐려 들었기 때문이요."

"우린 그곳의 고려인의 정체성을 찾겠다는 데 왜 방해를 하는 것입니까?"

"기동민 기자님, 고려인 집시들이 한국인을 싫어해요."

"돌아갈 테니 이로니카를 풀어줘요."

"그녀는 내 아내요. 내가 보호한다니까요."

그리고 정체불명의 사나이들은 나를 승용차에 태워 부다페스트 공항으로 향하였다.

## 샹제리제의 마녀

나는 낯선 사나이들에게 강제 출국당한 후 독일로 돌아와서 감금 생활의 악몽에 시달렸다. 검은 안경 쓴 이로니카의 남편 모습이 어른거린다. 과연 그들 조직의 정체는 무엇일까. 동서양인들이 혼합된 깽조직이란 점에서 국제적인 사업처가 고려인촌에 있다는 것이다. 그곳에서 그들은 어떤 일을 한단 말인가. 불길한 생각이 들었다. 마약 밀매단, 밀수 무역업자, 아무튼 이권을 가진 국제적인 깽조직 같았다. 그들이 고려인 집시촌을 무대로 활동을 하는 것은 그곳에 그만큼 비밀이 보장된다는 점이다.

남편에게 잡혀간 이로니카가 걱정이었다. 혹시 그들이 탈북인을 이용하여 사업을 하는 것인지 모른다. 처음엔 그들이 북한의 정보원이라고 생각했는데 그들이 북한의 탈북자들을 보호하고 그들의 주거를 돕는다는 말을 듣고 아니라는 생각을 하였다.

문제는 이로니카가 남편에게 잡혀 있다는 것이다. 괜히 도피생
활을 하는 그녀를 호랑이 소굴로 끌어들여 잡히게 한 것이 후회
스러웠다.

헝가리에서 강제 출국을 당해 파죽이 되어 있는데 지사장은
매사를 그르치고 다닌다고 질책을 하였다. 화가 나서 사무실에
안 나가고 숙소에 박혀 있는데 반상숙 기자가 찾아왔다.

"이로니카가 전 남편에게 끌려갔다며?"

"응, 큰일이야. 무사했으면 좋겠어."

"전 남편이 검은 조직의 두목이라고…, 참 어렵게 돌아가는구
나."

"그들이 고려인 집시촌에 은거하고 있는 탈북자를 보호하고
있다는 거야."

"해괴한 일이군, 냄새가 나는 것 같아."

반상숙은 의아한 표정을 지었다.

"무슨 냄새?"

"그녀의 남편이 고려인촌의 탈북자를 이용하여 무슨 일을 하
는 것 같아."

"글쎄, 탈북자를 보호한다는 것부터 이상해."

"외화벌이, 고려인 집시를 이용해서 외화벌이를…?"

반상숙은 예리하게 추리하였다.

"상부상조?"

"틀림없어. 그곳이 북한의 외화벌이 아지트일거야."

반상숙이 단정했다.

"넌 항상 남의 엉덩이 긁고 시원하다고 하는 여자야."

그녀의 말은 언제나 엉뚱했다.

"또 나를 무시하네."

"이로니카가 외화벌이 마약 밀수 조직의 일원이란 말이냐?"

"그런 셈이지."

"허튼소리 그만해. 말 같은 소릴 해야지."

난 그만 화를 버럭 내고 말았다. 아무튼 충격은 그녀의 남편이 그녀를 잡아갔다는 것이다.

"반상숙, 전에 김인숙 사건의 취재를 하다가 포기한 이유가 뭐야?"

"또 그 소리야? 시작도 하기 전에 팀장이 손을 떼라고 하기에 그만뒀다."

"정말? 그것뿐이야?"

그녀는 더 이상 나의 질문에 관심을 피했다. 그런데 그녀가 김인숙의 특종 기사를 갑자기 포기하고 돌아온 일이 궁금했다.

이로니카가 남편에게 잡혀갔으니 구제할 방법이 없었다. 혹시 그녀가 다칠까 하는 걱정에 도통 일이 잡히지 않았다. 파리 무역박람회에 간 지사장이 전화를 하였다.

"기동민 씨, 빨리 파리로 와요. 무역 박람회 전시장 취재를 하란 말이요."

"그건 반상숙 기자가 맡아서 하기로 한 것 아닙니까?"

"당신이 와서 취재해요. 빨리 파리로 와요."

"네, 알겠습니다."

"뭐라고? 뺑돌이 같은 놈. 내게 그 일을 시키고선 너를 투입하겠다고."

반상숙이 불평을 하였다.

"그놈의 변덕 하루 이틀이니?"

난 지사장의 부름을 받고 파리행 비행기를 탔다. 비행기는 쾌속으로 날아서 2시간여 만에 파리 드골 공항에 도착하였다. 드골 공항은 윤추 형의 24개의 탑승구를 가진 매머드허브공항이었다. 하루에 1만여 명의 탑승객과 이류 객이 오간다는 것이다. 서둘러 공항을 빠져나와 택시를 잡으려고 하는데 저쪽에서 미끄러져 오는 승용차 한 대가 있었다. 빨강 승용차가 내 앞에 와서 멎었다. 차에서 내리는 여자는 한세라였다. 놀란 표정으로 그녀를 불렀다.

"한세라 씨 웬일로…"

"동민 씨가 오신다는 지사장님의 연락 받고 나왔어요. 국제무역박람회 취재를 맡았다면서요."

"네. 그렇게 되었어요."

"교통편이 나빠요. 취재하는 동안 내가 동민 씨 기사가 되려고요. 호텔도 마련해뒀어요. 어서 타요."

"내 생각은 아랑곳하지 않고, 이건 월권 아닌가요?"

"지사장님과 협의한 사항인데요."

지사장의 농간, 지사장은 세라와 나를 결혼시키려고 안달이 난 사람이었다.

"정말 못 말리는 분이시군."

나는 언짢은 표정으로 차에 올랐다. 승용차는 샹젤리제 거리를 향하여 달렸다.

"오랜만에 파리에 왔으니까 제가 안내를 해야죠."

차는 파리 중심부를 관통하였다.

"제발 내게 관심을 끊어줘요."

"이로니카와 같이 헝가리에 갔다가 그녀의 남편에게 쫓겨왔다면서요?"

"그걸 어떻게 알아요?"

"이로니카 일이라면 손바닥 들여다 보깁니다. 결국은 잡혀갈 것을, 도피 행각은 왜 해, 그녀의 행적은 그렇게 끝나는 거예요."

"무슨 소립니까?"

"그랬다고 헝가리 지인이 알려주더군요."

여간 기분이 상하는 것이 아니었다. 그럴수록 점점 그녀가 싫어졌다.

"한 가지 물어봅시다. 이로니카가 정말 이혼녀입니까?"

"이혼녀 맞아요. 전남편이 재결합을 원하는데 이로니카가 거부하나 봐요."

"그럼, 그녀의 전남편은 어떤 인물인가요?"

"헝가리 명문가의 아들로 국제 무역업을 하나 봐요."

"무역업? 무슨 무역을 하나요?"

"마약이요."

"마약 밀매업자란 말인가요?"

"그런 것 같아요."

한세라 씨는 이로니카에 관한 일이라면 모르는 것이 없었다.

"당신은 이로니카에 관해서 어디까지 압니까?"

"그녀의 모든 것을 압니다."

"대체 당신의 정체는 뭡니까? 스토커인가요?"

"유럽 관광 홍보와 안내요원. 그 이야긴 그만하고 파리 관광이나 합시다."

"저 놀려고 온 것 아닙니다. 일하러 왔어요."

"제가 기사는 다 제공하죠. 파리엔 멋진 데이트 코스가 많아요. '파리의 정사'란 영화를 보셨죠. 퐁네프의 연인에 나오는 아름다운 다리도 걸어요."

"내 기분 같은 것은 무시해도 됩니까?"

"기사는 내가 제공 한다니까요."

"그건 그렇고 김제남 씨와 결혼 준비는 잘 되어가나요?"

"결혼은 무슨… 김제남은 그냥 알고 지내는 남자친구예요."

"김제남이 한세라 씨와 관계를 끊지 않으면 죽이겠다고 협박을 했어요."

"그놈이 미쳤군요."

그녀의 승용차는 샹젤리제 거리를 달리고 있었다. 파리는

1200년의 역사를 가진 도시였다. 지금 파리는 국제 무역박람회 준비로 붐비고 있었다. 파리의 국제무역박람회는 200년 전통을 가진 행사였다. 파리는 200년 전의 시가지 모습을 그대로 간직한 도시다. 나폴레옹의 전승 기념관인 개선문을 핵으로 사방 4킬로미터의 원추형 도시였다. 프랑스인들은 100년을 내다보고 건물을 짓는다는 견고함이 도시의 어느 곳을 가나 느낄 수 있었다.

파리의 전경을 보면서 과연 우리 조상들은 후손에게 남겨준 문화유산이 무엇인가 반문하고 싶었다. 위대한 예술의 파리는 프랑스인들이 자만하고 자랑할 만한 문화가 있었다.

샹젤리제 거리엔 로마네스크 건축 양식들이 위대한 프랑스를 상징하듯 미와 예술의 고풍스런 정취를 창조물로 보여주고 있었다. 정말 프랑스인들은 후손에게 가치 있는 문화를 남겨주는 지혜를 가진 민족이었다. 이 찬란한 예술을 감상하려고 유람객들이 한해 3,000만 명이 드나든다니 그 명성을 감히 상상 할 수 있었다. 약간의 체증은 있었으나 개선문을 돌아 확 트인 드골광장은 프랑스의 혼을 느끼게 하였다. 달리는 차 안에서 세라는 베르사유 궁전과 루브르 박물관, 영웅광장, 노트르담, 몽마르트르 언덕, 에펠탑, 그리고 세느강을 자상히 설명하였다.

근대 역사에서 프랑스의 정신은 프랑스 혁명을 통하여 얻었고 그 혁명이 민주주의 씨를 뿌렸을 뿐 아니라 인간의 존엄한 권리와 인권을 미적인 표현으로 상징화했다는데 그 의미를 찾을

수 있었다. 인권의 상징인 프랑스 혁명은 세계사를 바꾸어 놓았
다는 그녀의 설명은 전문가다웠다.

"우리 유람선 타러 가요. 세느강을 거슬러 봐야 파리를 진짜
보는 거예요."

난 아무 대꾸도 하지 않았다.

"왜 그리 힘이 없어요."

그러나 그녀의 승용차는 세느강을 향하고 있었다. 세느강은
파리 중앙부를 관통하는 강으로 33개의 다리가 남북을 가로지
른다. 이 다리들은 각기 특별한 의미를 지니고 있었다. 시발점은
알렉산더 금문교였다. 우리가 탄 유람선은 미라보 다리를 지나
퐁네프다리를 돌아 노트르담이 있는 언덕을 향하고 있었다. 세
라는 선상 관광에 설레었으나 나는 아무 생각 없이 아름다운 풍
치에 젖어 있었다. 퐁네프다리를 지나면서 퐁네프의 연인들을
생각하였다.

유람선은 세계 각국의 다른 유색의 사람들을 싣고 잔잔한 세
느강을 거슬러 오르내렸다. 부다페스트의 다뉴브강만큼은 못하
지만 세느강변을 끼고 인간이 만든 건축 예술의 극치를 자아내
는 유적에 놀랄 뿐이었다. 과연 위대한 프랑스였다. 낯선 이국의
관광객들은 모두 입을 벌리고 감탄을 하였다. 강변으로 보이는
전경 중 오르세 미술관, 노트르담, 영웅광장, 루불 박물관, 씨떼
섬, 꽁꼬드 다리, 미라보 다리, 강변에 어우러진 궁전, 미국으로
갔다가 돌아온 자유의 여신상이 한눈에 보였다.

유람 선상엔 아름다운 연인들이 사랑을 속삭이고 있었다. 세느강은 개천에 불과한 작은 강인데 수량이 풍부한 강이 된 것은 상류에 인공 수위조절 댐이 가설되어 있기 때문이었다.

세느강 유람을 마치고 그녀는 나를 에펠탑으로 안내하였다. 파리의 상징적인 철탑이었다. 100년 전 순수한 인간의 힘으로 조형된 작품이었다. 철가닥을 삼각 구도로 만든 조형물로 리베팅만으로 300미터 높이로 이어 올렸다. 원래 산업박람회 동안 상징적인 철탑으로 됐다가 철거를 목적으로 임시로 만든 구조물인데 세계인들이 경탄하며 헐지 말라고 요구하여 지금은 프랑스의 상징적인 자존심으로 우뚝 솟아 있었다.

21세기 첨단 문명이라 할지라도 도저히 인간의 힘으론 창조할 수 없는 불가사의한 조형물이 되었다. 엘리베이터로 수직 운행을 하는데 옛날엔 물통에 추를 달아 올리고 내렸으나 지금은 전기 고속 엘리베이터가 운행되고 있었다.

우린 에펠탑의 정상에 우뚝 섰다. 파리가 한눈에 내려다보였다. 멀리 육군 사관학교가 있는 영웅 광장에 나폴레옹의 기개가 넘쳐났다. 아찔한 스릴이 천하를 얻은 나폴레옹의 심정 같았다. 탑을 내려왔을 때 공원엔 구걸하는 리비아계 걸인들이 달려들었다. 여기저기엔 물건을 강매하는 풍경이 보였고 눈뜨고 네다바이 당한 관광객들이 곳곳에서 실랑이를 벌이고 그것을 해결하려고 부산히 뛰어다니는 경찰관의 모습이 우습다.

에펠탑을 나와 곧장 베르사유 궁전으로 향하였다. 루이 14세

54년의 독선과 치정이 서려 있는 곳이다. 극작가 몰리에르가 사랑했던 궁전이다. 루이 14세는 절대 왕정을 펴면서 문치 예술의 꽃을 피운 왕이었다. 그는 마리 앙투아네트 왕비를 위하여 이곳에 궁을 지어 부귀영화를 누리게 하였다.

그러나 그것은 조작된 역사였다. 왕비의 조국 오스트리아를 폄하하는 정책으로 한 여인을 바보로 만든 정책이었다.

궁전의 벽화는 침실에서부터 화려한 명화로 드리워져 있었다. 원래 프랑스 궁전은 루블이었다. 그런데 루이 14세가 향락을 위하여 이곳으로 옮긴 것이다. 궁안으로 들어서니 왕비의 향수 냄새가 퍼져 나오는 것 같았다. 이상하게도 궁안엔 화장실이 없었다. 그렇다면 과연 용변을 어떻게 보았단 말인가. 개인 소지 용기로 용변을 보았다고 한다. 그래서 몸 안에 냄새를 없애기 위해서 향수를 소지했고 그래서 향수문화가 발달하였다는 것이다. 이유는 당시 전염병인 페스트가 유럽을 휩쓸어 사람이 죽어가자 병을 막기 위하여 공동 화장실을 없애버린 것이다.

들판과 같은 넓은 궁전에서 루이 14세는 왕비들과 궁안을 돌아다니며 사냥을 즐기고 궁안의 각 곳엔 유럽 여러 나라의 풍습과 관습을 만끽할 명소를 만들어 세계적인 문화 속에서 화려한 영화를 누리는 생활을 했던 것이다. 루이 14세는 당대의 음악가며 미술가와 극작가를 모두 불러 이곳에서 공연하게 하였고 초청된 예술가들은 자유롭게 예술창작을 하였다.

그는 그런 예술의 극치를 만끽하며 앙투아네트를 바보로 만들었다. 아무튼 베르사유 궁전은 루이 14세의 풍류가 얼마나 낭만적이었는가를 짐작하고 남았다.

"어때요, 듣던 대로의 파리죠. 언제 봐도 싫증 나지 않는 도시예요."

"상상을 초월하네요."

"더 좋은 곳이 있어요. 루브르 박물관으로 가요."

그녀는 루브르로 차를 몰았다. 1주일을 다 돌아보아도 미술관 내 볼거릴 다 못 본다는 곳이다. 위대한 미술품들은 다 식민지와 점령지에서 침탈한 약탈품이었다. 그러니까 루블에 있는 모든 예술품들은 프랑스 것은 하나도 없고 모두 나폴레옹 이후 식민지나 점령국에서 약탈한 유물들이었다. 고대 그리스 로마에서 르네상스 시대 미술품들로 꽉 차 있었다. 그런데 그 모든 예술작품들이 약탈 재산이었다.

소설가 앙드레 말로(1901~1976)의 약탈정책이었다. 그는 프랑스 문화 장관을 하면서 식민지 문화유물을 루블로 모아들였다. 대표적인 소설『인간의 조건』은 허무주의를 탈피하려는 인간의 욕망이 더 큰 허무주의로 빠져든다는 시대의 비극을 그린 소설이다. 그 소설에서 보듯이 그는 프랑스인에게 미적 향유를 자극하였다.

프랑스인들은 '루브르 박물관과 미국 전 영토를 바꾸지 않겠다'는 말로 예술에 대한 강한 자부심을 갖고 있었다.

3시간을 꼬박 돌아보았다. 조각, 회화, 공예품 등 이루 헤아릴 수 없는 작품들이 전시실이 아닌 창고에도 소장되어 있다는 것이다.

우리나라 규장각의 보물인 최초의 인쇄 책『직지심경』도 이곳에 보관되어 있었다. 난 루블에서 가장 경이로운 것을 발견했다. 피라미드였다. 이집트 피라미드를 그대로 옮겨놓은 느낌이 들었는데 사실 이곳의 피라미드는 입체 역학의 정수라는 평을 받았다. 자기장과 지구인력을 조화시켜 정좌의 평온함을 안겨준다는 것이다. 피라미드 앞에 서니 마음이 후련해지고 정신이 맑아지는 것 같았다. 루블의 미술품을 관광하고 우린 몽마르트르 언덕으로 갔다.

노트르담이 한눈에 보이는 언덕엔 화가들이 들끓었다. 호국 성당 앞에선 잔 다르크의 장엄한 기상을 음미 할 수 있었다. 예술가는 가난한가, 거리엔 고고한 화가들이 그림을 관광객들에게 강매하고 있었다. 난 즉석에서 그린 노트르담 전경이 담긴 풍경화 한 장을 사들고 나왔다.

"피곤하죠, 우리 저녁 식사 하러 가요."

세라는 샹젤리제의 고급 레스토랑으로 나를 안내하였다. 식당에 들어섰을 때 준비된 식사가 나왔고 오래된 적포도주도 곁들였다.

"우린 아주 잘 어울리는 한 쌍이에요."

한세라가 말했다.

"우린 친구일 뿐 더 이상은 아닙니다."

"난 동민 씨와 결혼하고 말 거에요."

그녀는 강한 어투로 말했다. 난 그만 꿀 먹은 벙어리가 되어 버렸다. 도저히 불쾌하고 기분 나빠서 더 이상 머물 수가 없었다.

"날 가지고 놀지 말아요."

난 자릴 박차고 일어났다.

"동민 씨! 동민 씨!"

난 곧장 식당을 나와 비행장으로 가려고 택시를 잡았다.

"난 이대로 동민 씰 보낼 수 없습니다."

"대체 날 어디까지 비참하게 만들거에요?"

"동민 씰 사랑해요. 그리고 결혼할거예요."

"날 가지고 놀지 말라고 했잖아요. 돌아가겠어요."

"당신은 내 남자에요."

세라는 나를 자기 승용차에 밀어 넣었다. 그녀의 집으로 향하였다. 그녀의 집은 파리 외곽의 전원 저택이었다. 한국의 재벌들이 외화를 반출해서 외국에 막대한 부동산을 투자해 놨다더니 그녀가 그런 것 같았다. 대문 앞에 차가 멎자 자동으로 대문이 열리고 승용차는 리프트로 옮겨지고 대문이 닫혔다. 그녀가 차에서 내리자 프랑스인 가정부들이 그녀를 맞았다. 그녀는 나를 침실로 안내하였다.

"내 방이에요. 장차 우리들이 지낼 방이라고요."

그녀는 나의 재킷을 벗겨 걸었다.

"혼자 사는 독신녀의 집이 왜 이렇게 커요?"

"사교 상 넓은 집이 필요해요."

"사교 상!"

그녀는 거실로 나가서 포도주 두 잔을 가득 채워 들고 들어섰다. 그녀가 의미하는 것이 무엇인지 알아차린 나는 몹시 기분이 언짢았다. 매사가 이런 식인 그녀의 생활은 근본적으로 나와 맞지 않았다. 고고한 지성과 도덕적인 상식에서 벗어나 보지 못한 나에 비해 그녀는 너무 개방적이고 적극적이며 환상적인 무드를 즐기고 행동하는 여자였다.

나는 그런 태도가 몹시 싫었다. 술잔을 비우고 그녀는 그 본능적인 행동으로 요염하게 내게 안겼다. 마치 그 모습은 동물의 야성과 같았다. 그녀는 옷을 벗어 던졌다.

전에도 그녀의 그런 야성에 그만 남성의 고귀한 정조를 빼앗기고 말았지만 오늘도 그녀는 그렇게 덤볐다. 어쩌면 그것이 돈 많은 그녀의 일상이며 남성 편력인지도 모른다. 그녀의 몸은 어느새 실오라기 하나 걸치지 않은 나상으로 드러났다. 아름다운 몸매. 그런 나상 앞에 난 목석이 되어버렸다.

그런데 어느 사나이가 이런 여체 앞에서 욕정을 억제 할 수 있단 말인가.

진정한 사랑은 육체적인 교합이 있어야 간절해진다는 말처럼 그녀의 모습은 거의 짐승이 되어가고 있었다. 그녀의 몸은 정말 환상적인 쾌유를 느끼게 하였다. 그것은 강한 흡인력이라고 할까. 그녀는 사막에서 목마른 나그네의 갈증을 말끔히 해소해 주

는 그런 포즈를 취했다. 그녀는 혼자 욕정을 자제 못 할 상황을
연출하였다.

"우리들의 결혼은 화려하게 할래요. 유럽의 명사와 지인들을
다 부를 겁니다."

"글쎄요. 난 상관없는 일입니다."

"동민 씨가 뭐라고 해도 난 내 식으로 할 것입니다."

"한세라 씨, 정신 차리세요."

국제 패션무역 박람회는 다국적 기업만이 살아남을 수 있다
는 전통을 남겼다. 세계 각국에서 모여든 바이어와 투자자들이
새로운 기술 분야의 제품에 관심을 보였다. 무역 상품은 저가의
다량보다는 고가의 소량 제품이 인기였다. 어느 나라이건 국제
경쟁력을 갖지 못하면 국제시장에선 버틸 수 없다는 교훈을 남
겨 주었다. 무엇보다 중요한 것은 기술개발이었다.

1주일 동안 호텔에 묵으며 세라의 도움을 받아 무사히 박람회
취재를 마쳤다. 바쁜 일정에서도 세라는 매일 내 가까이 붙어 다
녔다. 이로니카를 잊고 향락에 빠진 것을 후회하고 말았다. 이로
니카와 세라 사이에서 방황하는 자신을 발견하고서 이제 더 이
상 세라를 만나지 말아야 한다는 생각을 굳혔다.

앞으로 다가올 운명은 과연 어떻게 전개될지 모르겠다. 그러
나 운명의 여신은 그녀에게 나를 머물게 하지는 않을 것이다.

반상숙이 북구 취재를 마치고 돌아왔다. 오랜만에 유럽 주재
기자 8명이 다 모였다. 저녁에 팀장은 직원을 위하여 근사한 자

릴 마련하였다. 식사 때부터 반상숙은 내게 언짢은 표정을 짓고 있었다. 식사를 끝나고 집으로 돌아오는 길에 그녀는 정식으로 잡친 기분을 표출했다.

"넌 복이 많은 놈이야. 헝가리 특종을 망쳤는데도 다시 프랑스 무역 특종을 잡았으니 말이야. 한세라가 너를 지원했다메. 역시 정부 하나는 잘 뒀군."

"허튼 소리 마라."

"너 연애하려고 유럽 특파원 왔냐? 한세라와 이로니카를 양손에 떡처럼 쥐고 즐기는 색마야. 인마 그년은 김혁의 애인들이었어. 헌데 네가 그럴 수 있는 거야? 그리고 양다리는 왜 걸쳐, 이로니카와 헝가리에서 잘 놀고 이제는 한세라란 요물과 프랑스에서 놀고 와. 똥개 같은 놈. 개처럼 여색을 밝히다가 죽어라."

"말조심해."

"넌 잡놈이야. 지사장이 이로니카와 떼어 놓으려고 한세라를 붙여 줬단다."

"정말? 그랬어?"

"그래, 인마, 난 여자로 보이지 않냐? 내가 미색이 빠지냐, 머리가 나쁘냐, 한 번도 내게 여자 대접을 해 준 적이 있느냐고? 부족하다면 돈이 없다. 재벌의 딸이 아니라서 그러니?"

"반상숙. 너, 지금 제정신이 아니야."

"그래, 좀 취했다. 그런데 말이야. 제발 날 여자로 좀 봐다오, 부탁이다."

그녀는 울음 반 분노 반으로 솔직한 심정을 털어놓았다. 평소 그녀가 내게 관심이 많다는 것은 안다. 그런데 오늘 밤 그녀의 넋두린 너무 가엾어 보였다. 이런저런 다툼으로 걷다 보니 오피스텔까지 왔다.

"야, 반상숙 다 왔어. 들어가서 내일을 위해서 푹 쉬어라."

"나 오늘 밤 너하고 잘 거야. 너와 황홀한 밤을 보내고 싶단 말이야."

그녀의 말투는 늘 이랬다. 그녀가 내 방으로 들어섰다.

"조금만 있다가 가라."

"알았어, 너 변태 아니지?"

그녀는 집안에 들어서자마자 옷을 벗어 던지고 속옷 차림으로 내 베드에 누워버렸다. 그리고 잠이 들었다. 몹시 취한 것이다. 난 거실 소파에서 잠을 잤다. 아침에 일어나서 그녀는 내 가슴을 치며 왕왕거렸다.

"너 내 몸을 망쳤으니 책임져라."

"언제? 난 소파에서 잤어."

"더 이상 말하지 마. 너는 내 처녀성을 앗아갔어."

"언제? 난 그런 일한 적 없어."

"나쁜 자식, 딴소리하네. 날 돌려놔. 처녀로 돌려놔."

소리치며 문을 박차고 나갔다.

이로니카 소식은 오리무중이었다. 베일에 싸인 그녀의 행적을 알고 싶어 미치겠다. 다시 헝가리로 가야 하는데 갈 수가 없었다.

세라가 독일로 왔다고 연락을 했다. 그러나 난 잠적을 해버렸다. 그녀는 나를 찾아다니다가 파리로 돌아갔다. 이로니카만 생각하면 분통이 터진다. 나의 가슴 속에는 온통 이로니카에 관한 그리움뿐이었다. 그녀가 내 가슴에 너무 깊게 존재해 있었기에 세라가 그 자릴 비워낼 수가 없었던 것이다. 당장 헝가리로 뛰어가서 이로니카를 만나고 싶었다. 더욱 그녀가 남편에게 잡혀갔다는 생각을 하니 가슴이 메어졌다. 전혀 소식을 들을 수 없었고 어떻게 지내는지 답답한 심정은 미칠 것만 같았다.

"어딜 그렇게 쏘다녀요?"

팀장이 사무실로 들어서면서 말했다.

"노총각이 바람이 났나 봐요."

반 기자가 빈정거렸다.

"바람? 한가해서 그래요. 대박을 잡을 생각을 하란 말이요."

"너무 나무라지 마세요. 저래도 속은 오죽하겠어요."

반상숙이 떡 주고 병 주는 것 같이 말했다.

"하이델베르크 대학 동양사 하이만 주임교수에게서 편지가 왔어요."

"네?"

"기동민 씨, 다시 고려인 집시촌 탐사를 갈래요?"

지사장의 말에 난 귀를 의심하였다.

"다시 헝가리에 가요. 가서 고려인 집시촌 특종을 잡으란 말이오."

팀장이 힘주어 말했다.

"네, 보내준다면 다시 한번 시도해 보겠습니다."

"대사관에 연락해서 절차를 밟을 테니 전처럼 제발 헛다리 짚지 말아요."

대사관에서 출국 경고 전문이 왔다. '꼭 고적 답사만 하는 것입니다. 쓸데없이 고려인 등등 유언비어를 퍼뜨리지 말란 말이요.' 오피스텔로 돌아와서 취재 갈 준비를 하고 있는데 노크 소리가 들렸다. 반상숙이었다.

"문 좀 열어 줘, 강간 안 할 테니까."

취한 목소리였다. 난 문을 열어 주었다. 술 냄새가 역겹게 풍겨왔다.

"어디서 누구랑 취하도록 마셨냐?"

"화가 나서 혼자 퍼마셨다. 네가 날 여자로 봐주지 않는 게 분해서 퍼마셨다."

"내가 널 왜 여자로 안 봐. 넌 정숙하고 예쁜 여자야."

"그런데 내가 발가벗고 잤는데 건드리지 않는 거야? 난 너를 좋아해. 나 혼자 고독을 씹어야 한다고. 오늘은 네게 사랑 고백하려고 왔다."

"처녀를 돌려 달라메, 정말 너 웃기더라."

"뭐, 웃긴다고, 넌 꼭 이런 식이야. 한번 자주면 안 되니. 나 한번 안아줘라. 꼭 말이야. 닳아 오르는 이 노처녀 가슴을 한번 꼭 안아 진정시켜 주란 말이다."

"들어와, 안아줄게."

그녀는 어느새 들어와 소파에 앉았다. 사랑을 구걸하는 그녀의 모습이 안쓰럽고 불쌍해서 어쩔 줄을 몰랐다. 멋진 여기자다. 이로니카를 만나지 않았다면 사랑을 고백하고픈 여자였다. 한세라 이상 잘난 여자다. 그녀는 잠시 나를 바라볼 뿐 말이 없었다. 나도 창밖을 내다보고 말이 없었다.

그녀는 나를 쳐다보았다.

"기동민, 한세라 씨완 어느 정도야. 결혼할 거니?"

"결혼은 무슨 결혼. 헤어지기로 했다."

"그래, 지사장님은 너희들을 엮으려고 하던데…"

"아무리 그래도 싫어, 끝났어."

"그럼. 이로니카는? 헝가리로 가면 만나겠지. 어디 서러워서 살겠나."

"반상숙 기자, 왜 이래, 우린 좋은 동료이며 친구야."

"자식, 남녀 간에 친구가 어디 있어, 인마. 전기는 음전기와 양전기기 흘러야 통하는 거야. 기동민, 네게 한 가지 알려 줄 게 있다. 그 한세라란 여자 말이다. 그년은 바람난 암캐 같은 년이라고. 가는 곳마다 남자가 널려있어. 김혁의 여자 친구였다가 김혁도 그걸 알고 차버렸어. 왜 그런지 알아, 만족을 못 하는 여자야. 변태라고. 그녀는 친구의 애인을 빼앗는데 명수라고. 우리 지사장님도 팀장님도 그녀와 데이트를 했단다."

"뭐라고? 한세라가 지사장님과 팀장과 섹스를 했다고, 그게 사실이야?"

"사실이 아니라면 너 한세라와 결혼 할 거야?"

반상숙은 걱정스럽다는 표정을 지었다.

그녀는 한세라를 똥개라고 불렀다. 그녀는 샹젤리제 여왕이 되려고 오만 금력을 동원했다. 반상숙은 대충 한세라 이야길 들려주었다. 그녀는 미혼모의 아이로 태어나서 프랑스의 은행가의 양녀로 입양되어 파리 대학을 나온 수재였다. 해외 입양아라는 불후한 출생의 비극을 초월하여 국제무대로 뛰어들어 화려한 신분 상승을 하였다.

그러나 한세라의 정확한 정체를 알 수가 없었다. 그녀의 출생 신분이 미묘했다. 그녀는 프랑스에 입양된 한국 아이인데 프랑스에서 교육을 받고 자라 한국관광공사에 특채되어 유럽 특파원 매니저로 등장했고 유럽을 관할하는 관광 가이드였다. 그녀의 주변엔 돈 많은 재벌들이 둘러서 있었다. 그녀는 돈 많은 재벌들과 놀면서 수백억 재산을 불렸다. 유럽의 저명인사들은 그녀의 재력에 유혹을 받았다. 그래서 그녀는 여러 나라 국가 원수들과 친분을 가지고 있는 여걸이었다.

그녀는 늘 한국의 부모가 자기를 팔아먹었다고 생각하여 부모와 조국에 반감을 가지고 있었다. 예쁘고 머리가 좋은 그녀는 파리 대학교 졸업 후 국제 외환 딜러로 잠시 회사생활을 하다가 외국어에 능통한 재능이 인정되어 한국 국제 관광공사에 특채되는 영광을 얻었고 곧장 유럽 특파 지사장으로 근무를 하게 되면서 그녀의 명성은 높아갔다. 관광공사에 근무하면서 한국인과 한국 사람들을 많이 알게 되면서 생모에 대한 불만을 덜 수 있었다.

그녀 뒤엔 암흑가의 조직들이 있었다. 김제남도 그중의 한사람이었다. 마약, 밀수단과 손을 잡고 검은돈을 쓸어 모으기도 하였다. 김제남은 그녀를 이용하여 한국의 재벌과 여행객들을 슬롯머신과 도박장에 끌어들이는데 성공했고 그 대가를 톡톡히 지불받았다. 그러니까 그녀가 김제남의 매니저 역할을 해주었던 것이다.

알고 보면 그녀는 검은 손의 대모였다. 유창한 영어와 불어 그리고 뛰어난 미모 때문에 그녀의 사업은 성공적이었다. 그녀는 유럽 각지에 관광 지점을 내고 한국인들이 유럽 여행을 오면 최대로 편의를 봐줬다.

그리고 관광 상품을 취급하는 면세점업을 독점하였다. 어떤 재벌이 유럽 20개국에 면세점을 낼 수 있게 도와주었다. 그녀의 미모에 반한 돈 많은 남자들이 그녀의 환심을 사기 위하여 막대한 자금을 투자하는 바람에 그녀의 사업은 더욱 확장되었고 사업에서 큰 이익을 보게 되었다.

내가 아는 그녀에 관한 전부였다. 김제남은 그녀의 재력을 관리하는 매니저였다. 그녀는 한국의 유학생들과 재벌 사업가 관광객들을 그에게 소개해 줬고, 그는 그들을 상대로 도박 게임을 하게 유혹했던 것이다. 도박비를 대주고 고가의 이자를 받거나 탕아로 만들어 감옥소로 보내고 그를 빼주는 대가를 받아내곤 하였다. 그는 포악하고 잔인한 물주로 돈을 많이 벌었다.

그는 돈을 벌자 마약에 손을 댔고 떼돈을 만져 검은 거래의 대부가 되었다. 그는 그녀를 끌어들여 성공한 사업가로 부상하였다. 그녀는 한국은 물론 유럽 각 나라의 유명 인사들이 신임하는 사업가가 되었고 뒤늦게 한국문화를 보급하는 관광사업에 뛰어들어 한국 정부로부터 인정을 받았고 정부는 그녀를 통하여 한국문화의 선전과 보급 및 광고를 하였다. 그런 유명인사가 되자 정치, 경제, 사회, 교육 분야에 수많은 친구를 갖게 되었고 많은 유럽의 저명인사와 교분을 갖게 되었던 것이다. 그런 그녀가 유난히 한국적 사업에 몰두하였던 것이다.

반상숙은 그녀에 관한 이야길 자상하게 들려주었다.

"더 충격적인 것은 그가 북한의 외화벌이 조직을 관리하고 있다는 거야."

"뭐라고? 북한의 외화벌이 조직을 관리한다고?"

"그들이 그녀에게 빌붙은 거지."

"대단한 여자군."

"무서운 여자지."

그녀가 그렇게 행동하는 것은 모두 김제남의 후원이었다. 그렇다면 혹시 그녀가 이로니카의 남편과 연관된 것이 아닐까? 그래서 이로니카를 괴롭히는 것인지도 모른다. 그렇다면 그녀를

죽일지도 모른다. 몸이 떨려서 견딜 수가 없었다. 세상 사람들은
모두 그녀를 지성 넘치는 한국의 사업가이며 관광 홍보대사이며
유럽의 재계문화계에선 잘 알려진 여걸로 알고 있었다. 반상숙
은 입에 거품을 품으며 열변하였다.

"그녀가 그런 여자였어?"

"야, 기동민, 이제 알았니? 헝가리로 가서 처세 잘하란 말이
다. 난 내일 멀리 아프리카로 출장 간다. 그곳에서 흑인 남자 하
나 잡아먹고 올게."

"세상에 너같이 못생긴 여자에게 잡아먹힐 남자가 어디 있니?"

"이 자식이 정말. 너 나 놓치고 다음에 후회하지 마라."

다음 날 사무실로 나갔더니 팀장이 나를 보자마자 헐레벌떡
뛰어왔다.

"출국 허락이 났어."

"고려인촌에 갈 수 있군요. 그렇다면 김혁의 실종사건 취재를
할 수 있고요?"

"그래, 헝가리로 당장 가라."

이제 고려인촌 집시들의 삶을 낱낱이 드러낼 것이다. 동유럽
에 진출한 고려인촌의 진실을 찾아내면 우리나라 역사가 바뀐
다. 난 새 역사를 창조하는 업적을 남기는 것이다. 그리고 내심
으론 무엇보다 중요한 것은 그곳에 사는 탈북자들의 실태를 자
상히 알아내는 일이었다. 팀장은 고려인촌의 실태와 그곳에서
탈북자들이 무엇을 하는지 알아내라고 당부를 하였다.

"그들이 밀수 조직이거나 마약단이란 생각이 들어요."

"그래서 잘하란 말이야."

팀장은 전부터 그들이 마약 조직이라고 귀뜸해 준 적이 있었다. 다뉴브강을 지배한 고려의 흔적을 찾는 데 고심할 뿐 그런 생각을 못했다. 김혁 역시 그런 생각이었는데 실종을 당했다. 과연 김 박사가 진정한 인권운동을 했는지 의문이었다. 그래서 팀장은 김인숙이 그곳에서 무슨 일을 했는지 중점적인 기사를 쓰라고 했다.

# 다뉴브강의 고려인촌

헝가리로 왔을 때 고려인촌 탐사대가 우릴 맞았다. 지사장이 현지 대사관 직원과 연락하여 현지인 조무사를 고용하여 탐사대를 구성해 놓았다. 우린 부다페스트 황금교 호텔에 모여 역할 분담까지 마쳤다. 김인숙 박사의 논문을 바탕으로 면밀한 종합 대책을 세웠다. 탐사는 부다페스트에서 다뉴브강을 거슬러 올라가서 발라톤호수에 이루는 구간이었다.

숨겨진 역사의 비밀이 열리는 순간이다. 사실이 밝혀진다면 그곳의 우리 동포를 소수 민족으로 헝가리에 정착하는 외교적 문제를 풀어야 한다. 출정을 하루 앞두고 어부의 요새에 있는 '사마르칸트' 카페에 들렀다. 카페로 들어서자 추연화 뚱보 마담이 반갑게 맞았다.

"부인, 헝가리 정부로부터 고려인촌 탐사 허가를 받았어요."

"기동민 기자, 그랬군요. 반가워요."

"부인, 이로니카의 소식을 들었나요?"

그녀의 표정이 파랗게 굳어졌다.

"갑자기 왔다가 곤욕을 치렀다고 들었는데 어디에 있는지 몰라요."

"짐작 가는 곳이 있으면 말씀해 주세요."

"전 남편에게 납치당한 상태라는데 잘 모르겠어요."

"남편이란 자가 구체적으로 무슨 짓을 하는 조직인가요?"

"정치 깡패 테러단이라고 할까, 아무튼 무서운 놈들입니다."

"그가 마약 밀매단을 이끌고 있는 것이 아닐까요?"

"그건 몰라요. 동민 씨, 아무튼 고려인촌 탐사는 위험하니 그만두세요."

"왜요? 헝가리 정부로부터 허락을 받았으니 위험한 일은 없을 겁니다."

"그 일로 이로니카가 고통을 받을 수 있어요."

"한국의 역사를 다시 쓰는 중대한 사업이랍니다."

추연화 부인은 이로니카의 거처를 알고 있는 듯했다. 남편이라는 자는 정치 테러단 두목이란다. 이로니카에게 탈북자 인권운동을 하지 말라고 압박을 가하였으나 그녀는 그의 말을 무시했다. 추연화 부인은 그녀가 더욱 고통받을 거라고 몹시 불안한 표정을 보였다.

"부인, 고몽주나 한 잔 주세요."

그녀는 고몽주를 내놓았다. 우린 고몽주를 주고받으며 탐사 이야길 하였다.

"정말 그 일을 해야겠어요?"

"헝가리 정부로부터 허가를 받았고 한국 정부의 지원도 받았습니다."

그녀는 내가 희생을 당할 수 있다는 것이었다. 그것은 그곳의 비밀이 밝혀지는 것이고 그들의 사업을 망치는 것이라고 생각하였다.

"그래서 위험하다는 것입니다."

"대체 그곳의 비밀이 뭡니까? 탈북자 때문입니까?"

"아닙니다, 탈북자는 문제될 게 없습니다."

"그곳에 탈북자가 있다는 것을 북한이 알면서 왜 그들을 소환해 가지 않습니까?"

"그곳은 치외법권 지역이니까요."

아이러니한 일이었다. 고려인촌에 탈북자가 숨어 사는 것을 북한 당국이 아는데 아무 조치를 하지 않고 있었다.

"동민 씨, 그곳을 잘 아는 제가 안내를 맡으면 안 되겠습니까?"

뜻밖의 제의였다.

"고맙습니다. 그래 주길 바랬습니다."

"대신 내 말을 잘 들어야 합니다."

추연화 뚱보 마담은 물심양면으로 돕겠다고 나섰다. 그녀가 별도로 탐사에 조력할 인부들을 구성하였다. 그녀가 나를 돕겠다는 것은 이로니카를 위함이었다. 나는 역사적인 고증만 할 뿐 그곳의 내막은 발설하지 않겠다는 약속을 하였다. 그리고 그녀는 고려인 집시촌에 가면 그들의 자존심을 건드리는 언행은 절대 안 된다고 일러주었다. 한국인이란 이미지를 줘서도 안 되고 집시를 만났을 때 말을 시키지 말 것이며 탈북자 이야긴 절대 해서는 안 된다는 것이었다. 헝가리 정부가 협조하는 탐사라서 위험이 덜 하겠지만 사소한 일에 낭패 볼 수 있으니 언행을 조심하라고 일렀다.

"그곳에 가면 어쩜 이로니카 소식을 들을지 몰라요."

"정말로 그녀를…"

그녀 생각만 하면 눈시울이 뜨거워졌다. 어머니 조국의 유린당한 백성들의 존엄한 인권을 찾아주겠다고 목숨을 건 여인이었다. 그런 그녀를 돕지 못하는 내 마음은 쓰리고 아렸다.

마음이 착잡했다. 800년 전 고려인이 헝가리에 진출했다는 역사를 증명하는 일과 그들을 소수민족으로 승격시키는 일이었다. 그런데 문제는 고려의 후손들이 중국인으로 위장하고 살고 있는데 고려인이라 밝혀지면 엄청난 피해를 입을지 모르기에 이런 문제를 염두에 두고 탐사를 기획하였다. 그러나 김인숙 박사와 김혁의 실종 사실이 자꾸 마음에 걸렸다. 잘못하면 그들처럼 당할지 모른다는 불안이 일었다.

"절대 내 말을 명심하세요."

"그런데 그들이 왜 외부인의 출입을 통제하나요?"

"노출되는 것을 싫어한다고 했잖아요."

추연화 부인은 발라톤호수와 다뉴브강변에 사는 고려인 집시들이 신분을 밝히지 않으려고 하는 것은 생활 터전을 잃을 수 있다는 걱정이라는데 구차한 변명 같았다. 김혁이 그 사실을 세상에 내놓으려고 하다가 실종당했다는 것 등 도통 믿기 어려운 상황이 마치 조작된 가상으로 이루어진 것 같았다. 김인숙 박사는 유난히 다뉴브강에 사는 고려인들을 사랑했고 그들의 권익을 위해서 노력했기에 고려인들은 그녀를 존경했다는 것이다.

"김인숙 박사는 내가 가장 존경하는 분이었어요."

추연화 부인이 말했다.

"언제부터 알게 된 사인가요?"

"오래되었어요."

그녀가 실종당한 후 추연화 부인은 이로니카를 딸처럼 돌봐주었다는 것이다. 김인숙 박사는 조국을 사랑했지만 인민의 인권이 탄압받는 북한을 개혁 개방시키려고 국제 여론에 호소하는 인권 운동을 강행하다가 헝가리 정부와 북한이 경계하는 인물이 되었다.

추연화 뚱보 마담이 탐사대를 인도하였다. 탐사 대원을 태운 승용차는 발라톤호수로 향하여 달렸다. 발라톤호수는 다뉴브강을 따라 한참 올라가다가 지루를 타고 돌아가면 높은 산악의 중앙에 위치한 호수인데 유럽에서 가장 큰 내륙 호수이다. 탐사 차는 속력을 내고 달려 3시간 만에 발라톤호수에 도착하였다. 끝

없는 발라톤호수의 아름다운 전경이 한눈에 들어왔다. 호수의
뒤편 산 중턱 숲속에 낡은 오두막들이 옹기종기 붙어 있었다. 거
의 무너져 내리는 폐허 같은 통나무집들이 마치 짐승의 우리 같
이 서 있었다.

난 그 마을을 보는 순간 이상한 향수를 느꼈다. 동양적인 냄
새가 물씬 났던 것이다. 전에 한세라와 오스트리아 보헤미아 집
시촌에 갔던 그런 풍경과 같았다. 그때 추연화 부인이 내 귀에
대고 속삭였다.

"사람들은 저곳을 중국인 집시촌이라고 불러요."

"그렇군요."

"헝가리인은 몽골인을 싫어해요. 고려인이 몽골병으로 왔었
기 때문이죠."

가슴이 뭉클해졌다. 그것이 그들이 은둔하는 이유란다.

"김혁 씬 저곳에서 꼭 한 달을 지냈어요."

"그러다가 사고를 당했군요."

흥미진진한 사태가 일어날 것 같았다. 추연화 부인은 뭔가 걱
정을 하는 것 같았다. 나는 그 마을을 바라보면서 이상한 연민에
젖었다. 그곳에 동족이 산다는 것이었다. 유럽에서 고려인의 정
취를 느낄 수 있다는 말만으로 흥분이 되고 정감이 느껴지는 데
800년 역사를 가진 소수민족으로 숨어 살고 있다는 것이다. 추
연화 부인은 우릴 데리고 마을로 들어갔다. 호수에서 부는 바람
이 차갑게 얼굴을 스쳤다. 한참 언덕에 올라서니 통나무집들이

가까이 다가섰다. 그녀는 발을 멈췄다. 거리는 보헤미아 집시촌처럼 혼란스럽지 않았다.

"왜 이리 조용하죠. 빈 마을 같아요."

"낮엔 모두 일하러 나갔어요. 밤이 되면 돌아와요."

우린 곧장 마을로 들어섰다. 지저분한 거리를 따라 한참 들어가서 추연화 부인은 거대한 저택 앞에 섰다. 주변이 온통 빈민촌인데 한 집만은 거대한 저택이었다. 초인종을 누르자 예쁜 여자아이가 나와서 반갑게 맞았다.

"엄마, 웬일이세요?"

소녀는 그녀를 엄마라고 불렀다.

"할아버지는 계시니?"

"네, 집안에 계셔요."

"저 아이가 딸이라고요?"

"네, 내 딸입니다. 이곳에서 제가 태어났어요."

"정말 중국인입니까?"

"아니요. 전 고려인 집시랍니다."

놀라운 사실이었다. 추연화 부인은 출생의 진실을 말해주었다. 그녀는 고려인 집시였다. 난 부다페스트 거리에서 구걸하는 집시의 모습을 상상하였다. 왜 집시들은 일은 안 하고 구걸해 먹고 사느냐고 한세라에게 물었을 때 구걸이 직업이고 사업이라는 것이다. 구걸을 사업으로 보기 때문에 그들은 게을러서 다른 일을 못 한다는 것이었다.

"우리 가족은 남보다 사는 형편이 좋아서 구걸하지 않았어요."

"그럼 뭘 하고 살았어요?"

"아버지가 생활비를 조달했어요."

추연화 부인은 거대한 저택 안으로 나를 데리고 들어갔다. 내부 치장이 으리으리한 집이었다. 그때 우리 앞에 나서는 노인이 있었다. 80대의 풍채가 근엄한 노인이었다. 노인은 반갑게 추연화 부인을 맞았다.

"어쩐 일이냐. 영업할 시간인데…?"

"아버지를 뵙고 싶어서 왔어요."

노인은 의아한 표정으로 나와 그녀를 번갈아 보며 물었다.

"손님을 모시고 왔어요. 한국인 외신기자예요."

"한국 기자라고? 기자가 이곳에 무엇을 하려고 와?"

"네, 고려인촌을 탐사하려고 왔대요. 그래서 제가 가이드로 왔어요."

"가이드? 그때 말하던 그 사람이냐?"

"네, 아버지, 이로니카의 남자 친구래요."

"기동민이라고 합니다."

"만나서 반가워요. 전 추인카라고 합니다. 이곳의 촌장이죠. 우리 집에 온 것을 환영합니다. 이로니카가 사랑하는 남자라서 더욱 반가워요."

"감사합니다."

놀라운 일이었다. 추연화 부인은 이곳 촌장의 딸이었다. 저택의 마당엔 열 사람이 두 팔로 안을 만큼 큰 주목 나무가 서 있었다.

"오래된 고목이군요."

"수령이 800년이랍니다. 우리 마을의 수호신이며 고려인의 역사죠. 고려인이 이곳에 정착하면서 심은 나무랍니다. 오스만 터키의 지배를 피해 이곳으로 피신 와서 심은 나무지요."

난 늙은 고목이 된 주목을 우러러보았다. '살아서 천년, 죽어 천년'이란 수명의 기상을 가진 품위를 실감할 수 있었다. 저택은 어마어마한 규모였다. 어떻게 이런 곳에 이런 저택이 있을까. 고려인 촌장이라 그런지 오래전에 만났던 한국 사람처럼 느껴졌다. 그런데 가난한 집시촌에 이런 거대한 저택은 어울리지 않았다.

"안으로 드시죠."

난 추연화 부인을 따라 저택 안으로 들어섰다.

"어떻게 이 가난한 고려인촌에 이런 저택이 있나요?"

추연화 부인에게 물었다.

"원래 고려인촌의 추장이 살았던 집인데 아버지가 인수를 받았어요."

"인수를 받았군요? 그럼 아버진 고려인 추장인가요."

"네. 추장이 죽고 아버지가 추장의 집을 인수 맡아 촌장이 되었답니다."

"알겠습니다."

"말은 고려인촌이지만 세월이 흘러서 타국인이나 마찬가집니다. 괜히 김인숙 박사가 세상에 알리는 바람에 우리의 생활만 규제를 받습니다."

이곳은 고려의 유민들이 정착해서 살았던 마을인데 50년 전에 노인이 촌장이 되면서 물려받은 집이었다. 그녀는 따끈한 차를 내놓았다. 차를 마시며 담소를 나누었다.

"촌장님 조상은 언제부터 이곳에 살았습니까?"

나의 질문에 촌장은 난처한 표정을 지었다.

"글쎄요."

그런데 이상한 것은 추연화 부인이나 촌장이 한국말을 유창하게 한다는 것이었다.

"한국말을 잘하네요."

촌장은 얼굴을 붉히고 말이 없었다.

"대체 이곳의 고려인들은 몇 명이나 됩니까?"

비로소 촌장이 말했다.

"십 만은 넘을걸요. 김인숙 박사가 밝힌 보고입니다."

"제가 고려인촌을 탐사하려는 목적은 고려인 후예들이 정말 이곳에 사는지, 그리고 김혁이 왜 실종되었는지 알고 싶어서 왔습니다."

"이곳이 고려인촌인 것은 사실입니다. 고려인의 실상을 탐사차 왔으니까 체험해야죠. 하지만 곤란한 점도 있습니다."

"감안해서 보겠습니다."

"그러나 김인숙과 김혁 기자의 실종은 잘 모르니 묻지 말아 주세요."

사전 연막을 치는 것 같았다. 촌장은 나를 데리고 뒷동산 숲 속으로 들어갔다. 그 앞에 넓은 정원이 있었고 그 정원 안에 도톰한 흙무덤이 있었다.

"이분이 고려의 명장 김유선 장군의 무덤입니다."

"고려의 장수라고요?"

"네, 이곳에 유민을 데리고 와서 정착한 분이죠."

"아직도 그때 장군의 무덤이 있었군요."

"제가 관리하고 있습니다."

촌장은 고려의 대장군 김유선 장군의 무덤 앞에서 크게 절을 하였다. 나도 따라서 절을 하였다.

김유선 장군은 고려의 수군장으로 원나라에 인질로 잡혀간 왕자들의 호위무장으로 활동하다가 원나라가 망하자 기황후를 따라 동몽골을 건국하고 서역으로 세력을 뻗는 동몽골의 대장군이 되어 사마르칸트와 동유럽을 정벌한 장군이었다. 그는 헝가리를 정복하고 몽골의 정복군 장군으로 헝가리 통치 군벌이 되었다. 그가 이곳 발라톤호수 변에 고려인의 촌을 만들어 고려인들을 모여 살게 하였던 것이다.

촌장은 고려인촌의 주변을 둘러보았다. 집시촌이라 낡은 주택에 지저분한 옷가지들이 널려져 있는 모습은 빈민촌과 다름이 없었다. 우린 동네를 둘러보고 다시 촌장의 저택으로 돌아왔다. 촌장의 저택은 엄청난 대지에 세워진 궁전 같은 저택이었다. 촌장은 우릴 안방으로 안내하였다. 방안으로 들어선 난 그만 눈이 휘둥그래지고 말았다. 마치 한국인이 사는 집 같은 분위기 때문이었다. 방안에 놓인 가구들이 그렇고 장식품이 그랬다. 더욱 놀란 것은 안방에 걸려 있는 집기들과 장식품들이었다. 걸려있는 장신구들이 우리나라 무당집에서 볼 수 있는 물건들이었다.

"저것들이 뭡니까?"

"집안을 지켜주는 가신 주랍니다."

"한국에도 조왕신을 모시는 풍습이 있거든요."

틀림없는 한국의 풍습이었다. 그것은 한국의 토속과 다름없는 가신 상이었다. 나는 고려인촌의 생활상을 하나하나 살폈다. 촌장은 나를 자기 서재로 데리고 갔다. 서재는 헝가리 특유의 니트 물로 치장되어 있었다. 초라하고 보잘 것은 없었으나 짜임새가 한국의 실내 장식과 같은 것들이었다.

"이 방에서 김인숙 박사가 〈다뉴브강 고려인촌〉이란 논문을 썼지요."

"김인숙 박사가 연구차 기거한 곳이라고요?"

"그렇습니다. 김 박사는 고려의 김유선 장군의 무덤을 밝혀냈지요."

노인은 김인숙 박사가 이곳에 머물면서 연구한 자료들을 보여 주었다.

"사실이었군요."

"바로 이 집이 김유선 장군이 자리 잡은 집터랍니다. 장군의 얼을 깊이 간직하고 보수와 재건을 수차례 하면서 자손대대로 지켜온 집이랍니다."

마치 촌장은 김인숙 박사 같은 이야길 하였다. 문제는 그들이 고려인으로 살지 못하고 중국인으로 산다는 것이었다. 그것이 그들이 이곳에 사는 이유였다. 추연화 부인은 어느새 술상을 마련해 왔다. 그것 역시 한국식 주안상이었다.

"한국에서 왔고 이로니카의 연인이라니까 정감이 가네요. 김혁 군과 기동민 기자가 이곳에 온 유일한 한국인이예요."

"김혁도 이곳에서 머물렀군요."

"잠시요."

"왜 실종을 당한 것입니까?"

"저도 그 사실을 몰라요. 어느 날 그가 사라져 버렸어요."

"실종 이유는?

"그가 고려인촌의 비밀과 나를 탐색하고 있었어요."

"그렇다면 촌장님은 김인숙 박사완 어떤 관계죠?"

추연화 부인은 고개만 떨구고 있었고 촌장은 무겁게 입을 열었다.

"사실은 김인숙은 내 딸입니다."

"김인숙 박사가 촌장님의 딸이라고요?"

"네, 추연화도 내 딸입니다. 본명은 추연화가 아니고 김연화입니다."

나는 충격으로 말을 잇지 못했다. 그들은 북한사람들이었다.

"기동민 씨, 이제부터 이 사실은 절대 비밀입니다."

추연화 부인이 귓속말로 말했다.

"그렇다면 북한에서 왔나요?"

"네."

"언제요?"

"70년 전에 왔어요."

촌장이 북한에서 왔다는데 놀랐고 김인숙 박사가 촌장의 딸이라는데 더 놀랐다. 김씨인데 추씨로 살고 있는 이들은 무엇을 하는 자들인가? 김씨가 추씨로 살고 있는 사연부터 의문이었다. 그러나 한편으론 이제야 고려인촌의 비밀을 대충 알 것 같았다.

"왜 성씨가 김씨인데 추씨라고 했나요?"

"그럴 사연이 있답니다."

"그럴 사연이라면, 북한에서 추방당했나요?"

"내 스스로 나왔습니다. 그러나 내겐 갈 수 없는 고국이죠."

"북한의 실정을 아는지요? 그곳을 사람이 살지 못할 동토라고 합니다."

"그만합시다. 내 조국을 욕하지 말아요."

촌장은 거부하는 낯빛을 보였다. 난 괜한 말을 후회하고 있었다.

"내 손녀 이로니카를 도와준다니 고맙습니다. 그녀는 내가 키웠답니다. 알다시피 엄마란 사람은 공부하는 사람이고요."

촌장은 화제를 바꾸어 버렸다.

"전 이로니카를 사랑합니다."

"내 손녀를 사랑해 줘서 고맙습니다."

"김인숙 박사가 헝가리 전 정권의 실권자 부인인데 왜 배척을 받았나요?"

"권력의 허무죠. 실추한 권력 때문이죠."

남편이 헝가리 공산당 핵심 관리였는데 동구에 자유화 바람이 불면서 신사회주의자 정객들에게 권력을 내놓고 실각과 동시에 배척을 당했다는 것이었다. 김인숙 박사는 남편이 실각당해 죽자 목숨이 위태로워 이곳으로 와서 숨어 살았다. 그런데 김인숙 박사는 이곳에서 북한의 개혁 개방을 부르짖고 속박받는 인민의 인권을 보장하라는 인권운동가로 변신하였다. 북한을 탈출한 이탈자들이 한국으로 가지 못하고 유럽까지 흘러와서 헤매다가 비참하게 죽어가는 것을 보았다. 그녀는 탈북자들을 이곳으로 불러들여 보호하면서 그들을 난민으로 인정해 달라고 국제 여론에 호소하였다.

김인숙은 조국을 사랑한 학자였다. 그녀는 조국의 인권 탄압에 반기를 들었다. 그래서 이로니카가 김혁에게 접근했고, 저널리스트의 입을 통하여 그들을 돕고자 했던 것이다.

촌장은 먼 산을 바라보고 눈을 껌뻑거렸다. 기자란 사건의 현장과 팩트를 그대로 전달하고 고발하는 가이던스다. 바른 사회의 정의를 위해 언론의 사명감을 실천하는 사람들이다. 인간의 존엄한 자유를 지키는 파수꾼으로 사건을 신속하게 전달하지만 때론 자의적인 판단을 하는 패널리스트다. 인간의 보편적인 자유를 누리지 못하는 인권탄압이나 무지몽매한 권력의 압력으로 모멸감을 당하는 약자에게 정의의 펜을 들이대는 역할자이다. 이념을 떠나서는 고통 받는 민족이나 개인을 해방시키고 구속받은 개인의 인권을 회복하는데 앞장서는 일을 가름해주는 것이 진정으로 패널의 사명인 것이다. 동민은 고통받는 인민을 돕기로 하였다.

이로니카는 추인카 노인과 추연화 부인에게서 정신적 물질적인 힘을 얻어 그나마 용기 있는 삶을 살고 있었다. 나는 비로소 그들의 속뜻을 알 수 있었다. 조상의 나라를 이해하려는 두 모녀의 노력이 눈물겨웠다. 추연화 부인은 김인숙 박사의 동생으로 북한 탈북자를 구원하려는 이로니카에게 정신적 물질적 후원을 해줬던 것이다.

그녀가 어머니의 뜻을 김혁에게 전했을 때 김혁은 쾌히 받아들여 적극적으로 도왔던 것이고 그런 그녀의 행동이 마침내 세상에 알려지면서 감시와 탄압을 받게 되었다. 마침내 그녀에게 닥친 위기는 국외추방이었다. 추인카 촌장은 잠시 슬픔에 젖어버렸다.

"부탁입니다. 이로니카를 많이 도와주세요."

"알겠습니다."

추인카 노인이나 추연화 부인이 원하는 것은 고려인 집시들이 지금까지 외부의 눈이 두려워서 숨어 살았는데 이제는 떳떳하게 나서서 소수민족으로 인정받고 살아야 한다는 속마음이었다. 바로 그것이 김인숙 박사의 지론이었다. 그러나 현실은 그렇게 녹록지 않았다. 생각하면 800년 동안 민족의 정체성을 잃어버리고 헝가리 민족의 눈치만 보고 살았던 너무나 슬픈 이야기를 드러내는 것은 현실적으로 불가능하다는 것이다. 그래서 고려인촌 사람들은 표출되는 것을 싫어했다.

추인카 노인은 김인숙 박사가 논문을 쓴 근거를 자상하게 이야기해주었다.

"정말 믿어지지 않는 사실이군요."

"사실로 믿어야 합니다."

저녁을 먹고 추연화 부인과 집시촌을 구경하려고 나갔다. 밤이 되니 고려인촌은 달라졌다. 거리에 불이 켜지고 아이들이 뛰어놀았다. 일터에서 돌아온 집시들이 거리에서 법석대기 시작했다. 우린 조심스럽게 거리로 나갔다. 지저분한 거리, 창가에 널려 있는 속옷 빨래들이 어수선하게 널려 있는 고요의 도시였는데 밤의 거리는 생기가 돌았다. 주막이 열리고 술꾼들이 주막마다 가득 차 있었다. 모습은 다르지만 도시의 흔한 풍경과 다름없었다.

김인숙 박사가 연구한 획기적인 사실을 규명하는 작업을 우선하여 탐사를 계획했고 김혁의 실종 사실에 초점을 맞추어 행보를 시작했다. 추연화 부인이 용감하게 비밀의 문을 활짝 열어주길 기대하며 조심스런 발동을 시도했다. 거리의 악사가 한바

탕 무도회를 벌였다. 신나는 연주에 가수는 노래를 부르고 무희
는 춤을 추었다. 그런 풍경이 거리의 곳곳에서 펼쳐졌다. 맨발의
청춘들, 모두 하나같이 신발을 벗고 다녔다. 가만히 보니 거리에
나와 있는 집시들은 황색의 피부가 많았다.

　우린 거리의 풍물을 돌아보고 촌장의 저택으로 돌아왔다.

　"김혁 씨는 발라톤호수에서 실종되었습니다."

　"실종 이유는요?"

　"그곳의 비밀을 알았기 때문입니다."

　대체 그곳의 비밀이 뭐란 말인가? 우린 발라톤호수로 가기로
하였다.

# 비밀의 화원

우린 노인이 말해준 약도를 들고 다뉴브강의 상류에 위치한 발라톤호수를 올라갔다. 안내도를 따라 호수 뒤편의 울창한 수림 속으로 갔더니 집시촌락이 나왔다. 우린 그곳으로 들어갔다. 물안개가 자욱한 발라톤호수는 고요한 정적 속의 깊은 잠에 빠져 있었다. 한적한 호수에 도착했을 땐 소낙비는 멎고 호반에서 부는 바람이 안개를 휘젓고 있었다. 우린 호반의 목로에서 모닝커피를 마시며 시간을 보냈다.

아침의 발라톤에 햇빛이 쏟아져 호반은 온통 찬란한 은빛 광채를 띄고 번쩍거렸다. 그 광채 위로 파란 물결이 출렁이기 시작하였다. 잔잔한 파도가 햇빛에 부서지는 광경은 정말 장관이었다. 다뉴브강과 다른 분위기였다. 호반에 부서지는 햇살이 어젯밤의 비바람과는 너무나 대조적인 분위길 자아냈고 호수를 흐르는 안개의 너울이 커다란 구름처럼 강을 휘감고 나는데 그 날개 밑으로 퍼지는 증기가 노천탕을 연상하듯 모락모락 피어나고 있었다.

그곳 호반 고려인촌 뒤로 멀리 넓은 화원이 펼쳐져 있었다. 그 화원에 빨강 꽃들이 피어나 물결을 이루고 있었다. 너무나 아름다운 화원이었다.

"저곳의 화원에 핀 빨강 꽃이 무슨 꽃인가요?"

난 화원의 아름다운 꽃을 바라보며 추연화 부인에게 물었다.

"양귀비꽃입니다."

우리가 한참 화원의 꽃을 바라보고 있는데 황색 피부의 사나이들이 우리 주변을 맴돌고 있는 것을 의식했다. 추연화 부인이 나를 향하여 말했다.

"절대 말을 걸지 마세요."

난 눈치를 채고 그들의 동태를 살폈다. 스마트 폰이 울렸다. 그녀는 전화를 받았다. 전화를 받던 그녀의 표정이 갑자기 어두워졌다.

"무슨 전화에요?"

"아버지 전화입니다. 더 이상 화원에 접근하지 말랍니다."

"황색의 사나이들이 우릴 감시하나요?"

"네, 동민 씨, 이로니카가 이곳에 와 있대요."

그녀가 귀엣말로 전했다.

"이로니카가 이곳에 있다고요?"

"네, 저쪽 비밀의 정원에 있답니다."

"그럼, 가봅시다."

우릴 경계하던 황색인의 눈을 피해 우린 숲으로 들어섰다. 추연화 부인은 나를 데리고 빠르게 비밀의 숲으로 걸어 들어갔다. 한참 만에 깊은 숲속에 또 다른 집시촌이 있었다. 낡고 허름한 통나무로 만든 고옥들이 금방 무너질 것 같은 폐허들이었다. 놀라운 것은 낡은 고옥들 뒤로도 끝없이 펼쳐진 화원에 빨강 꽃들이 만발해 있었다.

"양귀비는 모르핀이잖아요."

"맞아요. 모르핀, 아편이라고 해요."

"양귀비는 마약이잖아요."

"약용이 아니고 화초 양귀비에요."

나는 그 넓은 꽃밭이 화초 양귀비라는 사실에 놀랐다. 집시들이 꽃밭에서 일을 하고 있었다. 그런데 일하는 여인들은 황색의 동양인들이었다. 나는 그 꽃에 의문을 갖게 되었다. 그때였다. 집시 사나이 한 명이 우리 쪽으로 다가왔다.

"대체 뭘 하는 사람들입니까?"

"집시촌에 온 손님들입니다."

추연화 부인이 헝가리 말로 답했다.

"이곳은 금지구역입니다. 더 이상 들어가지 마세요."

사내가 통명한 소리로 말했다.

"동민 씨, 빨리 이곳을 빠져나가요."

그녀가 내 옷소매를 끌어당겼다. 우린 서둘러 화원을 내려왔다. 황색의 집시 사나이가 걸음을 멈추고 우릴 바라보고 있었다. 우린 앞만 보고 걸었다. 언덕을 넘어 한참 내달려 와서 안도의 숨을 쉬었다.

"그 집시가 왜 우릴 경계하는 거죠?"

"화원을 감사하는 집시입니다."

그녀는 당황하고 있었다.

"부인, 진정하세요."

"동민 기자님, 저 관상용 화초는 못 본 것으로 하셔요."

양귀비를 화원을 못 본 것으로 하라는 그녀의 말에 의문이 가시지 않았다. 고려인촌의 비밀이란 말인가, 이로니카 남편이 이 화원을 관리하는 조직인가, 그러니까 이곳의 고려인들이 마약인 양귀비를 재배하여 밀거래하는 것인가.

"추연화 씨, 그 양귀비 화원 말에요. 정말 고려인 집시들이 관리하는가요?"

"경영하는 것이 아니고 고려인 집시들은 이곳에서 일하고 품삯만 받아요."

"경영자는 누굽니까?"

"그건…"

우린 빨리 숲을 빠져나왔다. 그리고 반대쪽 숲을 향하여 걸었다. 깊은 숲속에 오래된 고옥이 나왔다. 부인은 허름한 고옥의 굵은 철문을 열고 들어섰다. 겉으론 허름하지만 내부는 넓고 깨

꿋한 고옥이었다. 나는 그녀를 따라 사랑채를 지나 본채로 들어 갔다.

예쁜 소녀가 나왔다.

"이로니카는 어디에 있어요?"

추연화 부인이 물었다. 소녀는 추연화의 입에다 손을 갖다 대며 소리를 줄이라는 암시를 하였다.

"아씨가 몹시 아픕니다."

"치료는 받나요?"

"숨어 사는 신세라서 치료도 못 받고 있습니다."

그녀의 말투에서 이로니카의 힘든 도피 생활을 느낄 수 있었다. 이로니카는 우리가 온 줄을 몰랐다. 충격을 받을지 몰라 알리지 않았다는 것이다.

"어디에 있나요?"

"저쪽 골방에서 독서를 하고 있으니 조용히 들어가 보세요."

그녀는 베드에 누워 독서를 하고 있었다. 너무나 여윈 모습이었다. 한 달 전에 어부의 요새에서 헤어졌을 땐 그렇게 건강하던 얼굴이 반쪽이 되어 있었다. 우린 긴장을 풀고 이로니카의 방으로 들어섰다.

"이로니카! 이로니카."

부인은 가만히 그녀의 이름을 불렀다. 그때 베드에 누워서 책을 읽던 이로니카가 고개를 문 쪽으로 내밀다가 우릴 발견하고 벌떡 일어났다.

"이모! 어떻게 여기까지."

"너를 보려고 왔지. 얼마나 힘드니?"

"이모! 괜찮아요."

그녀가 추연화 부인을 이모라고 불렀다. 그리고 나를 보았다. 그녀의 눈에선 어느새 눈물이 핑 돌고 있었다.

"동민 씨!"

"이로니카."

난 그녀의 손을 잡았다. 순간 그녀는 그만 울음을 크게 터뜨리고 말았다. 울고 있는 그녀의 모습은 너무나 가련했다. 나는 그녀를 꼭 포옹했다.

"남편이 이곳에 가두었니?"

"아니요. 할아버지가 이곳으로 데리고 왔어요."

추연화 부인은 자리를 비켜주었다.

"화원에 이상한 사람들이 서성이던데 위험하지 않아요."

"등잔 밑이 어둡다잖아요. 남편은 이곳에 있는지 몰라요."

"화원에서 황색 피부의 집시들을 봤어요."

"고려인 집시들입니다. 그 화원에서 일하는 사람들이에요."

그녀는 그 붉은 양귀비 화원이 마약 재배 농원이라고 알려줬다. 남편의 조직들이 운영하는 농장이라고 말했다.

"마약 밀매단이 집시들을 고용하고 있군요."

"네, 탈북자도 있어요."

"혹시 그곳의 탈북자들은 북한의 외화벌이 농부가 아닌가요?"

"아닙니다. 고용인이지요."

그 농원에서 마약을 재배하고 있었다. 그런데 그곳을 운영하는 폭력단은 이로니카의 남편이란다. 비밀이 하나씩 풀려가고 있었다. 그녀가 내 가슴에 얼굴을 묻고 울먹였다.

"이제 절대 난 이로니카를 놓지 않을 거요."

"안 돼요 우린…"

"죽음의 탈출이 시작될 거예요."

추연화 부인은 눈물을 글썽이면 이런 연인을 격리시켜 놓는다는 것은 불행한 일이라는 안타까운 시선으로 주시하고 있었다. 다시는 만날 수 없다고 생각했는데 추연화의 도움으로 재회의 기회를 맞은 것이다. 이젠 그녀를 위한 어떤 모험도 감수하기로 작정했다. 그것은 죽음의 사투일 수도 있었다. 아름다운 재회, 사랑하는 사람들이 떨어져 지낸다는 것은 가혹한 행위였다.

그녀의 도피는 자유를 사랑하고 정의를 추구하는 인간의 몸부림이었다. 연약한 여자의 몸으로 폭력에 대항하는 그녀의 용기가 가상스러웠다. 그녀의 가슴에 흐르는 폴란드의 저항 정신과 한국인의 강한 인내가 잘 융화되어 그녀 마음 깊은 곳에서 울부짖고 있었다. 추연화 부인이 한참 만에 와인을 들고 왔다.

"자, 우리 와인을 마시면서 이야기해요."

낡은 통나무 통에 채워온 포도주는 10년 이상 숙성된 술이었다. 그녀는 우리에게 한 잔씩 따라주었다.

"이제는 두 분 헤어지지 말아요."

"그래야죠. 절대 떨어지지 않을 겁니다."

추연화 부인은 술잔을 비우며 측은한 표정을 지었다. 세상에 너희들처럼 아름다운 연인은 없을 거야. 두 사람은 하늘이 내린 부부 같아. 운명적인 만남을 피해선 안 되는 거야.

"두 사람을 보니 마치 이로니카 아버지와 어머니가 만났던 사랑 같단 말이야."

"어머니의 미모와 지성에 아버지가 반한 거랍니다."

"언니는 참 불행한 여인이었습니다. 두 분의 애틋한 사랑을 죽음이란 장막이 갈라놓았지요."

추연화 부인은 김인숙 박사를 계속 언니라고 말했다. 이로니카는 부모님을 생각하며 울먹였다. 나는 그녀에게 말했다.

"이곳은 위험해요, 일이 끝나면 우리 멀리 떠납시다."

"아닙니다. 이곳이 오히려 안전합니다."

이로니카 남편은 이곳의 집시와 숨어 사는 탈북인을 마약 농장에 투입하여 일을 시키고 있었다. 그는 그들에게 양귀비 농장에서 일하면 평생 먹고살게 해주겠다고 꼬였다. 이렇게 그는 집시와 탈북인을 매수하였다. 그런데 이로니카가 남편이 탈북자를 데리고 마약 재배를 하는데 침묵하고 있었다. 그들 사이에 어떤 밀약이 있었는지는 모른다. 그러니까 김인숙 박사와 이로니카가 탈북자를 이곳에 숨겨 놓고 있는데 폭력단이 이들을 마약 재배에 끌어들인 것을 볼 때 은근하게 그들을 돕고 있다는 생각이 들었다.

"그 화원에서 일하는 탈북자들은 정말 안전한가요?"

"아니죠, 언니가 그들을 화원에 일 시키는 것을 반대했어요."

그 때문에 이로니카 남편과 김인숙 박사가 다투곤 하였다. 화가 난 김인숙 박사가 말을 안 듣는 사위에게 강한 질타를 하였다.

"탈북자들에게 농원일을 시키지 말게."

"정당한 댓가를 지급하고 고용한 겁니다."

"아무리 굶어 죽어도 그런 부정한 돈으로 살게 해선 안 되네."

"그럼, 이곳에서 나가게 하십시오."

"그럴 걸세. 지위와 삶터만 마련되면 보낼 걸세."

어느 날 그는 장모님과 심하게 다투었다. 그 일을 반대하던 김인숙 박사가 실종당했고 이로니카는 외국으로 추방당했다. 얽히고설킨 기막힌 사실이었다. 대체 내일이 기약 없는 이 가여운 여인을 어떻게 하랴. 난 그 농장이 북한의 지령을 받은 외화벌이 농장이라고 생각을 하였다.

"북한의 외화벌이 농장이 맞지요?"

"그건 모르겠습니다."

추연화 부인은 곤란한 표정을 지었다.

"많은 탈북자들이 고려인 집시로 위장하고 일할 뿐입니다."

국제 마약단이 고려인 집시촌에 침투하여 양귀비 농장을 경영하면서 탈북인을 이용하고 있다면 쇼킹한 일이었다. 어쩜 그곳의 탈북자는 북한당국이 관리하는 위장된 외화벌이 탈북자라는 의심이 들었다. 북한에서 폭력단을 이용하여 마약을 재배하면서 북한의 외화벌이 농부와 탈북자를 파견하여 외화를 벌어들이고 있다면 이로니카나 김인숙 박사, 추인카 촌장 등이 다 그런 외화벌이 밀매단이라는 의심이 드는 것이었다. 믿는 도끼에 발등을 찍힌 기분이었다. 그런 의심이 가시지 않았다.

"동민 씨가 생각하는 그런 일은 아닙니다. 그러나 절대 비밀입니다."

"의문이 풀리지 않아요. 정말 그들의 정체를 모르겠어요."

"알면 당해요."

이로니카는 계속 고갤 떨어뜨리고 있었다. 그 표정 뒤엔 암울한 슬픔이 내재하고 있었다. 무엇이 갑자기 그녀를 우울하게 했는지는 모르나 그녀의 가슴은 몹시 쓰리고 아픈 것 같았다.

"동민 씨, 못 본 것으로 하셔요. 우린 아무것도 모릅니다."

"탈북자의 인권을 위해 투쟁한다면서 그들의 외화벌이 마약단을 알면서도 숨기는 것은 그들의 하수인이며 공범자예요."

"그렇지 않습니다. 나완 무관한 일입니다."

"분명히 내 눈으로 확인했는데도 말입니까?"

"믿고 안 믿고는 동민 씨 마음이지만 절대 그런 게 아닙니다."

아무튼 고려인촌 그곳은 마약단들이 점령하여 무자비하게 인권을 유린하며 그들의 노동력을 착취하고 있었다. 어쩌면 고려인 집시는 모르는 일인지도 모른다. 북한 이탈민들만 목숨이 두려워서 말 한마디 못하고 그들의 사업을 돕고 있는 것인데 자꾸 불신이 일었다. 이로니카의 말을 믿을 수가 없었다. 이로니카의 어머니 김인숙도 추연화 부인도 마찬가지라고 생각했다. 고려인 촌 운운하면서 역사를 매도하는 사기꾼들이라고 생각했다. 그들은 똑같은 범죄 조직이었다. 나는 지나친 상상을 하고 있었다.

그렇다면 김인숙 박사의 논문도 믿을 수가 없었다. 모두 왜곡되고 조작된 역사 같았다.

몽골군의 수병으로 헝가리에 출전한 고려의 장수가 전쟁이 끝난 후 고국으로 돌아가지 못하고 이곳에 안착을 했다는 것은 가능한 역사이다. 그것을 이용한 조작이라면 역시 천재적인 발상이었다.

몽골이 고려를 침입하여 형제 국이 되면서 고려의 왕자와 귀족, 병사, 여인들이 인질로 잡혀 왔던 것이다. 잡혀 온 고려인들의 수는 100년 동안 150만 명이 넘었다. 그들은 귀족 출신도 있었지만 대부분 무인들이었고 처녀들도 많았다. 기황후도 공녀로 출정한 여인이다. 미색이 뛰어난 그녀가 황후가 되었다는 것도 사실이다.

기삼홍은 순제의 후궁으로 들어갔다가 왕자 2명을 낳아 정식 황후가 되었다. 몽골이 망하자 기황후는 왕자들을 데리고 서역으로 가서 동몽골을 건국하고 사마르칸트를 지배한 왕이 되었다. 몽골이 유럽을 정복하던 때에 수중전에 능숙한 고려의 장수들을 차출하여 수병을 이끌게 하였다.

그 용맹한 고려의 수장들이 다뉴브강을 따라 헝가리에 입성해 전쟁을 승리로 이끌었다. 그 후 헝가리는 150년 동안 몽골의 지배를 받게 되었다. 헝가리인들은 몽골인들을 철천지원수로 생각하며 싫어한다. 그리고 그들의 후예 일부가 헝가리에 남아 자손을 번식한 것이 다뉴브강의 고려인 집시다.

"김인숙 박사의 논문이 의심되네요."

"동민 씨, 그건 모욕적인 발언입니다."

"고려인 후손이 집시로 살고 있다는 말이 믿어지지 않는다고요."

난 흥분하고 있었다. 내게 왜 갑자기 이런 생각을 하는지 나도 모르겠다. 이 엄청난 역사적 사실을 규명한 김인숙 박사의 논문을 나는 부정하고 있었던 것이다. 고려의 기씨 여왕과 고려의 장수와 수병들이 다뉴브강을 따라 헝가리를 정복하고 그곳에 지배계급으로 등장했다는 김인숙 박사의 논증을 부정하는 것이었다.

몽골이 세계를 지배할 때 몽골의 기마병 중에 고려의 수병들은 용감무쌍한 기병들이었다. 내륙 초원에서 기마를 달리는 호전의 천재인 몽골인도 바다와 물에선 종이호랑이였다. 그런 그들에게 수병이 절대 필요했고 잘 훈련된 고려 수병들은 전쟁에서 영웅이 될 수 있었다. 몽골은 이런 고려의 수병이 있었기에 내륙을 질러 강을 건너 영토를 넓힐 수 있었다.

이렇게 전쟁 영웅은 거의 고려의 수병들이었다. 당시 대략 10만 명이 넘는 고려인들이 징집되어 서역의 먼 원정에 투입되었다는 것이다. 그리고 인질로 잡혀 온 수많은 고려의 여인들은 몽골군의 부인이 되었다. 그녀들은 몽골의 장수와 결혼하여 전쟁에 같이 출전하였다. 몽골의 기병의 가족들은 다 같이 전쟁에 참석하였다.

몽골병사의 처가 되어 전쟁에 출전했던 고려 여인들은 전승에 큰 몫을 해냈다. 그녀들이 수전에서 배를 젓는 수병 역할을 해냈던 것이다. 몽골병들은 전승한 점령지를 다스리고 그곳의 토호가 되었는데 그 토호의 배후엔 꼭 고려의 여인들이 있었다. 고려의 여인들은 토호들의 처가 되어 세상을 지배하는 역할자였던 것이다. 바로 그 정신이 헝가리 여인들의 강한 기품으로 남아 있다는 것이었다.

전쟁이 끝나고 장수들은 그곳에 머물며 그 지방의 토호가 되었고 영리한 고려의 여인들은 자손을 번식하여 유럽 각지에서 살게 되었고 따라서 고려인의 피는 다뉴브강 전역에 퍼졌던 것이다. 김인숙 박사의 논문 〈다뉴브강변의 고려인〉의 내용이다.

헝가리인들이 몽골인을 싫어하자 이들은 중국인으로 위장하고 숨어 사는 민족이 되었다. 김인숙은 이런 기막힌 고려인의 역사를 들추어냈던 것이다. 김인숙의 노력으로 고려의 민족혼이 부활 되는가 했는데 그녀의 죽음으로 연구는 중단되었다. 그녀는 유난히 고려사에 깊은 학문적인 식견을 가진 민족주의자였다. 그녀의 연구가 지속되어 학계의 인증을 받으며 헝가리 역사와 한국의 역사는 다시 써야 하는 것이었다.

그녀의 위대한 논문이 한순간에 믿어지지 않는 왜곡사로 간

주 되는 것은 그녀가 이곳에 탈북인들을 불러들여 보살피는 핑계로 그들을 외화벌이 농군으로 이용했다는 의문이었다. 그녀가 고려인 집시촌이라고 부른 것도 위장된 술수 같았다. 그러니까 고려인이란 그 용어 자체가 변질되었다. 고려 후손도 될 수 있고 탈북자도 될 수 있었다. 내가 왜 이러는지 모르겠다.

"추연화 씨, 김혁도 이곳의 마약 농원에 탈북자가 있었다는 것을 알았나요?"

"알았어요. 그러나 진실이 왜곡된 것입니다. 그 농원은 고려인 집시들이 경영하는 농장이 아닙니다."

"아무튼 김혁의 실종도 그런 사유에 해당하는 것 같아요. 그가 실종된 장소나 가르쳐 주세요."

"몰라요. 우릴 불신한다면 난 이 일에 손을 뗄 것입니다."

"난 기자입니다. 사실이 왜곡되었다면 바로 잡아야죠."

"바로 잡으세요. 그렇지만 우리를 의심한다면 도울 수가 없지요."

그녀는 화를 버럭 내고 말았다. 난 김혁의 실종을 파고 싶었지만 무리수를 두지 않기로 하였다. 이로니카가 이처럼 철저하게 묵비하는 것을 이해할 수 없었다.

김인숙이 실종당하자 그녀를 아끼던 많은 이곳 고려인들은 그녀의 실종을 개탄했다. 그녀는 공산주의 나라 북한에서 태어났지만 베를린에서 공부한 수재로 폐쇄된 조국 북한의 문호를 개방하려는 운동을 전개했고 북한의 진보적인 개혁 세력과 연대하여 국외에서 그들을 지원하였다. 그녀의 목적은 북한이 개방되길 바라며 북한에 민주화의 새바람을 불어넣으려고 했던 것이다. 그녀의 뒤에는 아버지 추인카 노인의 철저한 후원이 있었던 것이다. 나는 탐사의 진전을 위하여 추연화 부인에게 사과를 하였다.

"부인 죄송해요. 이곳에 와서 이해가 안 되는 부분이 있어서 생각을 달리했던 것입니다. 기분 나빴다면 사과하겠습니다.

"전 몹시 기분 나빴어요. 어떻게 김인숙 박사를 그렇게 모독하는 발언을 하는지요, 이로니카의 고통을 위장된 조작이라고 치부하는 이상 돕고 싶지 않았습니다."

"죄송합니다. 생각이 짧았습니다."

"동민 씨, 김혁의 실종에 관해선 잠시 덮어두는 것이 좋겠습니다."

추연화 부인의 말뜻을 알았다.

"네, 보류하죠."

"대신 탐사 일을 적극 돕겠습니다."

그녀는 돌연 서운한 마음을 바꾸지 못하고 있었다.

다음 날 고증을 위하여 아침 일찍 일어나서 발라톤호수로 향하였다. 잔잔한 호수엔 철새들이 떼 지어 놀고 있는 모습이 평화롭다. 파도 소리와 어우러져 물새 우는소리가 한층 고즈넉한 분위기를 자아냈다. 그녀는 조용히 언덕으로 올라가 주위를 살피더니 다시 물 쪽으로 내려갔다.

"이곳에 고려인의 유적이 많아요. 김혁 씨가 탐사를 하다가 실종당했답니다."

"이곳에서… 이유가 뭘까요?"

"고려인 유적지를 발굴했는데 그것을 집시들이 알았어요."

"잘못된 것이 없잖아요."

"아닙니다. 그들의 자존심을 건드렸죠."

"무슨 자존심을 건드렸다는 겁니까?"

"자신들이 고려인이란 비밀이 탄로가 나는 거죠."

그곳은 고려인들의 집단 주거지 유물들이 묻혀 있는 곳이었다. 김혁은 그들이 철저하게 비밀로 숨기는 사실을 세상에 알리려고 하였고 그들은 그것을 꺼려했다. 즉 그들은 이곳이 고려인 유적지라는 것을 알려지는 것을 싫어했어요."

"그것이 실종 이유입니까?"

"네."

"납득이 안 갑니다."

그러니까 외부 사람들은 숲속의 가난한 집시들이 구걸하는 집단인 줄 알고 있었는데 고려인이라는 것, 그들이 조상을 섬기면 살았다는 것, 그러나 사실은 양귀비를 재배하는 마약 밀매단의 본부라는 사실이 드러날까 두려워했던 것이다. 조직들이 이들을 이용해서 양귀비를 재배한다는 사실이 알려지면 당장 철수 명령이 내려지고 모두 숲속에서 추방당하는 것은 당연한 처사였다.

문제는 추인카 촌장의 존재였다. 그는 70년 전에 이곳에 이사와서 살다가 그들의 촌장이 되었고 집시촌에 궁전 같은 저택을 짓고 살고 있다는 것이다. 아무리 생각을 안 하려고 해도 그가 그곳에 마약 재배를 하여 북한을 돕고 있다는 의혹이 들었다. 더군다나 김인숙과 이로니카는 탈북인을 보호하려고 불러들였다지만 따지고 보면 그들을 농장의 일꾼으로 고용한 것이다. 그렇지 않더라도 상황으로 보아서 그녀가 그들의 범법 행위를 묵인 허락하는 꼴이 되어버렸다.

그러나 추연화 부인은 전혀 아니라고 주장했다. 그러면서도 속셈은 내가 숲속의 비밀과 고려인촌의 역사적 사실을 세상에 내놓길 은근히 바라는 것 같았다. 나 역시 유럽을 정복한 고려인 기황후를 세상에 내놓고 위대한 혈통을 과시하고 싶었고 언제까지 그들의 후손을 집시로 살게 할 수 없다는 자긍심을 가지고 있는데 모든 것이 허사로 돌아가는 것 같아서 불안했다.

사실 추연화 부인은 북한이란 나라를 모른다. 그곳에서 태어나지 않았고 헝가리에서 나고 자라서 조국이라는 개념 자체가 없을뿐더러 정체성도 없었다. 그러나 김인숙은 달랐다. 북한이란 나라는 외면했지만 다뉴브강변에 살고 있는 고려인 집시에 관해선 강한 애착을 갖고 있었다.

우리는 발라톤호수를 돌아보고 추인카 촌장의 집으로 돌아왔다. 촌장이 조용히 나를 불렀다.

"이로니카가 이곳을 떠났습니다."

"네. 떠났다고요?"

"이로니카가 이곳에 있다는 것을 눈치챈 사람이 있어요. 그래서 보냈습니다. 동민 씨도 떠나세요. 떠나지 않으면 목숨이 위험해요."

아버지 말에 추연화 부인의 표정이 굳어졌다. 냄새를 맡은 사람이 있다면 곧장 이곳을 떠나야 한다는 표정이었다.

"동민 씨, 떠납시다. 당신이 위험해요. 그리고 제가 도울 수 있는 한계는 여기까진 것 같습니다."

추연화 부인도 난색한 표정을 지었다.

"이제 와서 전 어쩌라고요?"

"목숨이 위험하다니까요."

"우릴 미행하는 자가 있다잖아요."

"그래요. 당신이 한국의 기자란 사실이 밝혀지면 우린 고초를 당한답니다."

추인카 촌장이 말했다.

"김인숙 박사는 죽었나요? 살아 있나요?"

"그건 모릅니다."

"이로니카가 어디로 갔나요?"

"걱정 말아요. 아버지가 그녀를 안전한 곳에서 잘 돌볼 것입니다."

그때 추인카 노인이 내 손을 잡으며 말했다.

"기동민 씨 머르키토 섬에 한번 가보세요. 그곳에 가면 고려인들을 만날 수 있을 것입니다. 이곳 탐사는 위험합니다. 그곳으로 가서 탐사를 하세요."

촌장은 나를 이곳에서 쫓아내려고 하였다.

"그래요. 동민 씨."

추연화 부인이 말했다.

"그럼 같이 동행해 주세요."

"네, 저랑 같이 가야죠."

추연화 부인이 나섰다. 잘못하면 화를 당할 수 있다는 추인카 촌장의 말을 듣고 난 발라톤호수를 떠났다. 무서운 놈들이었다. 그들은 추인카 노인을 담보로 잡고 마약 밀매 사업을 벌이고 있는 것 같았다. 추연화 부인은 머르기토 섬으로 나를 안내하면서 비셔그라드와 부가츠 초원과 수고비치강이 합류하는 버여에 수몰된 고려인의 역사 유적이 많다고 알려주었다.

저녁에 황색인 사나이들이 추인카 노인을 찾아왔다.

"한국인 기자, 그놈 어디 있어요?"

"떠났습니다. 내가 보냈지요."

"그자가 이곳의 비밀을 아나요?"

"모릅니다. 말하지 않았으니까요."

"만약에 그놈이 우리의 비밀을 알게 된다면 촌장님의 목숨은…"

"압니다."

사나이들이 노인을 협박하였다. 그들은 이로니카 남편의 하수인들이었다.

추인카 노인이 딸에게 전화를 하였다.

'검은 양복을 입은 황색인 사나이들을 조심하시오.'

"아버님 전화입니다."

"황색인 사나이들이 찾아왔나 봐요."

난 비로소 추인카 촌장이 그들에게 협박을 받고 있다는 사실을 알았다.

# 고려 원정군

추연화 부인의 안내로 고려인의 흔적을 찾아 머르키토 섬으로 발길을 옮겼다. 이 섬은 다뉴브강의 하류에 위치한 전경이 아름다운 섬이다. 부다페스트를 돌아 나온 관광 유람선이 도도한 푸른 강물을 가르고 달렸다. 부다의 언덕을 뒤로하고 배를 타고 동쪽으로 한참 내려가니 울창한 수림으로 덮인 아름다운 섬이 나왔다. 이곳 머르키토 섬사람들은 물고길 잡아 생계를 유지하고 있었다.

"이곳에 고려인 집시들이 많이 살고 있다고요?"

"네, 고려인 집시촌에서 이탈한 집시들이 살고 있어요."

"그 속에 북한 이탈민도 있다는 거죠."

"그건 모르겠어요."

"고려인 집시들은 조국을 알고 있나요?"

"알고는 있지만 의미 없는 존재라고 생각해요."

"그렇군요. 그들의 조국은 헝가리죠."

"지나친 관심 두지 말고 고려인의 흔적과 유적 찾는데 열중합시다."

추연화 부인은 내가 하는 일이 몹시 불안하다는 표정을 지었다. 잘못 건드리면 그들의 삶터를 빼앗기는 피해를 입게 될지 모르니 조심히 행동하라는 당부였다.

머르키토 섬에서 뗏목 같은 통나무배를 타고 다니며 고기 잡는 어부들을 발견하였다. 그들은 그물을 던지고 표창 같은 긴 막대를 던져 물고길 잡고 있었다. 그것은 원시인의 수렵 생활 그대로였다. 그리고 한쪽에선 사나이들이 투망을 던져 물고길 포획하는 모습도 보였다. 한번 던져 걷어 올릴 때마다 어망엔 많은 고기가 걸려들었다. 떼 지어 가는 물고길 작살을 던져 잡기도 하였다.

"저기 저 어부들 고려인 같아요."

"어망으로 고길 잡는 모습이 비슷해요."

그들의 이색적인 고기잡이에 시선을 집중했다. 어망을 던지는 모습은 마치 한국의 강에서 투망을 던져 민물고기를 잡는 방법과 흡사했다. 우린 웃통을 벗고 고기 잡는 한 사나이에게로 다가갔다. 건장한 사나이는 어깨에 어망을 걸치고 물밑을 살피고 다녔다. 그러다가 갑자기 그물을 공중에 내던졌다. 그물이 부챗살처럼 퍼지더니 물아래로 가라앉았다. 잠시 후 어부는 그물을 당겼다. 고기떼가 투망에 가득 포획되어 올라오고 있었다. 사나이는 그물코에 걸린 작은 고기는 뜯어 던지고 큰놈만 어망에 넣었다.

나는 사나이에게 말을 걸었다.

"고길 많이 잡았네요."

"네, 오늘은 물질 수확이 좋아요."

서툰 헝가리 말로 하였다.

"고기 이름이 뭐에요?"

"곤들매기(홍송어)랍니다."

"투망질을 참 잘하십니다."

내 말에 사나이는 힐끔 쳐다보았다.

"네, 우린 옛사람이 하는 대로 고길 잡아요."

추연화 부인은 투망으로 고길 잡는 사람들은 다 고려인이라고 말했다. 사나이는 계속 투망을 던져 남보다 많은 물고길 잡아 올렸다. 마침내 그물망이 가득 차자 조업을 마치고 강변으로 나왔다. 생김새가 괴상한 물고기를 많이 잡았다. 관광객들은 그가 잡아 온 신기한 물고길 구경하겠다고 모여들었다. 사나이는 어망에서 열대어 같은 물고기를 한 마리씩 비닐봉지에 넣고 물을 부었다. 관상용 물고기였다.

"파는 겁니까?"

"네, 1달러입니다."

관광객들은 다투어 물고길 사고 있었다. 순식간에 다 팔렸다.

"물고기 요리하는 식당을 소개해 주세요."

사나이에게 도움을 청했다.

"물고길 좋아하나 봐요, 저의 집으로 갑시다."

사나이는 물고길 다 팔고 강변을 따라 걸어갔다. 우리는 사나이를 따라갔다. 그는 무너져 내릴 듯한 낡은 집 안으로 들어갔다. 그가 경영하는 식당이었다. 비릿한 냄새와 고소한 생선 굽는 냄새가 물씬 났다. 생선 굽는 냄새가 시장기를 일깨웠다. 사나인 주방으로 들어가서 대충 손질한 물고길 꺼내 와서 활활 타는 숯불에 석쇠를 얹어 놓고 구웠다. 구수한 냄새가 구미를 당겼다.

"생선을 구워 줄 수 있나요?"

"물론이죠. 보긴 그래도 맛은 좋습니다."

사나이가 내게 말했다.

"한 접시 구워 주세요. 술도 같이요."

"이 집 전통주가 맛있어요."

추연화 부인이 주문을 하였다. 사나인 화롯불에서 잘 구운 생선과 고몽주를 꺼내왔다. 그리고 콩기름 소스에 버무린 야채를 내왔다. 군침이 돌았다. 추연화 부인의 사마르칸트 카페에서 마셨던 고몽주였다.

"여기서도 고몽주를 파네요."

"고려인 같아요."

그녀가 귓속말로 말했다. 난 주인 어부를 불렀다.

"우리 같이 한잔할까요?"

사나이는 나를 힐끔 보더니 잔을 들고 다가섰다. 잘 구운 물고기를 안주로 고몽주를 주고받았다. 안주가 일품이었다. 서양인들은 대부분 술과 안주를 같이 먹지 않는데 이 사나이는 술과 안주를 곁들여 팔고 있었다. 포크로 생선살을 뜯기가 불편한 나를 보더니 사나이는 긴 대나무 젓가락을 가지고 왔다. 음식물을 젓가락으로 집어 먹는 것은 중국과 우리나라와 일본인뿐인데 이 사나이는 그걸 알고 있었다. 틀림없이 고려인이었다. 난 잘 익은 생선을 젓가락으로 뜯어먹으며 말을 붙였다.

"조상이 동양인이세요?"

사나이는 약간 얼굴을 붉히더니 대답했다.

"그걸 왜 묻습니까?"

"젓가락을 쓰는 것으로 봐서 중국인이라는 생각이 들어서 물었습니다."

"네, 이곳 머르키토 섬에 사는 사람들은 거의 젓가락을 즐겨 씁니다."

"젓가락 쓰는 사람을 보니 친근감이 느껴지네요."

"우리 조상은 아시아에서 온 유목민이에요."

강에서 고기를 잡아 팔아먹고 사는 이 섬의 어부들은 아시아 대륙에서 흑해를 거처 유럽에 정착한 몽골의 유목민들이었다. 그런데 그들은 모두 중국인이라고 말한다. 유난히 헝가리엔 아시아계 인종이 많다. 이들이 아시아에서 온 훈족(흉노)의 후예와 몽골이 헝가릴 지배할 때 이주한 몽골인들이다.

사나이는 다시 생선 몇 마릴 구워왔다. 난 맛있는 소금구이 생선을 안주로 몇 잔의 고몽주를 들이켰더니 취기가 몽롱하게 올랐다.

"아저씨, 혹시 이곳에서 한국인을 만난 적이 있나요?"

"한국인? 있지요, 자주 만나요."

"그 사람들이 어디에 살아요?"

"일정하게 사는 곳 없이 돌아다녀요."

"그들이 탈북자들인가요?"

나의 질문에 사나이는 고갤 끄떡였다.

"아저씨, 북한에서 왔어요? 전 남한에서 왔어요. 남북은 같은 나라이고 같은 동포랍니다."

"남한은 잘 살고 북한은 가난하다면서요?"

"누가 그래요?"

"탈북자들이 그렇게 말하는 것을 들었어요."

"그들이 어디에 사나요?"

"사는 곳 없는 떠돌이지요. 그런데 그들의 꿈은 남한으로 가는 거래요."

나는 생선값을 지불하고 그에게 티셔츠 한 벌을 선물로 주고 나왔다.

"만나서 반갑네요. 잘 먹고 갑니다."

"다시 한번 오세요. 더 맛있는 생선을 구워줄게요."

몽골인들은 고기잡이를 할 수 없는데 강에서 고기잡이를 업으로 하는 고려인이었다. 동부 유럽엔 피부가 동양인과 같은 사람들이 많은데 이들은 흉노의 자손이었다. 그래서 북한의 탈북자들도 피부색이 비슷한 동부 유럽으로 모여드는 것 같았다. 그러니까 고려의 후손들이 사는 곳에 북한 이탈자들이 모여드는 것은 피부색이 같기 때문이었다. 우린 머르키토 어부의 집에서 나왔다.

사람이 사는 데는 가장 기초적인 것이 의식주였다. 하찮은 짐승도 배고파 죽지 않는데 북조선 사람들은 굶어 죽고 있었다. 그래서 탈북을 하고, 탈북을 하면 그나마 배불리 먹고살 수 있어서 행복하다는 것이었다.

"백성을 굶겨 죽이는 나라는 그곳밖에 없을 겁니다."

"인숙 언니는 그 점을 비통해했어요."

"추연화 씨도 그런 조국을 사랑합니까?"

"글쎄요. 조국이라는 감정이 없어요. 그곳에 살아보지 않았으니까요."

"하긴 부인의 조국은 헝가리잖아요."

"태어나지도 않은 조국이지만 아버지 조국이니까. 북조선을 사랑하래요."

그녀의 말처럼 조상의 땅이고 피를 나눈 혈족이니까 사랑할 수밖에 없었다.

"원하면 언제라도 갈 수 있잖아요."

"우린 고국에 갈 수 없는 이방인이랍니다. 그리고 가고 싶지도 않아요."

추연화 씨 눈엔 눈물이 고이고 있었다.

"미안해요. 아픔을 건드렸군요."

"우리 비셔그라드로 가요. 그곳에 고려의 혼이 많이 서려 있
어요."

다뉴브강 하류에 있는 비셔그라드는 상상을 초월하게 유량이
많은 곳이었다. 그런데도 다뉴브강에서 가장 물결이 곱고 아름
다운 풍치를 자아내는 도시다. 중세기 아시아 민족이 옮겨와서
비셔그라드 언덕에 거대한 도시를 이루고 살았다. 잔잔한 은물
결이 출렁이는 강변 도시였다. 바다가 없는 헝가리인은 강을 바
다로 생각하면서 살았다. 다뉴브강 하류는 유역이 넓어서 바다
나 마찬가지였다. 헝가리인들은 내륙인이지만 물을 다루는 덴
타고난 재능이 있었다.

수양버들이 휘늘어진 강변을 타고 내려가니 거대한 댐과 호
수를 연상하는 강폭이 넓은 늪이 나타났다. 도도하게 흐르는 강
을 끼고 앉은 언덕의 고성에 비셔그라드가 중세의 육중한 모습
을 드러내고 있었다.

비셔그라드는 어부의 요새에 버금가는 도시였다. 헝가리를
지켜온 국토 수호의 성지였다. 이곳은 고대에서 중세까지 헝가
리 남부를 지키는 요새였다. 훈제국의 수도였다, 동양에서 온 흉
노의 후예인 '아틸라'는 이곳에서 훈 제국을 세우고 로마를 제압
하고 게르만 민족의 대이동을 시켰던 영웅이었다.

어부의 요새는 평원에서 오는 적을 방어한 곳이라면 비셔그라드는 흑해에서 강을 타고 오르는 적을 막았던 요새였다. 헝가리 2,000년 역사에서 비셔그라드는 헝가리 국운과 맥을 같이한 곳이었다. 국가를 수호방어 하기 위하여 수많은 영웅과 애국자들이 목숨 바쳐 싸운 곳으로 그들의 공적을 높이 받드는 기념비가 즐비하게 세워져 있었다.

몽골은 막강한 기마대로 내륙을 공격하면서 문제는 항상 말먹이였다. 말들의 먹이를 위하여 초원에 목장을 만들고 한 계절 먹이를 비축하여 말이 살찌면 다시 공격을 하곤 했는데 바로 이곳이 유럽 정벌의 말먹이 목장이 섰던 군사요충지이며 목초 군량을 보급하는 사령부였다. 즉 몽골의 대병력이 주둔한 기지였다.

몽골군은 이곳에 전진 기지를 만들고 다뉴브강을 오르내리며 헝가리군을 격퇴하였다. 몽골 원정군이 헝가리 및 동부유럽을 정복할 수 있었던 것은 바로 몽골 수군을 이끈 고려의 장수들 때문이었다.

나는 비셔그라드의 아름다운 정취에서 800년 전 이 강을 거슬러 올라온 고려인 장수들의 기상을 상상해 보았다. 헝가리 수비군은 처음엔 이 강변에서 몽골의 수군에게 백전백패를 당하였다. 그런데 수상 전투를 못 하는 기마 대군이 이 강을 다스리게 된 것은 바로 고려에서 파견된 수병들의 역할이 컸었다. 이들이 대륙을 정벌하는 일등 공신이라는 점에서 고려의 수군이 얼마나 막강한 군대였던가를 짐작할 수 있었다.

내가 강변에서 혹시 고려의 유적이나 흔적이 있나 살피고 있
는데 추연화 부인은 어느새 성벽으로 올라가 있었다. 난 성채로
따라 올라갔다. 그때 추연화 부인이 말했다.

"저기 걸인 복장을 한 동양인 행동이 이상해요. 우릴 주시하
고 있었어요."

"구걸하는 집시잖아요."

난 그 사나이가 있는 곳으로 갔다. 벙거지를 눌러 쓴 남루한
복장의 걸인이 내게로 다가와서 먹을 것을 달라는 흉내를 냈다.
나는 흉측한 몰골에 정신 이상적인 행동을 보이는 집시 걸인에
게 1달러를 꺼내 주었다. 걸인은 고맙다고 고갤 끄떡이더니 슬
슬 눈치를 보며 자릴 떴다.

"탈북자일까요?"

"그런 것도 같아요, 정신병자예요."

"맞아요 미친 사람이었어요."

"탈북인이 집시로 위장하고 저렇게 강변에서 구걸한다는 말
을 들었어요."

"탈북자들이 그래요? 참 안됐군요."

난 돌아서 가는 걸인을 바라보며 한동안 그 자리에 서 있었
다. 그의 뒷모습이 어쩐지 낯익었다.

"추연화 부인, 저 정신병 걸린 집시 말예요. 김혁을 닮지 않았
어요."

난 앞서가는 부인에게 물었다.

"어떻게 그런 생각을 해요. 아닙니다. 집시 걸인이에요."

"잠시, 착각을 일으켰군요. 어쩜 김혁을 닮았을까…"

걸인 집시는 멀리 사라졌다. 우린 언덕을 오르고 있었다. 난 성벽의 벽화를 보고 깜짝 놀랐다. 암벽에 그려진 암각화에 한복을 입은 사람이 그려져 있었다. 벽화는 전투 장면인데 그 벽화 속의 한복을 입은 장수가 몽골의 기병과 구별되었다.

"고려의 수병들이 입었던 복장이에요."

추연화 부인은 고개를 끄떡였다.

"맞아요. 이곳은 고려인 수병들이 장렬하게 싸웠던 곳이랍니다."

난 계속 벽화에 그려진 병사들의 그림을 들여다보았다. 만감이 교차했다. 고려의 병사가 몽골의 연합군으로 온 것이 확실하게 밝혀졌다.

우린 흥분을 진정하고 비서그라드를 돌아 나와 다음 목적지 '버여'로 향하였다. 버여는 다뉴브강과 수고비치강이 합류하여 흑해로 가는 삼각지대였다. 이 고장은 헝가리에서 가장 부유한 고장으로 수자원이 풍부해서 하천 어류가 풍성한 도시였다. 그런데 100년에 한 번씩 정기적으로 나타나는 홍수로 수몰되는 자연재해 때문에 수난을 겪는 도시기도 하였다. 한 세기에 한두 번은 도시 전체가 수몰되는 재해를 입기에 이 지방 사람들은 자연재해를 극복하는 끈질긴 적응력과 생존력을 갖고 있었다.

버여는 다뉴브와 수고비치강의 합류 상단에 존재하고 있어서 언제나 강이 범람하는 위험이 도사렸다. 그러나 수몰이 되더라도 두 강이 와류 현상을 일으켜 잠수는 되지만 물에 휩쓸리는 위험은 없었다. 헝가리는 버여의 수재로 인하여 국력이 휘청거리는 국난을 겪은 적도 있었다.

차를 멈추고 낙조가 곱게 드리워진 버여를 바라보았다. 낙조에 불타는 수고비치강 건너 다뉴브강엔 파란 어둠이 내리고 있었다. 두 강이 적색과 녹색의 대조적인 환상의 조화를 이루며 동으로 흐르고 있었다.

어둠이 내리기 전에 호텔을 잡고 야경이 아름다운 거리로 나갔다. 역시 이곳도 강에서 고길 잡아 생업 하는 사람들이 많았다. 헝가리 전통 민속 식당에 들러 오소리 튀김요리에 술 한잔을 걸치고 호텔로 돌아와 내일의 일정을 짜고 있었다.

"버여엔 매몰된 문화유산이 많다면서요?"

내가 물었다.

"문화유적이 적석층처럼 쌓여 있다고 해도 과언이 아니예요. 땅속엔 시대별로 퇴적된 유산들이 그대로 잠적해 있답니다."

"맞아요, 김인숙 박사의 논문에도 그렇게 적고 있었어요."

"이곳이 바로 우리가 찾는 탐사 지역입니다."

고려의 흔적이 많이 매몰되어 있다는 곳이었다.

버여는 몽골이 헝가리를 침범할 때 처참한 패배를 맛본 땅이었고, 몽골은 끈질기게 이곳을 공략해서 빼앗고 헝가리 통치 수군통제소를 두었다. 수군통제관은 고려의 원정군 장수였다. 우린 아쉬움을 남기고 부가츠 평원으로 발길을 옮겼다.

부가츠 평원은 대 곡창지대였다. 유럽의 평야가 다 그렇듯이 부가츠 평원은 높은 언덕 위에 펼쳐진 평야였다. 다뉴브가 휘감아 돌아 만든 대평원엔 바람이 매섭게 불고 있었다. 흑해에서 불어오는 건조한 바람이었다.

멀리 평원의 언덕엔 수많은 양들이 풀을 뜯고 있었다. 평화로운 전원이 끝없이 펼쳐진 부가츠는 말 그대로 '하늘공원'이었다. 낙농의 부호들이 사는 휴양 도시기도 하였다.

김인숙 박사의 논문에 의하면 부가츠 초원은 아시아 기마 민족이 점령한 땅인데 아직도 그들의 후예들이 기름진 땅을 점유하고 산다는 것이다. 몽골이 유럽을 점령할 때 이 고원에 천군 마를 집결시켰다는 요새였다.

양떼가 노는 언덕의 한곳엔 야생마들이 자유롭게 내달리고 있었다. 말과 양 그리고 소떼를 방목하여 기르는 평원이었다. 그런데 그 평원 속에 비닐하우스 같은 동네가 있었다. 집시촌이었다. 우린 집시촌을 지나 언덕 평원으로 오르고 있었다. 그때 거지꼴을 한 황색 피부를 한 걸인이 우릴 힐끔힐끔 쳐다보면서 지나갔다.

"여보세요…"

"말을 붙이지 말아요. 해칠 것 같아요."

그는 들은 척도 안하고 고갤 숙이고 걸어갔다. 우린 그를 따라 한참 언덕을 오르다가 이상한 현상을 발견하였다. 사나이는 어디론가 사라지고 매사냥꾼들의 매잡이 풍경을 구경할 수 있었다. 건장한 슬라브계 사나이가 새장 트럭을 대놓고 매사냥을 하고 있었다. 트럭엔 사냥한 작은 새로부터 토끼 등 짐승들이 꽉 차 있었다. 사나이의 손과 등 머리엔 송골매가 무서운 눈을 부릅뜨고 앉아 공중으로 비상할 차비를 하고 있었다.

"저기 매사냥꾼 말예요. 고려인 같아요."

"매사냥을 하는군요?"

난 넋을 잃고 매사냥꾼을 바라보았다,

"직업적으로 매사냥을 해요."

"재미있겠어요."

"재미로 하는 것이 아닙니다. 생업으로 하는 거죠."

그녀가 나직이 말했다. 사납게 생긴 매가 사나이 어깨에서 부리를 깃털에 씻어내며 버둥대고 있었다. 몸빛은 약간 보랏빛을 띠고 있었고 머린 파란색의 띠를 두른 명조였다. 충혈된 빨간 눈, 긴 눈썹에 삼각으로 퍼진 꼬리와 긴 날개를 가진 건강한 매였다. 사나이가 삐이 삐이 휘파람을 불었다. 어디서 그런 소릴 들었는지 날쌘 매 한 마리가 날아와 사나이의 어깨에 앉았다. 매의 두 다리 사이엔 장끼가 움켜져 있었다. 사나이는 매의 다리에서 장끼를 뜯어내고 대신 고깃덩어리를 주었다.

매는 고깃덩어릴 물고 저편 나뭇가지로 날아가서 신나게 찢어먹고 있었다. 사나이는 다른 어깨에 앉은 매를 날려 보냈다. 긴 날개를 박차고 하늘로 치솟아 오른 매는 날개를 정지하고 산

아래 물체를 정찰하고 있었다. 고대부터 매는 사람과 친근해서 잘 훈련만 시키면 사냥을 해오는 길조였다.

우린 사나이 옆에서 한참 사냥매를 구경하고 있었다. 붉은 눈에 보랏빛 몸매, 머리에 두른 파란 색띠. 보라매였다. 난 사나이에게 다가가서 물었다.

"이 매의 이름이 뭐죠?"

"해동청 보라매입니다."

"해동청 보라매는 원래 한국이 원산지인데요."

그가 나를 힐끔 쳐다보았다.

"몸은 작지만 아주 영리한 녀석이죠. 몽골병이 데리고 온 정찰조랍니다."

"보라매가 사냥을 잘하는군요."

"네, 이놈들이 벌어다 준 돈으로 온 식구가 먹고삽니다."

해동청 보라매는 고려의 명조였다. 우리나라가 본산인 매가 이곳 헝가리에 있었다. 해동청 보라매는 한국의 매인데 보통 송골매라고 불렀다.

"매를 어떻게 길 들여요?"

사나이는 사냥에 방해가 된다는 듯 얼굴을 찡그리며 짜증을 내었다.

"우리 조상 대대로 보라매를 길러온 요령이 있어요."

"아저씨 조상은 몽골인가요?"

그 말에 사나이는 화를 버럭 내었다.

"혹시 고려인인가 해서 물었습니다."

"아닙니다. 중국인입니다."

"이곳에 떠도는 한국인을 봤나요."

"더러 있어요. 내가 잡은 짐승을 사다가 시장에 파는 사람이 있었어요. 그자도 해동청 보라매가 자기 나라 매라고 하더군요."

"그 사람, 어디에 살아요?"

"떠돌이인걸요. 반미치광이죠. 아마 저편 목장에서 일할 거예요."

해동청 보라매는 전통적인 한국산 사냥매였다. 고려 때 해동청 보라매를 매년 수천 마리씩 몽골에 상납한 기록이 있었다. 그런 매가 이곳까지 온 것이다. 목장에서 일하는 한국인을 만나고 싶었다. 우린 사나이가 알려준 언덕 목장으로 그를 찾아 나섰다.

"동민 씨, 그분 말예요. 고려인이 맞아요."

"생각보다 고려인이 많군요."

"부가츠 언덕에서 만났던 미치광이 말예요. 그분도 고려인이예요."

"정말 안타까웠어요."

목장은 부가츠 언덕에서 가장 높은 고지의 평원이었다. 평원으로 갔을 때 수백 마리 양떼와 야생말들이 풀을 뜯고 있었다. 목동이 말들을 돌보고 있었다.

김인숙 박사는 자신의 논문에서 부가츠 언덕은 몽골의 수병들이 진주했던 곳이라고 하였다. 원나라가 주원장의 명나라에

망하자 원 제국의 마지막 황후 기삼홍 황후는 고려의 유민 5,000 명과 함께 패왕인 순제를 모시고 울란바트로로 돌아와서 북원을 세웠으나 순제가 죽자 아들과 고려 유민이 합세하여 그 세력을 서역으로 뻗쳐나갔다. 서역으로 국토를 넓혀 가는 과정에서 해동청 보라매의 전공은 위대했다. 고려의 송골매는 전쟁 때 북원의 정찰기 역할을 했던 것이다.

그녀의 아들 천광이 대군과 해동청 보라매를 이끌고 사마르칸트를 정복하고 국력을 키워 티모르를 장악하여 막강한 대국을 세웠다. 사마르칸트 티모르는 페르시아를 쳤고 다시 오스만 터키를 앙골라 전투에서 대파시키고 몽골 티모르 제국을 건설하였다. 앙골라 전투에서 승리한 티모르는 오스만 터키를 정복하고 유럽으로 진출하였다. 몽골 티모르군의 유럽 원정군 총지휘관은 김유선 장군이었다.

장군은 바로 이 부가즈 평원에 유럽 정복군 사령부를 구축하고 폴란드까지 점령하였다. 당시 100만 마리의 기마가 주둔했고 20만의 기마병 군단을 만들었다는 것이다. 이곳은 유럽 정벌의 기마와 기병을 공급하는 지원단이었던 것이다.

몽골의 2차 헝가리 정복 때 바로 몽골 티모르 제국의 대장군 김유선 장군이 지휘한 내륙 정복 군에 의해서 헝가리는 완전히 몽골의 지배를 받았다.

김유선 장군은 전장에 보라매를 날려 적진을 교란시켜 혼란에 빠진 틈을 타 공격하였다. 잘 훈련된 해동청 보라매는 적의 성안을 휘젓고 다니며 병사들의 관심을 흐리게 하며 이에 놀란 적병들이 해동청 보라매를 쫓는 소란이 벌어졌고 종횡무진 덤벼 들어 쪼아대는 보라매를 쫓느냐고 혼란스런 틈을 타서 유선 장 군은 성을 넘어 앙골라의 오스만 터키군을 함락시켰다.

당시 앙골라전에서 천여 마리의 보라매를 잃었고 병사 6만 명을 잃었지만 적군의 피해는 10만 대군이 전멸했다는 기록을 세 웠다. 영토를 넓히긴 했지만 천광은 죽고 쿠이리치가 왕업을 계 승하여 고려 몽골을 세웠던 것이다. 이것은 사실사였다.

"다뉴브강은 한강과 비슷해요."

"그래서 고려인 후손들이 이 강을 삶터로 잡았나 봐요."

그 역사의 현장에 북한을 탈출한 사람들이 살고 있다니 가슴 이 아팠다. 막상 먹고살기 위하여 탈북을 했지만 그들을 지켜줄 나라가 없었다.

"그래서 인숙 언니가 애통해했답니다."

"김 박사는 살아 있을까요?"

"죽었을 겁니다."

"그런데 이상한 생각이 들었어요, 김혁이 살아있을 것 같아 요."

"그럼 얼마나 좋겠어요. 그러나 기대하진 말아요. 죽은 사람 입니다."

김인숙 박사의 숙원은 다뉴브강의 고려인 집시를 헝가리 소 수민족으로 독립시켜 탈북자들은 난민 지위를 받아 새로운 땅에서 정착하던지 한국으로 보내길 바랐던 것이다. 난 그런 위대한 분을 한때 의심하고 그들 가족까지 의심했던 것을 진심으로 사죄하였다.

난 결심했다. 내가 탐사를 계속하여 김인숙 박사의 논문을 고증하여 고려의 역사를 다시 조명할 것이며 유럽을 떠도는 북한 이탈자의 인권과 권익을 위하여 몸 바칠 각오를 하였다. 그렇다면 추인카 노인의 도움을 받아야 한다. 이번 탐사에서 얻은 결론은 고려인과 북한 이탈민이 현지 폭력조직들의 이용물이 되고 있다는 것이다. 이로니카의 남편은 김인숙 박사의 숭고한 박애정신을 역이용하여 고려인촌 사람들을 마약 재배단으로 만든 것이다. 그리고 김인숙 박사는 실종되었다. 그러나 추인카 촌장은 고려인촌의 비밀을 말하지 않았던 것이다. 그것은 그곳의 고려인 집시를 위한 인내였다.

우린 탐사를 끝내고 조용한 레스토랑에서 식사를 하고 있었다. 추연화 부인은 마음씨가 고운 여자였다. 외모는 시장 아줌마 같지만 부다페스트 대학을 나온 인텔리젠트였다. 그동안 정이 많이 들었다. 우린 술잔을 기울면서 여정을 마쳤다.

"고맙습니다. 추연화 부인."

"돕고 싶었어요. 그리고 절 김연화라고 불러주세요."

그녀는 소녀처럼 수줍게 말했다.

"그게 좋겠네요. 김연화 부인, 훨씬 정감이 가네요."

"기동민 기자님, 지금까지 본 체험은 사실입니다. 부탁입니다. 언니가 발굴한 고려인의 역사를 재조명해 주세요."

"물론입니다."

"그리고 탈북자를 도와주세요."

"더욱 신경 쓸 것입니다."

그녀는 비로소 자신의 심경을 토로했다. 김인숙 박사가 실종
당한 이유. 그리고 고려인촌의 비밀과 숲속의 양귀비 마약농원,
집시의 정체, 그리고 몽골의 고려인 등 비밀이 다 풀렸다. 이젠
적극적인 증언을 하면 된다. 그런데 한 가지 김혁의 실종은 규명
되지 않았다.

나는 탐사를 마치고 부다페스트로 돌아와서 독일로 돌아갈
준비를 하고 있었다. 추인카 노인은 성공적인 탐사를 축하하는
파티를 열어 주었다. 그가 말하는 성공적인 탐사란 무엇을 의미
하는가.

"이제야 속이 후련한가요? 이곳의 비밀을 알았으니 모든 것은
당신 마음먹기에 달렸어요. 고려인의 역사는 반드시 조명되어야
합니다."

"꼭 제가 재정립할 것입니다. 고맙습니다. 그리고 수고 많이
하셨습니다."

"내 말을 잊지 마세요. 기동민 기자, 이곳에 사는 저들에게 빛
을 주세요. 탈북자를 도와달라는 말입니다."

"돕고 말고요. 세상 밖으로 내보내야죠."

나는 추인카 노인이 북조선 당국으로부터 엄청난 감시와 압

박을 받고 있다는 것을 알았다. 그들이 그를 외국에 묶어놓고 옴짝달싹 못하게 만들어 버렸던 이유도 알았다.

"이로니카를 도와주세요."

김연화 부인이 다시 당부하였다

"그녀가 어디에 있는지 알아요?"

"곧 만나게 될 것입니다."

그 말은 촌장이 그녀를 보호하고 있다는 말로 들렸다. 추인카 촌장은 온 마을 집시들이 모인 가운데서 나를 위한 이별 파티를 성대하게 열어 주었다. 그는 집시들을 모아 놓고 연설을 하였다.

"여러분, 이제 우린 세상 밖으로 나가야 합니다. 그리고 우린 중국인이 아닌 고려인으로 당당하게 살아야 합니다. 여기 우리들의 소망을 풀어줄 한국이 기자분을 소개합니다. 이분이 우리들의 실정을 다 알았습니다."

고려인 집시들은 침묵하고 있었다. 난 그들 앞에 나갔다.

"한국에서 온 기동민 기자입니다. 전 이곳에 와서 800년 전부터 살아온 고려인 여러분의 역사를 알았습니다. 이 사실을 세상에 알려 여러분을 도울 것입니다. 그리고 고려인 여러분 중에 북한을 떠나온 탈북민도 있다는 것을 알았습니다. 같은 민족이니 돕고 살아야 한다고 생각합니다."

나의 연설에 모두 침묵하고 있었다.

파티를 끝내고 가려는데 검은 승용차가 내 앞에 와서 멎었다. 검은 양복을 입은 황색인이 차에서 내려 내 앞에 섰다.

"우릴 신경 쓰게 하면 쥐도 새도 모르는 사이에 죽을 줄 알아. 절대 이곳의 사정을 세상에 말하지 마라."

공갈 협박에 무서운 압력이었다.

"뭐라고? 당신들은 누구야?"

"알 것 없고, 고려인촌의 비밀을 세상에 알리지 말란 말이다."

경고를 한 사나이들은 승용차를 타고 순식간에 떠났다. 몹시 기분이 상하였다. 이로니카를 감시하는 놈들이었다.

## 떠도는 부초

독일 사무실에서 지사장이 전화를 하였다.

"일이 잘 끝났다며 돌아와야지. 왜 안 돌아오는 거야, 빨리 와요"라고 버럭 소릴 질렀다. 다음 날 아침 일찍 공항으로 나갔다. 추연화 부인이 내게 속삭였다.

"꼭 고려인의 역사를 조명해 주세요. 그리고 고려인촌의 탈북자도요."

"네, 무슨 말인지 알겠습니다. 비밀을 지키겠습니다."

"동민 씨, 이로니카를 찾으며 연락을 주겠습니다."

난 꼭 20일 만에 독일로 돌아왔다. 엄청난 자료를 확보했다. 김혁의 실종은 규명하지 못했지만 수확은 컸다. 이번 탐사는 추연화와 추인카 촌장의 도움이 없었더라면 불가능한 일이었다. 지사장은 팀장에게 내가 헝가리에 갔다 온 결과를 보고하라고 종용하였다. 그리고 타국의 외신기자들을 초청하여 보고회를 가졌다. 난 탐사한 자료들을 정리하여 조목조목 결과를 보고하였다. 이미 지사장은 다뉴브강변에 고려인이 살고 있다는 소문을 세계적으로 선포해버렸다. 이제 내가 그것을 규명하는 기자회견을 가지라는 것이었다.

기자 회견장에 수많은 외신기자들이 모였다. 나는 기자들 앞에서 김인숙 박사의 논문을 증명하는 탐사 보고를 역설하였다.


'다뉴브강의 고려인 집시'

헝가리 다뉴브강과 발라톤호수 변에 고려인 후예 집시들이 살고 있다. 이들은 몽골이 유럽 정벌 시 고려에서 원정군으로 온 병사들의 후예들인데 전쟁 후 고국에 돌아가지 못하고 정복군으로 헝가리에 머물러 살면서 800년의 세월 동안 고유한 언어를 가진 민족으로 살고 있었다. 전쟁에 참가한 병사가 5만인데 현재의 미확인 집시로 10만여 명이 살고 있다는 것이다. 그들이 고려인의 후예라는 것은 그들이 쓰는 언어가 몽골어가 아닌 한국어와 비슷한 그들만의 통용어를 만들어 쓰고 있다는 것이며 그들의 이부자린 솜이불로 검은 천무명 바탕에 머리 부분은 빨간 천의 턱받이로 붙였다는 것. 흰색 옷을 즐겨 입으며 그들의 민속춤이 우리나라의 아리랑 가락과 같이 흥얼거리는 동작이며 즐겨 부르는 노랫가락이 타령조로 한을 음유하는 흐느러짐이 비슷하다. 그리고 하나같이 검은 머리에 황색의 피부를 가진 혼혈아였고 온돌로 난

방을 하며 방안에 화롯불을 끼고 산다는 것이며, 생선을 즐겨 먹고 머리에 댕기 같은 띠를 맨다는 것이다.

어른을 존경하고 조상을 섬기는 풍습은 헝가리에선 찾아볼 수 없는데 이들은 독특한 가부장적 동양의 전통 가풍을 답습하고 있다는 것이다. 무엇보다 발라톤호수 변의 고려인촌의 가옥들은 한국적인 목조 한옥 구조를 가지고 있었고 부가츠 평원의 가옥에선 집집마다 부처님을 모시고 있으며 고기를 잡을 때 강에 대발을 처넣고 물고기와 참게를 잡아 올리는 방법이라든지, 간장을 담가 먹고 콩으로 만든 된장 같은 소스를 즐겨 먹으며 막걸리 같은 곡주를 담가 먹는 풍습이 한국과 유사하다. 그리고 중요한 것은 헝가리의 다뉴브강 하류에서 고려원정군이 주둔한 군영과 목축지 등이 발견되었고, 해동청 보라매로 매사냥을 하는 것이 한국과 같았다는 것이다.

보고는 진중하게 이어졌다. 외신기자들은 순간순간 박수갈채를 보냈다.

"이밖에도 800년 전 고려인들이 유럽에 정착했다는 자료가 많습니다."

"그 보고서는 김인숙 박사의 논문을 근거로 이루어진 것이 맞습니까?"

"맞습니다. 철저하게 김인숙 박사의 논문에 의거 고려인 집시촌에서 직접 확인한 자료입니다. 그리고 더 많은 자료가 있습니다."

"김인숙 박사는 북한 출신 사학자인데 왜 조국을 비판했나요?"

"비판한 것이 아니고 조국민의 인권을 보호하는 운동가였습니다. 그분은 진정으로 조국을 사랑했습니다."

"고려인 집시촌에 북한의 이탈민이 숨어 있다는데 그것이 사실입니까?"

"그것은…"

지사장이 말하지 말라는 눈치를 줬다.

"그것은 미확인입니다. 없다고 봐야 합니다."

기자회견을 끝내고 탐사한 결과서를 한국 본사로 보냈다. 저녁에 반상숙 기자가 나의 무사 귀환과 기자초청 보고회를 성공적으로 마친 것을 축하하는 의미에서 맥주를 사겠다고 불러냈다. 그녀는 내가 하는 일에 몹시 불안을 느끼고 있었는데 이번만은 안심하는 분위기였다. 그런데 술이 한잔 들어가니까 그녀의 빈정거림이 시작되었다.

"어디 그게 대단한 일이냐? 탈북자가 숨어있다는 사실은 왜 말을 안 했어? 본질이 빠진 헛소리만 했었어. 그건 김인숙 박사의 보고서와 뭐가 다른데, 재구성한 보고서일 뿐이야."

"마치 콜럼버스의 달걀 같은 결과지. 알기 전엔 엄청난 사건이지만 알고 나면 시시한 일이야."

"콜럼버스 달걀 같은 거라고? 그건 이미 김인숙 박사가 발표한 내용이야."

"그 논문을 실증한 보고서라서 가치가 있지. 아무튼 큰 성과를 올린 거야. 이젠 내가 다뉴브강의 고려인 집시들의 삶을 사실 근거로 다시 쓸 거야."

"못난 놈, 설령 그렇더라도 그게 왜 고려의 역사냐? 몽골의 역사라면 몰라도. 너 몽골 제국이 얼마나 많은 속국을 가졌는지 알기나 해. 32개 속국과 14개 자치령을 가졌던 제국이야. 모두 속국의 병사를 차출해서 영토 확장에 참전시켰단 말이야. 그게 어떻게 고려 병사만의 승리냐고? 정신차려, 착각하지 말란 말이다."

"우리 민족이 유럽에 이주해 살고 있다는 것을 밝힌 거야. 그 역사가 800년이야. 그걸 그대로 묻혀두라고… 너란 여자같이 역사를 돌아보지 못한 무식견인 하곤 대화가 안 되지. 생각해 봐 800년 동안 한 곳에서 고려인의 정체성을 지키며 고려인촌을 만들고 살고 있다는 것이 얼마나 자랑스런 일이냐, 그래서 난 내 보고서에 자부심을 느끼는 거야."

"가설이고 속견이야. 누구도 인정해 주지 않아, 그리고 그곳은 고려인촌이 아니고 중국인 집시촌이라메. 헝가리엔 그런 집시촌이 얼마나 많은데, 헝가리 정부가 인정 안 하는데 너만 고집을 피우는 거야?"

"그들은 고려인 후손이 맞아. 그래서 여론화시키고 정론화시키겠다는 거야."

"설령 그들이 고려인 후손이라고 하자, 그런데 그들은 고려인이란 개념이 없어. 고려인 피가 흐르고 있을지라도 그들은 이미 귀화 정착된 헝가리인이야."

그녀는 흥분하고 있었다.

"미친년, 대체 내가 하는 일을 사사건건 비토하는 이유가 뭐냐고?"

"뭐라고, 미친년, 돌대가리 미련 곰퉁아. 그러니까 덤벙대지 말고 더 연구하여 심사숙고해서 발표하란 말이다."

"나, 너 같은 미친년하고 더 이상 다투기 싫어 그만두자."

"그런데 왜 북한의 이탈민이 그곳에 숨어 살고 있다는 보고는 안 했어?"

"너무 민감한 사항이라 지사장이 그걸 말렸지."

"그러고도 정론을 펴는 기자야, 그곳에 정말 탈북자가 살고 있긴 한 거야?"

"그건 모르겠어."

"병신 같은 짓 이제 그만해라. 네가 기자냐고? 그곳에 가서 탐사한 것이 기껏 고려인 집시가 존재한다는 것이냐?"

반상숙은 흥분하고 있었다.

"내가 얼마나 큰일을 했는데 병신 같은 일이라니?"

"탈북자 문제는 분명히 밝혀야 했어."

그녀의 말은 유럽을 방랑하는 탈북자들이 고려인 집시촌에서 거주하고 있으니 그들을 국제 난민으로 인정받게 해주란 말이었다. 그건, 이로니카의 생각과 같았다. 이로니카는 북한 이탈민을 한국으로 보내려고 애원하고 있었다.

"넌 확신이 없는 기사로 변죽만 울렸어, 본론이 없는 추측 기사일 뿐이야."

"당장은 어렵지만 차츰 문제를 여론화시킬 생각이야."

"그정도 감당 못 할 일은 처음부터 손을 대지 말라고 내가 말했지."

"어쩌니, 이로니카를 도와야 하는데…"

사실 탈북자 문제는 세계 여론에 호소해도 누구 하나 관심 가져 주는 사람이 없었다. 시리아 난민을 보듯이 난민이라면 누구나 골치 아픈 존재로 생각한다. 그런데 상숙은 흥분하고 있었다. 그것은 쉽게 해결할 일인데 여론이 그들의 입장을 험악하게 만들어 이탈민을 힘들게 할 뿐이라는 것이다. 아무 대책도 없으면서 덤비는 불나방 같은 놈이라고 지껄였다.

"넌 다뉴브강변의 고려인 후손들의 역사를 탐사 실증하려는 것이 아니고 이로니카란 여자에 빠져서 그녀가 하는 일을 도우려고 하는 것뿐이야."

그녀는 신랄하게 나를 까뭉개고 있었다.

"너 정말 나를 그렇게밖에 생각 안 하니?"

"그렇잖아, 너의 목적은 오로지 그녀에게 있으니까."

지사장은 탈북자 이야긴 빼고 내가 김인숙 박사의 논문을 실증한 고려인촌을 발견했다고 본사에 보고했다.

"야, 골치 아픈 소리 그만하고 술이나 마시자."

난 그녀의 잔을 채워 부딪쳤다.

"시작한 일이니까 마무리를 잘 지어라."

"웬 계집애가 말이 그렇게 많니? 그래서 남자가 없는 거야."

"그럼 네가 내 남자 친구가 되어 주면 되잖아."

"넌 여자가 아니야. 네겐 여자의 향기가 없단 말이야."

"제발 나를 여자로 봐주라. 동기생 좋다는 게 뭐니. 외로울 때 내가 원하는 것을 해줘 봐. 그것이 노처녀 심정을 헤아려 주는 것이 아니겠어, 너 나하고 오늘 밤에 호텔에 갈래?"

그녀는 진한 농담을 하였다.

"또 호텔 타령이니?"

"진담이야. 너 술 마실 때도 내가 여자로 안 보이니? 도대체 언제 날 여자로 봐줄 건데? 호텔에 가서 내가 여자라는 것을 보여 준다니까, 그때도 내가 여자로 안 보이면 할 수 없고…"

"너 미쳤구나. 정말 나하고 호텔 갈래?"

"응, 너하고 진한 애무를 하면서 자고 싶단 말이다."

"오늘은 안 돼. 나 대신 아프리카 종군 기자로 갔다 오면 자줄게."

"미리 자자."

"싫어."

"똥 돼지 같은 놈. 조건은 왜 붙여? 누가 책임지라고 했어? 그냥 한밤만 자자니까. 싫으면 관둬라."

"싫어, 너 같은 노처녀와 누가 자고 싶겠니? 얼굴이나 잘 생겼으며 몰라. 섹스어필 한데라곤 눈 씻고 찾아봐도 없잖아. 몸매나 좀 가꾸어라."

"너 고자니?"

"생기발랄하다니까, 그건 그렇고 반 기자 부탁이 있다. 이번 출장에서 발견한 엄청난 사실을 고증하려면 학문적인 지식이 필요해, 도와줘라."

"만만한 게 홍어 좆이라더니 꼭 어려울 땐 반상숙이냐? 나, 못해."

반상숙은 펄펄 뛰었다.

"부탁이다. 날 좀 도와줘."

난 그녀의 요구를 뿌리치고 그녀의 방까지 전송하고 나와 버렸다. 그녀는 상종 못 할 놈이라고 욕설을 퍼부었다. 돌아와서 생각하니 너무했다는 생각이 들었다. 다음 날 지사장이 불렀다. 심기가 불편한지 못마땅한 눈초리로 날 바라보았다.

"기동민 씨, 다뉴브강의 고려인 집시촌에 탈북자가 살고 있었나요?"

"고려인촌에 탈북자가 있었습니다."

"이미 당신의 보고가 상부에 알려졌어요. 그러니 그들이 어떻게 사는지 알려줘야 할 것입니다."

"탈북자들이 뭘 하는지 내가 어떻게 압니까? 골치가 아파 그만두겠습니다."

"그런 무책임한 말이 어디 있어요. 마무리를 지으세요. 본사에 특종기사를 캤다고 보고를 냈으니 구체적인 자료를 내야 할 것입니다."

"구체적인 자료를 어떻게 냅니까?"

차마 그곳에 마약 밀매단이 있다는 말은 할 수가 없었다. 그 것은 그곳에 사는 추인카 노인의 가족 안위를 위해서였다. 지사 장은 물건을 내던지며 화를 냈다. 그는 날 여자에 빠진 정신 나 간 저널리스트라고 맹비난 했다.

지사장은 헝가리에서 있었던 나와 이로니카와의 관계를 소상 히 알고 있었다. 심지어는 내가 이로니카를 구원하기 위한 계획 을 세우고 행동까지 했다는 것이었다. 그런 지사장 앞에 변명을 위한 변명으로 순간을 모면할 수는 없었다. 이로니카가 무엇 하 는 여자인지. 그녀가 탈북민을 어떻게 보호하는지, 김인숙 박사 가 탈북자들을 위하여 무엇을 했으며 왜 죽었는지를 상세하게 알아 오라는 것이었다.

"지사장님, 그건 무립니다."

"정 못 밝히면 내놓고 귀국을 하세요. 그 일은 반 기자에게 시 킬 것입니다."

"아닙니다, 제가 다시 마무리 짓겠습니다."

"그리고 한세라 씨완 언제 결혼합니까?"

"못합니다. 아니 안 합니다."

지사장은 펄펄 뛰었다. 왜 결혼한다고 말해놓고 이로니카와 헝가리에 가서 놀았냐고 화를 내었다.

"한세라 씨는 기동민 씨에게 넘치는 여자에요. 국제 감각이 뛰어나고 세련된 매너 하며 어디다 내놓아도 흠잡을 데 없는 여자인데 싫다는 겁니까?"

"지사장님이 그녀의 후견인이라도 되나요? 난 그녀와 결혼 안합니다."

"정신 차리세요. 이로니카란 여자는 헝가리에서 쫓겨난 여인입니다."

"그녀를 모독하지 말아요. 그녀는 김인숙 박사의 딸입니다."

난 화를 버럭 내고 말았다.

"김인숙 씨 딸이라서 좋아합니까? 그녀는 기혼한 여자예요."

"대체 지사장님은 한세라완 어떤 사인가요? 난 그 관계를 알고 싶네요."

"그게 무슨 말인가요?"

"난 두 분의 관계를 다 알고 있어요. 나를 괴롭히면 발설할지도 몰라요."

난 지사장의 방을 박차고 나왔다. 기분이 몹시 잡쳤다. 왜 그가 한세라를 감싸고 도는지 모르겠다. 거리로 나와서 혼자 술을 마셨다. 이로니카의 모습이 떠오른다. 맑고 예쁜 웃음을 짓고 다가서는 그녀의 환상적인 미색이 아름다웠다.

누가 봐도 한국의 고려 민족이 헝가리에 살고 있다는 보고는 믿을 수 없다고 부정할 것이다. 그런데 800년 전에 이곳에 정착한 최초 고려 민족이란 사실이 증명되면 역사는 뒤집힐 것은 뻔한 일이다. 사실 불확실한 역사의 존재를 자료로 입증한다는 것은 국제간의 이해가 있어서 무리한 것이었다.

저녁에 한세라가 찾아왔다. 그녀는 기분 나쁜 표정으로 나를 대했다. 증오에 찬 시선과 울분이 가득 담긴 표정이었다.

"지사장을 만나고 왔어요."

"그래서요?"

"헝가리 여행이 좋았다면서요?"

"좋은 것이 아니고 값진 탐사였습니다."

"뭐가 값진 건데요? 이로니카가 그곳의 탈북민을 돕는다는 것 말인가요?"

"아닙니다."

"그런데 왜 이로니카를 데리고 나오지 못했어요?"

"한세라 씨. 왜 사사건건 시빕니까? 그녀를 못 잡아먹어서 안달입니까? 입장을 바꾸어 생각해봐요 그녀는 정말 가엾은 여인이에요."

"불행을 안고 다니는 마녀 같은 여자죠."

"말 삼가지 못해요."

"동민 씨 이로니카를 정리하세요."

그녀는 정색하고 말했다.

"당신이 뭔데 이래라저래라 합니까? 난 그녀를 사랑합니다."

"난 헝가리에서 이로니카와 동민 씨의 행적을 다 듣고 있었어요."

"헝가리에 정보원을 뒀나요? 대체 당신의 정체는 뭡니까?"

"추연화 부인이 정보를 주던가요?"

"아니요. 당신에게선 정보원 같은 냄새가 풍겨요."

"아닙니다. 그러나 동민 씨가 만났던 추연화와 관계된 모든 사람들을 알아요."

그녀는 나의 모든 것을 꿰뚫어 보고 있다는 듯 말했다. 무서운 여자였다. 대체 그녀는 누구인가? 간첩? 북한의 정보원? 그럴 수도 있었다. 소름이 쫙 끼쳤다.

"더한 것도 알아요. 나를 우습게 보지 말아요."

"그래요, 북한의 공작원이 맞군요."

"동민 씨, 무슨 말을 그렇게 하세요?"

"헝가리에서 나를 납치하고 이로니카를 힘들게 한 그들과는 어떤 사이죠?"

난 화가 나서 소릴 질렀다.

"말조심하세요. 난 대한민국의 성실한 문화관광부 직원입니다."

"그런데 구려요. 구린 냄새가 난다고요."

"나를 혐오하지 말아요. 난 진정으로 당신을 사랑합니다. 그래서 위험에서 당신을 구하려고 하는 말입니다."

"당신은 야비한 여자에요. 왜 이로니카를 괴롭혀요?"

"제발. 후회하지 말고 고려인 집시들에 관한 집착을 끊어요."

난 그녀가 왜 내 일에 브레이크를 거는지 몰랐다.

"난 당신이 싫습니다. 무섭습니다."

"여자의 자존심을 그렇게 망가뜨려도 되는 겁니까? 그녀는 당신을 위험에 빠뜨리고 있어요. 그녀의 남편은 헝가리 깽조직의 두목입니다."

한세라는 몸을 부르르 떨고 있었다.

"알고 있어요. 절대 이로니카를 욕되게 하는 발언은 용서할 수 없어요.

"그럼 내가 쥐도 새도 모르게 이로니카를 죽일 거예요."

그녀는 독살스럽게 한마디 내뱉었다.

"함부로 말하지 말아요."

"그만둡시다. 이로니카는 절대 당신 앞에 나타나지 않을 것입니다."

나는 더 이상 그녀와 다투기 싫어서 자릴 피했다. 한세라는 분노에 찬 얼굴로 돌아갔다. 답답해서 반상숙을 찾아갔다. 그녀는 조소어린 웃음으로 날 동정하는 묘한 분위기를 보였다. 그녀는 동갑내기인데도 성숙한 노련미로 나를 조리했다.

"너 노처녀 앞에서 자꾸 그 계집애 이야길 할 거야?"

반상숙이 화를 냈다.

"답답해서 그래. 그녀를 떼어 낼 방법이 없겠니?"

한세라의 맹공이 강하게 불어 닥칠 텐데 앞으로 그것을 어떻게 대처할 거냐고, 그런데 반상숙은 대책도 없는 놈이 언제나 일만 벌이고 다닌다고 비웃고 있었다.

"방법은 무슨 방법, 이 기회에 확실하게 결혼해 버려."

"미친년. 너란 여자는 평생 결혼을 못 할 거야."

다음 날 반상숙은 취재차 영국으로 떠났다. 다시 바쁜 나날이 계속되었다. 나 역시 취재에 쫓기다 보니까 밤늦게 숙소에 돌아올 때가 많았다. 폴란드인 가정부는 정시에 와서 어지럽히지도 않은 집안을 또 치우고 갔다. 오늘은 몸컨디션이 영 안 좋아 본사에 원고를 보내고 일찍 숙소로 돌아와 쉬고 있었다.

그런데 반상숙이 영국에서 취재를 마치고 돌아와서 저녁이나 같이하자고 전화를 걸어왔다. 약속된 카페로 나갔을 때 그녀는 벌써 와서 맛있는 음식을 시켜놓고 있었다. 오랜만에 오붓한 술잔을 나누며 동기생과 우정을 돋우었다. 그때 반상숙이 말을 꺼냈다.

"이로니카 소식은 아직 모르지?"

"응, 왜, 그 얘길 갑자기 꺼내는 거야?"

"만일에 말이다. 만일에 그녀가 나타나면 어떻게 할 거야?"

"결혼을 할 거야."

"아마 한세라가 가만있지 않을 텐데."

"어쨌든 이로니카가 무사했으며 좋겠어."

"북한의 탈북자를 돕는 인권운동가니까 항상 목숨이 위태로운 거 아냐?"

"그럴 수 있지."

"이로니까 어머니 김인숙 박사 말이야. 북으로 소환됐다는 소문이 있더라."

그녀가 뭔지 안다는 투로 말했다.

"무슨 개소리야? 그녀는 실종당했어."

"믿을 만한 소식통이라니까."

"허튼소리 말아라."

어디서 정보를 입수했는지는 모르지만 반상숙은 충격적인 이야길 꺼냈다. 그럴 수도 있다는 생각이 들었다.

"이로니카가 어디에 있는지 감이 안 잡혀?"

반상숙이 나를 빤히 보며 물었다.

"응, 별일이 없어야 할 텐데. 추인카 노인이 숨겨 놓은 것도 같고."

"어제 한세라 씨가 전화를 했더라. 이로니카의 거처를 알고 있다는 거야."

"뭐라고, 한세라가? 그걸 왜 이제야 이야기하는 거야?"

"지금 말하잖니, 자세히는 모르는데 네게 전해 달라는 말 같았어."

"그랬어? 보복하는 것이 아닐까?"

아무래도 기류가 이상했다.

나는 당장 한세라에게 전화를 걸었다.

"이로니카가 어디 있어요?"

"첫 인사가 그녀 이야기입니까?"

"어디에 있냐고요? 그녀를 만났어요?"

"네, 경찰서에 있어요."

"뭐라고요? 경찰서에 있다고요? 어떻게 경찰에 있어요?"

"찾아가서 물어보세요. 살인미수로 잡혀갔어요."

"대체, 그녀에게 무슨 짓을 한 거요?"

"그녀가 나를 죽이려고 했다고요."

난 부랴사랴 파리로 날아가서 이로니카라 갇혀 있다는 경찰서로 찾아갔다. 그녀는 유치장에 갇혀 있었다. 죄명은 살인미수 폭행이었다. 경찰은 그녀가 한세라를 칼로 죽이려다가 미수에 그쳤다는 것이다. 아무리 생각해도 그녀가 한세라를 폭행할 이유가 없었다. 분명히 한세라가 보복하려 들자 정당방위로 방어한 것을 뒤집어씌운 것이리라.

경찰에게 사건의 진상을 물었더니 말해주지 않았다. 면회를 신청했더니 가해자의 보호자가 아니면 말할 수 없다는 것이었다. 난 각서를 쓰고 보호자 입장에서 그녀를 만났다. 면회실에 나온 초췌한 모습의 이로니카는 얼굴에 심한 타박상을 입었다. 그녀는 날 빤히 바라보고 뭔가 하소연하고픈 표정을 짓더니 울먹였다.

"한세라가 폭행하고 뒤집어씌운 거죠? 그녀가 이로니카를 먼저 폭행했지요?"

그녀는 고개를 흔들었다.

"이로니카. 말을 좀 해봐요. 무슨 일이 있었던 거요?"

"그 여자 말을 못 해요. 벙어리에요."

경찰이 말했다.

"벙어리? 정말 이로니카가 한세라를 먼저 폭행했어요?"

내가 물었다. 그녀는 고갤 흔들었다. 아, 이 안타까운 여인을

어찌하랴. 속이 끓어오르고 있었다. 한세라의 농간이었다. 그녀
는 어쩐 일인지 말을 못 하는 실어증에 걸려 있었다. 충격이 컸
던 모양이다. 나는 그녀를 껴안았다.

"이로니카, 걱정 마. 내가 해결해줄게요."

이로니카는 내 품에 안겨 울었다. 난 그녀를 면회하고 나와서
한세라에게 전화를 걸었다.

"당신은 악마야. 이로니카가 말을 못 하는데 무슨 짓을 한 거
요?"

"그녀가 나를 죽이려고 했어요."

그녀의 본색이 드러난 것이다. 겉으론 교양인인 척 하지만 위
장의 탈을 쓴 악마였다. 비열한 인격자, 어떻게 이로니카를 협박
했기에 그녀가 실어증에 걸렸을까, 정신적인 충격을 받을만한
일을 벌인 것이다. 그녀는 팔짝 뛰었다.

"폭행은 내가 당했어요. 난 그녀를 용서할 수 없어요."

"멀쩡한 사람에게 충격을 줘서 실어증 환자로 만들어놓고 무
슨 협박입니까?"

"동민 씨, 억울해요. 내 탓이 아니라니까요. 그녀가 쇼를 하는
거라고요."

"약점을 이용해서 괴롭히는 것은 비인간적 행동이에요."

한세라가 그녀를 잡아 와서 죽이려고 하였고 고문과 충격으
로 실어증에 걸렸다. 한세라는 그걸 역 이용하여 그녀를 살인 미
수범으로 몰았다. 경찰에 가서 피해자의 양해 각서를 제출하고

이로니카를 데리고 나왔다. 그리고 교외의 한적한 호텔에 묵게 하였다.

그녀는 충격에서 벗어나지 못했다. 사랑하는 남자를 앞에 두고 말 못 하는 그녀의 심정을 헤아릴 수 있었다. 너무나 가련하고 안타까웠다. 그렇게 생기발랄하고 명랑하던 그녀가 이렇게 불쌍하게 보인 적은 없었다. 그동안 그녀 신변에 기막힌 일들이 일어났던 것이다. 왜 그녀가 한세라를 찾아와서 죽이려고 했을까? 의문이었다. 그러나 말 못 하는 그 해맑은 눈 속에 숨겨진 슬픈 그림자는 절망이었다. 그녀가 글을 써서 내게 보였다.

"동민 씨, 난 이제 어떻게 해요? 어디로 가야 하나요? 갈 곳이 없어요."

"걱정 마요. 내가 이로니카를 지켜 줄 거요."

"한세라가 무서워요."

누가 이 여인에게 돌을 던지랴. 운명의 신이여, 이 여인을 돌보소서. 다뉴브강의 파란 물결과 바람처럼 향긋한 냄새를 가진 청순한 그녀를 더 이상 슬프게 하지 마소서… 경찰은 이로니카가 실어증에 걸린 것은 충격적인 전기 고문을 받은 후유증이라는 것이다. 한세라가 그녀에게 전기 고문을 하였다. 지독한 년, 그녀가 이로니카를 죽이려고 하였다는 것이 증명되었다.

"동민 씨, 탈북자를 도와줘요. 그들이 어디로 가버렸대요."

그녀는 떨리는 손으로 편지를 써 보였다.

"어떻게 그런 일이… 이로니카."

"헝가리로 갈 거예요. 내가 돕지 않으면 그들은 다 죽어요."

그녀는 쪽지로 써서 보였다.

"그들이 어디로 갔을까요?"

"남편의 짓이에요. 그들은 무서운 존재예요. 동민 씨, 절 헝가리로 보내줘요. 그들이 죽을지 몰라요."

"안 돼요, 그 몸으론 절대 안 됩니다. 지금은 위험해요."

그녀의 절규에도 난 어떤 도움을 줄 수가 없었다. 고려인촌의 숲속 농원에서 양귀비를 재배하는 탈북자들은 중노동과 무서운 감시와 폭행으로 시달리다가 어디론가 떠났다.

"난 헝가리로 꼭 가야 해요. 그들이 죽어가고 있어요."

그녀는 가슴을 치며 울었다. 아, 이 여인을 어떻게 하랴. 자신의 모든 것을 고려인촌의 탈북자를 위하여 몸 바친 그녀였다. 그녀는 헝가리로 가겠다고 몸부림을 치고 있었다.

# 사랑의 종말

비밀의 숲 마약 재배 농장에서 무슨 일이 일어나고 있을까? 그녀가 그렇게 두려워하는 일이 뭐란 말인가? 그날 밤 이로니카는 호텔을 나가 버렸다. 건강도 안 좋고 말도 못 하는 실어증 상태로 그녀는 잠적을 해버린 것이다. 난 그녀가 다시 헝가리로 들어갈 것을 염려하였다. 남편에게 잡히면 죽을 수도 있었다. 그녀를 찾아 나섰다. 수소문해도 그녀는 없었다. 헝가리로 갔다면 무사할 수가 없을 것이다. 그렇게 그녀를 내버려 둘 수 없었다.

지사장에게 다시 헝가리로 가겠다고 말했다. 지사장은 미친 발광이 또 도졌냐고 역정을 내었다. 한번 벌인 일은 종결을 지어야 한다고 설득하였다.

"특종을 완결시켜야 한다고요."

"난 당신이 목숨을 내놓고 덤비는 것을 알아, 그건 폭탄이야.

포기해라.”

“포기할 수 없어요.”

“그렇게 덤비다간 죽어요. 그들은 국제 마약 밀매단이야.”

“그걸 알고 있으면서 나를 사지로 몰았어요?”

“그건 당신이 원한거야.”

“그럼 탈북자를 구원해야죠. 그들이 죽어가고 있어요.”

“포기해요. 탈북자들은 그곳에 없어요. 이미 떠났어요.”

“뭐라고요? 지사장님이 그것을 어떻게 알아요?”

“들려오는 정보가 있어요. 김혁 기자 꼴이 되지 말고 잠자코 있어요. 다시 말하지만 이로니카는 위험인물이야.”

“그렇다고 그녀를 죽게 할 수는 없어요.”

“그녀가 헝가리로 갔다는 징후도 없잖아. 그만 접어요.”

지사장은 나의 헝가리행을 적극 반대하였다.

“그럼, 사표를 내고 개인적으로 그녀를 도울 것입니다.”

“미쳤니?”

“말리지 말아요.”

한마딜 남기고 지사장실을 나와 숙소로 돌아와 버렸다. 저녁에 반상숙이 찾아왔다. 그녀는 취해 있었다.

“이런 말은 죽을 때까지 비밀로 하려고 했는데 말해야겠어. 헝가리의 다뉴브강변에 사는 고려인 집시들 말이야. 그들은 고려인 후손이 맞아.”

“그래서 무슨 말을 하려고 그래? 사실이야.”

"그런데 그곳에 숨어 사는 북한 이탈민은 탈북자가 아니고 북한에서 파견한 외화벌이 밀수꾼들이란다."

"뭐라고? 북한의 외화벌이 밀수꾼?"

"사실이야?"

"누가 그래? 그렇지 않아."

"병신 같은 놈. 너만 모르고 있단 말이다."

기가 막혔다. 김인숙 박사가 이탈자를 거두어 돕고 있는데 그들이 외화벌이 밀수꾼이라니…. 마약 밀매단들이 그들을 이용하여 양귀비를 재배했다는 것이다. 그 사실을 안 북한 외화벌이 꾼들이 더 많은 탈북자로 위장하여 들어와서 화원을 경영하였다는 것이다. 고려인들은 그런 조직에 불안을 느끼고 있다는 것이다.

"그걸 누구에게 들었어."

"헝가리 경찰이 마약단을 소탕하고 발표한 사실이란다."

"그럴 리가 없어."

"그래도 특종을 잡겠다고 나설 거야. 헝가리 경찰이 발표를 했다는 데도."

"아니야, 조작이야. 이로니카 남편이 꾸민 일이라고."

"너는 탈북자를 걱정하는 것이 아니고 이로니카를 생각하는 거지."

북한 당국은 추인카 촌장과 김인숙 박사에게 무서운 명령을 내렸다. 북한에서 외화벌이 밀매단을 파견할 테니 농장을 짓고 무역 기지를 만들어 아편을 재배하라 일렀다. 그리고 그곳에 탈북을 위장한 농군을 파견하였다. 그러자 김인숙은 반발하고 이 탈자를 난민으로 만들어 세상 밖으로 빼돌렸다.

"그럼 이로니카도 김인숙 박사처럼 실종되었겠네."

"그럴 수도 있지."

분명히 이로니카는 탈북자들을 구하려고 헝가리로 갔을 것이다. 나의 고집에 지사장은 마지못해 허락을 하였다. 나는 다시 헝가리행 비행기를 탔다. 비행기 안에서 곰곰이 생각을 해보았다. 분명히 다뉴브강변에 고려인 후손들이 집시로 살고 있었고 그곳 집시촌에서 탈북자들이 숨어 살고 있었다. 그들이 외화벌이 농군이라면 추인카 촌장과 추연화 부인도 그들의 일원이라는 것이다. 그것이 세상에 밝혀지면 고려인 집시들이 무사하지 않을 거라는 불안이 일었다. 제발 그들이 무사하길 빌며 비행기를 탔다. 헝가리에 도착하여 곧장 추연화 부인의 레스토랑인 사마르칸트로 갔다. 그런데 그녀는 없었다. 난 곧장 발라톤호수로 가는 버스를 탔다. 기억을 더듬어 고려인촌의 추인카 노인의 저택으로 찾아갔다. 촌장이 없었다.

손녀가 어디론가 전화를 하였다. 할아버지에게 하는 것 같았다. 저녁 늦게 추인카 노인이 돌아왔다. 나를 보자 그는 밝은 화색으로 다가왔다.

"오셨군요?"

"별일 없나요?"

"아무 일도 없습니다."

"이로니카 소식은 들었나요?"

"모릅니다. 독일로 나간 거로 압니다."

"사실은 독일에서 만났습니다. 그런데 다시 헝가리로 간다고 떠났어요."

"그래요? 안 왔습니다."

"촌장님 이곳에 있던 탈북자들은 어디로 갔나요?"

"내가 내보냈습니다."

"어디로요?"

"자유롭게 어디든 갔겠죠."

그러나 촌장은 끝내 진실을 말하지 않았다.

"이로니카가 실어증에 걸렸어요. 혼자 뒀다간 무슨 변을 당할지 모릅니다."

"실어증에 걸렸다고? 고통이 컸구먼…"

촌장은 주먹을 불끈 쥐며 파랗게 굳어졌다.

"촌장님, 탈북인은 어디로 갔나요?"

"안전한 곳으로 갔으니 신경 쓰지 말고 당신도 이곳을 떠나세요."

"알고 싶습니다. 어디로 갔나요?"

"내가 분명히 말했어요. 알려고 하면 김혁처럼 당한다고요. 그들이 당신을 가만두지 않는다고요. 떠나세요. 이젠 우리와 관계를 끊어요. 당신 때문에 우리가 고통받고 있어요."

"그러나 전 기자입니다. 탈북민들이 인권을 유린을 당하는 것을 막아야죠."

"그런 일은 없습니다."

"촌장님, 솔직하게 말씀해 주세요? 촌장님이 마약단의 두목입니까?"

"말 삼가라고 했지요."

촌장은 파랗게 질려 버렸다.

"김인숙 박사가 북한으로 끌려갔다면서요?"

"누가 그래요? 아닙니다."

"김혁은 정말 죽었습니까?"

"모른다니까요."

추인카 촌장은 안갯속 같은 인간이었다. 대체 그는 어떤 생각을 갖고 있을까? 북한 외화벌이 조직의 두령, 굶주림에 시달리는 조국을 걱정하는 사람, 탈출한 북한인을 돕는 사람, 아무튼 그에겐 엄청난 비밀이 있었다. 노인은 창밖으로 보이는 발라톤호수를 바라보며 말 없이 슬픔에 젖어 있었다. 무심한 호수는 물결만 출렁이고 있었다.

그런데 헝가리 정부에서 고려인촌에 숨어서 사업하는 깽조직을 일망 타개했다는 소식을 보도하였다. 올 것이 오고 만 것이다. 그것을 알고 촌장은 탈북인을 불러 모았다.

"동무들은 이곳을 떠나야 합니다. 다른 나라로 가서 자유롭게 사세요."

어느 날 밤 고려인촌 집시 농장의 탈북자들이 모두 어디론가 자취도 없이 떠나 버렸다.

"촌장님은 위험하지 않나요?"

"누가 나를 건드린단 말이요?"

"실패한 사업에 책임을 묻는다면요?"

"각오가 되어 있습니다."

촌장은 그렇게 감추려던 집시 농장의 비밀을 털어놓았다. 우린 농장으로 나갔다. 역시 농장은 비어 있었다.

"양귀비 농장이 흔적도 없어졌네요."

"촌장님이 걱정되네요."

"아무 염려를 마세요. 난 건재합니다. 기동민 기자님, 한세라를 싫어하나요?"

촌장은 화두를 바꾸려고 하였다.

"네. 이로니카를 사랑합니다."

"한세라가 이로니카 때문에 심적인 고통을 많이 받고 있다더군요."

"네? 한세라를 아세요?"

"그녀는 바로 내 막내딸입니다. 그런데 기동민 기자님을 몹시 사랑한답니다."

"뭐라고요? 한세라가 촌장님의 딸이라고요?"

"네, 본명은 김세라죠. 내 딸입니다. 이로니카는 내 외손녀고요. 세라는 그녀의 이모죠. 나이는 동갑내기죠. 어릴 때 같이 이곳에서 자랐답니다."

"그게 사실입니까?"

"맞아요."

기막힌 사실이었다. 그러니까 김인숙 박사가 촌장의 딸이고 이로니카는 외손녀라는 것, 세라는 김인숙 박사의 막내 여동생이었다. 그리고 추연화는 둘째 딸이었다. 난 그만 졸도라도 할 것 같은 충격을 받았다. 그들이 나를 우롱했다. 대체 한세라의 존재는 무엇인가? 어떻게 이런 인연들이 있을 수 있단 말인가? 난 한동안 말을 못 하고 멍하니 그를 바라보기만 하였다. 그런데 세라가 왜 조카인 이로니카를 괴롭히는 것일까. 단순히 나를 두고 벌이는 사랑싸움만은 아닌 것 같았다.

"한세라 씨와 이로니카 씨가 이곳에서 같이 자랐다고요?"

"네, 한때 같이 자랐어요. 동갑내기라서 많이 싸웠지요."

그러나 세라는 북조선 사람이고 이로니카는 헝가리 사람이다. 국적은 다르지만 조선의 피를 받은 친족 간인데 성격이 전혀 다르고 두 사람은 앙숙이었다.

"촌장님. 이로니카가 고모인 한세라를 죽이려고 했어요."

"그럴 리가요?"

"사실입니다."

촌장은 그들의 관계를 알고 있었다. 그것은 성장 과정이 다른 이념의 탓이었다. 그녀는 헝가리의 로얄패밀리이고 세라는 북조선인이다. 이로니카는 헝가리를 사랑하고 세라는 조선을 사랑했다. 같은 환경이지만 성장 후에 완전히 달랐다. 세라는 북조선의 사회주의를 사랑하는 열성 당원이고 이로니카는 자유주의를 신봉하는 푸리 걸이었다.

"그럼. 세라 씬 북한의 공작원인가요?"

"공작원이라기보다 외화벌이 매니저죠."

그녀는 그런 탈을 쓰고 내게 접근을 한 것이다. 비로소 그녀들의 정체를 알게 되었고 그녀들의 다툼을 알게 되었다. 세라는 언니 때문에 중앙당의 문책을 받았던 것이다. 그래서 언니와 조카를 괴롭혔던 것이다. 촌장은 이제 모든 것이 끝났다는 참담한 모습을 보였다.

"촌장님은 앞으로 어떻게 할 건가요? 내가 보기엔 고려인 집시촌에서 살지 못 할 것 같은데 한국으로 갑시다."

"함부로 말하지 말라고 했잖아요. 북한은 사랑하는 내 조국입니다."

나는 촌장의 쓸쓸한 모습을 바라보았다. 한세라의 정체가 밝혀졌다. 그녀는 대한민국의 외신기자를 포섭한 간첩이었다. 그녀는 팔색조처럼 화려하게 변신하여 대한민국의 유명인과 외신기자들과 사교하며 외화벌이 사업을 하고 있었던 것이다. 우린 그녀의 연기에 감쪽같이 속았다. 그녀와 이로니카는 이모 조카 사인데 서로 죽일 만큼 다투는 것은 이념 때문이었다.

"기동민 기자, 내 딸 김세라를 사랑해줘요."

촌장은 한세라가 아닌 김세라라고 말했다.

"글쎄요. 전 이로니카를 사랑합니다."

"이로니카는 남편이 있어요. 이혼녀가 아닙니다."

그녀가 이혼녀가 아니란 말에 촌장의 얼굴을 바라보았다.

"이로니카는 안됩니다. 내 딸 세라를 사랑해주세요."

"그녀는 나를 포섭한 간첩입니다."

"그렇지 않습니다. 그녀는 북한을 모릅니다."

노인과 작별하고 집시촌을 나왔다. 고속버스는 발라톤호수를 돌아 부다페스트로 가고 있었다. 차창 밖으론 푸른 다뉴브강이 한눈에 내려다보였다. 피를 나눈 혈육이면서 전혀 다른 길을 걷고 있는 비운의 여인들이었다.

부다페스트로 돌아와서 곧장 사마르칸트 주막으로 달려갔다. 추연화 부인이 반갑게 맞아주었다. 난 추연화 부인과 밤새워 술을 마셨다. 그녀는 한세라와 이로니카 사이에 있는 나를 동정의 눈빛으로 바라보았다.

"어떻게 그럴 수 있어요. 한세라가 북한의 공작원이라면서요?"

내 갑작스런 질문에 그녀는 놀란 표정을 지었다.

"촌장님이 말씀하시던가요?"

"그리고 한세라와 추연화 부인이 자매라고요."

"아버지가 알려줬군요. 한세라는 내 동생이고 김인숙 박사는 내 언니예요."

그들은 세자매였다.

"자매간에도 생각이 다르더군요."

"네, 많이 다릅니다. 그러나 우린 70년 전에 북한을 떠난 가족

입니다. 그러나 조국을 사랑합니다. 다만 이로니카는 헝가리인
이라서 조금 다릅니다."

그녀는 더 이상 숨길 것이 없다는 표정으로 가계에 얽힌 비밀
을 실토하였다.

"세라는 유럽의 외화벌이 총책이에요."

그러니까 난 지금 북한 공작원의 정보망에 걸려 있었던 것이
다. 한세라의 요염한 미소와 구걸하는 사랑의 밀어들이 모두 다
공작이라는 것을 생각하니 간장이 서늘해졌다. 그들 가족은 고
국에 정착할 수 없는 유랑인이지만 진정 조국을 사랑하고 있었
다. 한세라는 외화벌이 무역 담당관으로 조국에 충성을 다하고
있었다.

"세화가 조국에 헌신하는 것은 실추한 아버지의 권위를 찾으
려는 노력입니다."

"실추한 권위라며…?"

"아버지가 70년 전에 북조선을 떠난 것은 권력 다툼에서 밀려
났던 것입니다."

그녀는 아버지가 말년에 고국으로 가서 편히 살기를 바랐던
것이다. 아무튼 한세라는 수완이 좋은 만능인이었다. 아무 제재
를 받지 않고 남북을 자유롭게 오가면서 사업을 벌일 정도였다.
그렇게 한세라는 야심이 큰 인물이었다. 아버지의 잃어버린 꿈
을 되찾아주려고 했던 효녀였다. 그러나 아버지는 조국에 갈 수
없는 인물이라 모든 것을 포기하였다.

"기동민 씨 고백할 것이 있어요."

"말하세요."

"한세라가 인숙 언니를 죽였어요."

"뭐라고요? 한세라가 김인숙 박사를 죽였다고요?"

"네. 세라가 언니를 죽였어요."

그녀는 언니와 이념이 달라 자주 다투었다는 것이었다. 김인숙은 북한 동포가 가난과 인권유린으로 억압받는 고통을 볼 수가 없어서 인권운동을 하였다. 세라는 그런 언니를 비난했다. 아버지와 가족이 언젠가는 조국으로 돌아가야 하는데 언니가 인권운동을 해서 못 돌아간다고 늘 다투었다. 아무튼 세라와 인숙 언니의 생각은 전혀 달랐다. 인숙 언니는 세라의 비인륜적인 북한을 찬양한다고 나무랐고, 세라는 언니에게 조국을 배반한 쓰레기라고 비난했다는 것이다.

"우린 경계인이야. 어디에도 적응이 힘든 경계인이란 말이다."

김인숙 박사는 자학이 서린 울분을 토하곤 하였다.

"언니, 그래도 우리는 조국으로 돌아가야 하는 거야. 언니의 행동은 우릴 망치고 있어. 제발 그만해. 아버지를 생각해봐."

"조국은 우릴 버렸어. 돌아가지 않아도 좋아. 우린 그곳에 갈 수 없어."

"제발 그 일을 그만둬."

김인숙 박사의 고집은 완강했다. 죽어가는 동포를 보고만 있으란 말이냐? 난 탈북자의 권위를 찾아 줄 거야. 수많은 우리 동포가 굶어서 죽어가고 있어. 병 들어도 치료할 약도 병원도 없고 땅을 파도 쌀 한 톨 안 나와, 그게 네가 말하는 조국이다. 인민이 죽어가고 있다고 난 그들을 구원해야 한다고 울부짖었다.

"그만둘 수 없어."

"아버지의 심정을 생각해 봤어?"

세라가 언니를 다그쳤다.

"그건, 이미 정해진 아버지 운명이었어."

"난 그럴 수 없어. 내가 찾아 줄 거라고."

세라가 언니를 윽박질렀다.

"난 조국보다 내 동포를 굶주림에서 벗어나게 할 거야."

"배신자. 조국을 배신한 반동분자야."

세라가 언니에게 욕설을 퍼부었다. 그날 밤 낯선 사나이들이 찾아와서 김인숙을 데리고 갔다. 그리고 행방을 모른다. 한세라가 언니를 죽음으로 몰았다. 그녀는 그렇게 실종당했다.

"한세라가 김인숙 박사를 그렇게 죽였군요."

"맞아요."

추연화 부인은 슬프게 흐느끼고 있었다.

"이로니카가 이 사실을 알고 있나요?"

"알고 있어요."

이로니카가 한세라를 증오하는 이유를 이제야 알 수 있었다. 말을 끝내고 추연화 부인은 울어버렸다. 아무튼 한세라는 북한을 사랑하는 여인이었고 김인숙과 이로니카는 북한을 저주하는 인권운동가였다. 더욱 아이러니한 것은 그런데도 추인카 노인은 중간 입장이면서 탈북자를 보호하는 입장을 취했다. 정말 안갯속 같은 가족이었다. 난 이들 가족의 정체에 혼란을 느끼고 있었다.

"그렇다면 내 친구 김혁의 실종은 어떻게 된 것입니까?"

"언니의 실종과 연관이 있어요. 김혁이 언니 죽음을 규명하려고 했거든요."

"그렇다면, 한세라가…?"

"동민 씨 미안해요. 김혁 씨가 살아 있어요."

그녀가 무거운 입을 열었다.

"정말요? 김혁이 살아있다고요? 어디에 있습니까?"

"미치광이가 되어 다뉴브강변을 떠돈답니다."

"미쳤다고요?"

"심한 고문을 받은 후유증으로 미쳤답니다. 전에 부가츠 평원에서 만난 걸인 집시가 있었지요."

"그 사람이 김혁이라고요?"

"네."

"왜 그때 말을 안 했어요?"

"그땐 몰랐습니다. 헌데 아버지가 말해주더군요. 그래서 알았습니다."

"대체 누가 그를 그렇게 만들었나요?"

"그건 모릅니다."

"그를 만나러 부가츠 평원으로 가야겠어요."

그러나 그는 떠도는 미치광이 집시라 그곳에 없다는 것이었다. 모든 것이 한세라의 짓이었다. 추연화 부인은 더 이상 이야기 하지 않았다. 그리고 김인숙에 관한 자료를 주었다. 난 그녀가 준 자료를 들고 독일로 돌아왔다.

내가 돌아오자 반상숙이 찾아왔다.

"기동민, 고생 많이 했지. 수고했다. 좋은 결과를 기대한다."

"많이 예뻐졌는데, 너 연애하니?"

"미친놈, 오랜만에 만나서 그게 할 소리냐?"

"정말 예뻐서 그래."

"그럼, 우리 결혼하자."

"어유, 밉상. 웬 계집애가 나만 보면 결혼하자고 그러니?"

"싫으면 관둬. 야, 기동민 놀라지 마라. 나쁜 소식 하나 전해줄게."

"나쁜 소식?"

그녀는 망설이다가 입을 열었다.

"사실은 한세라 씨가 영국에서 죽었단다."

"뭐라고? 한세라가 죽어?"

"살해당했다는 거야."

"살해당해? 범인은 누구야?"

"모른대."

그녀는 호텔 라이트 클럽에서 김제남과 같이 술을 마시다가

살해당했다는 것이다. 김제남은 취해서 먼저 호텔 객실로 돌아
와 떨어져 잤고 그녀는 늦게까지 라이트 클럽에서 외국인과 어
울려 춤을 추다가 무반동 권총에 맞아 죽었다는 것이다. 경찰은
김제남을 신문하였지만 알리바이가 성립되지 않아 풀어줬다.

"그 소식을 누가 알려줬니?"

"이로니카가 내게 전화로 알려주더라."

"뭐? 이로니카가 말해줬다고…? 그녀가 말을 해?"

"응, 전화로. 분명히 말했어."

"그럼. 왜 내게 당장 말을 안 했어?"

난 화를 버럭 냈다.

"이 자식이, 왜 신경질이야? 소식을 전해주지 말 걸 그랬어."

그녀는 짜증스럽게 소릴 꽉 질렀다.

"미안하다. 그런데 이로니카는 어디에 있는 거야?"

"영국에."

"뭐라고? 영국에… 날 놀리는 거야?"

"그래, 영국신문에 보도되었어."

'김인숙 박사의 딸' 폐인이 되어 거리를 헤매고 다닌다. 영국
의 신문이 취재하여 대서특필로 사진과 함께 보도했다는 것이
다.

"보도되었다고?"

영국 BBC 기자가 찍어 보낸 기사였다. 헝가리 최고 명문가의
미녀이며 인권운동가인 이로니카가 북한 탈북자를 돕기 위한 돈

을 벌기 위하여 유럽 각지를 돌아다니며 춤과 노래를 부른다는 기사였다. 영국에서 한세라는 총에 맞아 죽었고 이로니카는 광녀가 되어 영국 거리를 헤매고 다닌다니 해괴한 운명이었다.

"내가 영국으로 그녀를 찾아야겠어. 같이 가주겠니?"

"이봐, 기동민. 내가 왜, 늘 너의 일에 치다꺼리를 하니? 내가 청소부야?"

"친구니까."

"넌 나란 여자는 여자로 안 보인다메. 치사한 자식, 널 사랑하는 난 뭐냐고?"

반상숙 기자는 정색하고 싱글싱글 웃었다. 그리고 표정을 고쳐 말했다.

"좋은 소식하나 전해줄까?"

"또 무슨 헛소릴 하려고 그래?"

"사실은 이로니카가 있는 곳을 알아."

"또 무슨 개소리냐? 이로니카가 영국에서 미치광이가 되어 거릴 헤맨다며."

"아니야, 그건 기사 내용이고 사실은 우리 집에 와 있다."

"뭐? 그걸 왜 이제 말해?"

난 신경질적으로 말했다.

"웬, 자식도, 얄미워서 그랬다. 어유, 저런 놈을 누가 데리고 가서 비위 맞추며 사나… 밤늦게 왔더라."

난 당장 그녀의 숙소로 갔다. 이로니카는 침대에서 깊이 잠들어 있었다. 해쑥하고 깡마른 얼굴을 바라보는 순간 눈물이 왈칵 쏟아져 내렸다. 영양실조로 몹시 지쳐 있었다. 광인이 되어 유럽대륙을 헤매며 탈북자에 지원할 돈을 벌려고 거리에서 춤을 추고 다녔다는 것이다. 가련한 여인이다. 세상에 그녀가 쉴 곳은 아무 데도 없었다.

그녀가 잠에서 깨어나서 나를 바라보며 지친 몸을 일으켜 앉았다. 눈빛이 흐려 있었다. 그녀는 뭔가 내게 말을 하려고 얼굴 근육을 움씰거렸다. 아직도 실어증 때문에 말을 못 하고 있었다.

"이로니카, 어떻게 된 거야? 왜 이 지경이 되었어? 말을 해봐요."

그녀는 나를 빤히 바라보며 큰 눈을 깜빡거렸다.

"난 이젠 이로니카를 놓지 않을 거야. 나와 같이 한국으로 갑시다."

그녀는 고개를 흔들며 일어나서 메모지에 뭔가 적었다.

"제가 한세라를 죽였습니다. 제가 이모를 죽였어요."

이 일을 어쩌나,

"정말 한세라를 죽였어요⋯?"

"사실이에요. 나를 죽이려고 해서 내가 먼저 그녀를 죽였습니다."

"아니야, 그럴 리가 없어. 절대 아니죠?"

"제가 죽였어요. 그녀는 간첩입니다."

그녀는 사실을 글로 적어냈다. 그리고 품에 안은 권총을 내놓왔다. 난 놀라 뒤로 물러섰다. 충격적이었다. 그녀의 고백은 어떤 불행한 종말을 예감하는 것 같았다.

"이로니카. 진실을 말해요. 아니죠?"

그녀는 다시 고개를 흔들었다.

"내가 죽였어요."

"어떻게 이로니카가 그녀를 죽여, 아니예요."

그녀는 심신이 지칠 대로 지치고 망가질 대로 망가져 있었다.

"안정을 취해줘라. 그러면 말을 할지 몰라."

반상숙이 안타깝다는 듯 날 위로했다. 그때 이로니카는 작은 서류 봉투를 건네주면서 조용히 입을 열었다.

"한세라는 북한의 외화벌이 공작원입니다."

그녀는 분명히 말했다. 난 이로니카를 부둥켜안았다. 반상숙은 놀라 아무 말도 못 하고 그녀를 바라보았다. 너무나 충격적이었다.

"이모가 어머니를 죽였기 때문에 내가 그녀를 죽였습니다."

"정말 그녀를 죽였나요?"

"네. 고마웠어요. 그리고 반상숙 기자님, 은혜는 잊지 않을 것입니다."

"빨리 건강을 회복해요."

난 그녀가 건네준 봉투를 펼쳐 보았다. 원고였다. 김인숙이 연구한 자료들이었다. 유럽에 사는 고려인에 관한 엄청난 연구 자료였다. 그리고 탈북자의 인권을 옹호해달라는 국제 난민 구조협회와 유엔에 보내는 서류였다. 세계 각국으로 유랑하는 북한 이탈민들을 난민으로 취급해주거나 한국으로 보내 주라는 청원서였다.

난 그녀를 병원에 입원시켰다. 김인숙 박사의 청원서는 정말 눈물겨웠다. 그녀는 진정으로 조국 북한과 인민을 사랑한 인권운동가였다. 그녀의 보고서는 탈북자들의 실태와 인권 유린에 관한 이야기도 적혀 있었다.

이로니카가 이모인 한세라를 죽였다면 자수를 하고 경찰의 조사를 받아야 한다. 그러나 아직 몸이 약하니 몸이 회복되면 같이 경찰서로 가리라.

난 김인숙 박사의 청원 자료를 정리하느라고 바빴다. 퇴근 시간에 이로니카가 입원해 있는 병원으로 갔다. 그런데 그녀가 병원에 없었다.

"이로니카란 환자, 어디 갔어요?"

담당 간호사에게 물었다.

"언제 나갔는지 모르겠어요."

그녀는 병원을 탈출하여 어딘가로 사라져 버린 것이다. 지친 몸으로 어딜 갔단 말인가. 난 그녀가 남긴 메모를 찾아들었다.

"헝가리로 가겠습니다. 할 일이 많아요. 기동민 기자님, 당신을 사랑했습니다."

모든 것이 뒤틀리고 있었다. 그런데 독일의 저녁 뉴스에 그녀의 보도가 나왔다. 탈북자를 보호하던 헝가리의 인권운동가 '샤

넬 이로니카의 죽음'이란 뉴스였다. 독일의 뉴스는 그녀가 유럽행 기차를 타고 헝가리로 가다가 열차에서 다뉴브강으로 뛰어내려 자살을 했다는 것이다.

사랑하는 여인을 잃은 내 심정은 미칠 것만 같았다. 비련의 여인이었다. 난 거릴 쏘다니며 술을 마셨다. 반상숙은 그런 나를 따라다니며 위로했다.

"너 때문에 두 여인이 죽었다."

"그래, 나 때문이었어. 내가 그녀들을 죽였어."

"솔직히 말해봐, 한세라와 이로니카 중에 누구를 더 사랑했니?"

"병신같이, 그걸 질문이라고 해. 그래, 둘 다 사랑했다."

"안됐구나… 그러나 네게 무슨 죄가 있니, 그녀들이 싸우다가 죽은 거지. 시간이 가면 다 잊기 마련이다."

"난 이제 어떻게 하니?"

"걱정 마라, 내가 널 지켜줄게."

그날 밤 반상숙은 나와 같이 짧은 인생을 불같이 살다간 이로니카를 위하여 술잔을 기울였다.

이로니카는 어머니를 죽인 이모 세라를 죽이고 자살을 해버렸다. 결국은 어머니 김인숙이 숙원하던 사업을 내게 남기고 죽은 것이다. 세라는 조국을 위해 외화를 벌어들이는 북조선 무역관으로 충성을 다했다. 불쌍한 여인이었다. 그렇게 얽매인 인생을 살면서 한줄기 탈출구를 찾았다. 그것은 사랑이었다. 그녀는 남한의 청년 기자들에게 사랑을 구걸하다가 죽었다. 그러나 이로니카는 그녀의 사랑에 방해자였던 것이다. 서로 증오하고 저주하다가 죽었다.

난 다시 김인숙 박사의 미결 논문의 자료를 훑어보았다. 기황후의 후예들이 헝가리에 살고 있는 것은 사실이었다. 김인숙은 고려의 혼을 남겨 주었다. 고려인의 흔적은 고려의 유혼으로 다뉴브의 잔잔한 물결 위에 도도히 흐르고 있었다. 동몽골이 몽골 티모르 제국을 만들고 페르시아와 오스만 터키를 지배하고 사마르칸트와 동유럽에서 북유럽 폴란드까지 지배하였다.

그 위대한 역사의 흔적을 김인숙이 찾아냈다. 그러나 그녀는 조국을 탈출하는 불쌍한 탈북자를 위하여 몸을 바쳤다. 그리고 그 딸은 그 어머니 혼을 되살리려고 했으나 끝내 이루지 못하고 다뉴브강에 영혼을 던졌다. 반상숙과 나는 그녀들의 영혼을 위로하며 술잔을 계속 기울이고 있었다.

"날 버리지 마라. 이로리카가 없는 이상, 너는 나 없이는 존재할 수 없다."

"넌 이로니카가 될 수 없지."

"못난 놈, 미련한 놈. 옥석인지 푸석돌인지 구별을 못 하는 무식한 놈."

난 사표를 내고 헝가리로 가기로 결심하였다. 추인카 노인과 추연화 부인을 지켜주기로 결심했다. 공항에서 반상숙은 떠나는 날 바라보며 못난 놈이라고 욕설을 퍼부었다.

"안정을 찾으면 돌아와라. 언제라도 난 너를 기다릴게."

기약 없는 이별이었다. 비행기는 다뉴브강 위를 날고 있었다. 노을에 불타는 다뉴브강의 붉은 물결이 잔잔하게 파도치며 도도히 흐르고 있었다.

추연화 부인을 찾아갔을 때 그녀는 카페를 정리하고 떠났다. 고려인촌에서 그녀를 만났다. 추연화 부인은 서먹한 감정으로 나를 맞았다. 추인카 노인은 덤덤한 표정으로 나를 응시하였다.

"세화가 죽었어요."

"알아요. 이로니카도 죽었습니다."

"뭐라고요? 이로니카가 죽었어요?"

추연화 부인이 물었다.

"강으로 뛰어들어 자살을 했답니다."

"몹쓸 것들… 결국은 그렇게 끝내는구먼."

노인은 슬피 울었다.

"이제 우린 어디로 가나요?"

"촌장님, 한국으로 가시죠."

"아닙니다."

추인카 촌장은 내 말을 거절했다.

"기동민 기자. 이것을 받으시오."

촌장은 내게 사진 한 장을 넘겨주었다. 받아본 사진은 걸인 집시였다.

"이 사진은?"

"김혁 기자입니다. 김혁 기자가 살아 있어요."

"어디에 있습니까?"

"부가츠 평원에 있습니다."

추연화 부인이 말했다.

"그럼, 그때, 그 걸인이 김혁이었어요?"

"네, 아무도 모르는 비밀입니다."

"그를 만나야 합니다."

"참으세요, 아직은 때가 아닙니다. 언젠가는 밝은 얼굴로 나타날 겁니다."

알 수 없는 일이었다. 실종당했다던 김혁이 살아 있었다. 그들이 김혁을 숨겨두고 있었다. 그때였다. 내게 전화 한 통이 왔다.

"기동민, 나다, 김혁. 죽은 줄 알았지. 그러나 살아있다. 그러나 죽은 걸로 해라. 아무에게도 말하지 말고, 내가 고려인촌의 집시 역사를 다시 쓸 때까지 기다려라. 내가 김인숙 박사의 영혼을 되살릴 것이다."

"김혁, 한세라와 이로니카가 죽은 것 아니?"

"알고 있다. 이로니카가 한세라를 죽였다. 그리고 한세라는 나도 죽였다. 그러나 난 살아 있으니 비밀로 해라. 그리고 더 충격적인 진실은 내가 고려인 집시촌의 탈북자들을 보호하고 있다."

"그곳이 어디냐고…?"

그는 전화를 끊어버렸다. 추인카 촌장이 말 없이 나를 쳐다보았다. 추연화 부인은 아무것도 모른척하였다. 한참 후 그녀는 나를 데리고 고려인 집시촌을 나왔다. 거리엔 집시의 무도가 벌어지고 있었다. 춤추는 무희의 화사한 얼굴이 너무나 예뻤다. 그녀들의 모습에서 한세라의 미소와·이로니카의 예쁜 얼굴이 동시에 떠올랐다. 진정 난 두 여인을 사랑하고 있었다. 그리고 김혁은 살아 있었다.

# 부다페스트의 실종

초판 1쇄인쇄  2020년 1월 4일
초판 1쇄발행  2020년 1월 6일

저  자 김용필
발행인 박지연
발행처 도서출판 도화
등  록 2013년 11월 19일 제2013-000124호
주  소 서울시 송파구 중대로34길 9-3
전  화 02) 3012-1030
팩  스 02) 3012-1031
전자우편 dohwa1030@daum.net
인  쇄 (주)현문

ISBN | 979-11-90526-02-9 *03810
정가  13,000원

도화道化, fool는
고정적인 질서에 대한 익살맞은 비판자,
고정화된 사고의 틀을 해체한다는 뜻입니다.